岩 波 文 庫

30-284-1

花見車・元禄百人一句

雲 英 末 雄
佐 藤 勝 明 校注

岩 波 書 店

凡例

一　本書は、『元禄俳諧集』(「新 日本古典文学大系71」岩波書店、一九九四年)収録の、雲英末雄校注「花見車」「元禄百人一句」に基づき、適宜整理を加えて文庫版とするものである。底本には、前者は早稲田大学図書館本(匿名(轍士著)、元禄十五年(一七〇二)三月跋)、後者は東京大学総合図書館竹冷文庫本(流木堂江水編、元禄四年(一六九一)三月序)を用いた。

二　本文は、読みやすさを考慮して以下の方針で作成した。

1　仮名はすべて、現行の字体によった。

2　漢字は、常用漢字表にあるものについては、その字体を使用した。異体字・古字・俗字・略字の類も、原則として通行の字体に改めた。

3　反復記号「ヽ」「〱」については底本のままとし、「〻」は「々」とした。

4　校注者の判断により、清濁を区別し、適宜、句読点や「　」等を施した。また、概数を示す時は、「二、三」のように読点を付した。漢字に付された濁点や音読みを指示する傍線などは省略した。

5　底本に存する片仮名の振仮名は、底本と同じく片仮名で残し、平仮名の振仮名は、

名の読み方は、基本的に通説に従い、不明な場合は音読みとした。

た。なお、校注者が付した訓みは、歴史的仮名遣いで平仮名の振仮名とした。俳人

〈　〉で括った。底本の仮名遣いが歴史的仮名遣いに一致しない場合もそのままとし

6　校注者による補入は〔　〕で括った。

三　本文の句番号は、本書の各作品における通し番号である。

四　脚注は、発句の場合、句意、出典(出)、季語(季)、語釈の順で記した。また、俳人索引や俳書一覧を参照させる場合は、前者は↓俳人、後者は↓俳書とした。出典が不明の場合は「未詳」とし、年譜などに照らして、『花見車』や『元禄百人一句』が初出と見なされる場合のみ、それぞれ『花見車』『百人一句』と記した。

五　作品理解の一助になるよう、「花見車　一」「花見車　誹諧請状之事」「元禄百人一句序・跋」に大意を付した。大意に関しては、校注者の判断で段落分けを行ない、振仮名を付す際は現代仮名遣いによった。

六　底本や脚注内の引用文中で明らかな誤りと思われる箇所は、人名・地名などを含め、当時の慣用と思われるもの以外はこれを改めた。

七　底本や脚注内の引用文中には、現代においては差別的な表現とみなされる語句や文章が用いられている箇所があるが、テキストの歴史性に鑑みそのままとした。

目　次

花見車

花見車 一

人の親《おや》の[1]ならひとして、子に[2]芸能《げいのう》をつけ、わが身のうへのために報《むく》ひよとはつゆおもはずして、行《ゆく》すゑのたよりともなれかしと、[3]八、九歳のころより[4]寺入《てらいり》させ、もの書《かき》ならはせ、[5]素《そ》よみをさせつなどして心づかひする事、げにことはりなり。十七、八はたちのころよりは、我《わ》がこのむ所の道にすきて、おのがさま〴〵の[6]いと

1 習い。世の常。あたりまえのこと。
2 人が教養として身につけておくべき才芸や技芸。
3 「人生レテ八歳、…皆小学ニ入レ」(『大学』序)とあるように、八歳は就学の年齢。
4 庶民の教育機関である寺子屋に入ること。師匠が私宅に開設し、読み・書き・そろばんを教えた。
5 素読。書物を声に出して読むこと。
6 生活のための職業。
7 筆跡。ここは筆が立つこと。
8 学問。種々の学芸を学んで体得した知識・教養。
9 技能・技芸の支え。
10 身分・地位の安定。
11 為替手形。現金によらず決済をする際の証券。
12 帳合。現金や商品の動きを帳簿と照合して確認すること。
13 商家で店長に当たる番頭と見習いである丁稚の間に位置する奉公人。
14 普通であれば叶わないのだけれど。
15 医者のことで、医者坊主の略。医者は多く髪を剃っていたことによる。
16 小さいころ。「比」は「頃」に通用。
17 周囲の人の詠作。
18 誠の道としての歌道に親しんでいるので。当時の歌

なみとはなり行《ゆく》。その時、[7]手跡《しゆせき》・[8]学文《がくもん》万《よろ》づの[9]芸の柱となりて成就《じやうじゆ》し、侍《〈さぶらひ〉》は主人のため、または[10]身上《しんしやう》ありつきにはやく、町人は[11]かはせ手形・みせの[12]帳《ちやう》あひ達者につとまりて、[13]手代の番頭《バントウ》に望む事すみやかなり。学文のちからにて[14]かなはねども、[15]医者ぼんにもかたづく。其中《そのうち》に、歌《うた》よみになり、連歌師《れんがし》にならんとはおもふべからず。和歌《わか》は公家《くげ》のわざと成《なり》て、[16]いとけなき比《ころ》より[17]そのさまをも見及《みおよ》べられて、[18]まことの道にそみたれば、おのづから[19]こゝろもすなほ也《なり》。[20]地下《ぢげ》は[21]よのわざにま

壇では「まこと(誠・実)」が重視された。
19 素直な心で歌を作る。
20 庶民・民衆。堂上(貴族)に対していう。
21 世の業。生きる手段。職業。

1 ある程度の年齢になって。
2 本来は仏教語で、真実の教えのこと。ここは歌人としての一級の境地。
3 源俊頼による平安後期の歌論書『俊頼髄脳』などに、連歌は和歌を詠む妨げになるからしないとの発言が見られる。
4 平安後期の歌人。元永元年(一一一八)〜建久元年(一一九〇)。俗名は佐藤義清。法名は円位。北面の武士として鳥羽院に仕え、また徳大寺実能の家人となる。二十二歳で出家し、歌の修行にはげんだ。
5 鎌倉末期・南北朝時代の歌人・随筆家。生没年未詳。兼好法師。和歌を二条家の当主藤原為世に学び、古今伝授を受けた。
6 ここは和歌を専門とする家柄。西行は徳大寺家に仕えて、兼好は藤原為世に従って和歌を学んだ。歌人となるためにはそうしたことも必要だということ。
7 室町中期の連歌師・歌人。応永二十八年(一四二一)〜文亀二年(一五〇二)。飯尾氏。別号に種玉庵・自然斎など。

ぎれて、[1]年たけ道に入《いり》ぬれば、[2]真法《しんぽふ》になりがたし。歌《うた》をよくよまんとおもはゞ連《れん》歌《が》をもすまじきよし、[3]古人のいましめ也。[4]西行《さいぎやう》・[5]兼好《けんかう》なども若き時より[6]御家にしたがひつれば、歌人《かじん》とはよばるゝ。連歌も[7]宗祇《そうぎ》・[8]宗鑑《そうかん》のころの句はいかにもおもしろくて、[9]はし〴〵の耳にもとまりたる也。[10]紹巴《じやうは》このかた、つゐに連歌《れんが》の発句とて人[11]のかたる事なし。ちか比《ごろ》、[12]北野の能順《のうじゆん》こそ[13]一《ひと》ふしある句も出《いだ》さるゝとて、[14]心なきまでも耳にふれけれども、これも七十にあまりて[15]かすかにきこゆる名なれば、[16]日

当時の連歌壇の指導的な人物。東常縁（とうのつねより）より古今伝授を受け、連歌は宗砌（そうぜい）・心敬（しんけい）らに学んだ。

8 室町後期の連歌師・俳諧師。生没年未詳。本名は志那範重。当時の代表的な連歌師で、『犬筑波集』を編んだことから、俳諧の祖としても仰がれる。

9 下流の人々。

10 室町末期の連歌師。奈良の人。大永四、五年（一五二四、二五）〜慶長七年（一六〇二）。里村氏。別号に宝珠庵・臨江斎。周桂・里村昌休らに学ぶ。宗養没後の連歌界の第一人者。

11 話題にしない。

12 江戸時代前期の連歌師。寛永五年（一六二八）〜宝永三年（一七〇六）。別号に脩竹斎・観明軒。北野社坊上大路能舜の子。加賀小松天神の別当職。江戸時代の連歌の指導的役割をなす。『花見車』成立の元禄十五年（一七〇二）、七十五歳であった。

13 一節。興味深く特徴的な点。

14 無風流な人々。

15 多少の評判を得たに過ぎないので。

16 諺で、年を経てから急に仕事をしようとあせることのたとえ。ここは、なかなか大成し難いことをいう。

17 引用する歌。本歌。その範囲は十代集までで、一首から三句にわたって取らないなどの法があった（『連歌

くれて道いそぐやう也。そのうへ、連歌《れんが》は引歌《ひきうた》[17]もきはまり、名所もあたらしきはいはず[18]、たゞ掟《おきて》[19]を大事〳〵とするゆへ、前後せまりて[20]たのしむに不自由也。誹諧《はいかい》[21]は今日《こんにち》[22]のうへを句につゞけたれば、天地《てんち》[23]造化《ざうくわ》の事をはやくしり、和語[24]をよくおぼえ、古歌《こか》・古詩《こし》はそらんじてわきまへ、文字[25]を探《〈さが〉》し、名所・古跡を行脚《〈あんぎや〉》して見さだめ、古説《〈せつ〉》[26]を聞《きき》とり、恋の句に情《〈じやう〉》[27]をふかくおもひ入《いれ》ぬれば、はやくとをりもの[28]になりて、人愛《じん〈あい〉》[29]ありてまじはりの友多し。しかるを、誹諧は悪性《〈あくしやう〉》[30]になるとて、きら

新式』)。
18 句の中に使わず。
19 約束事。
20 窮屈で。
21 『古今集』に誹諧歌が収められてから、「俳諧」と同じ語として用いられる。俳諧は滑稽と同意で、滑稽な連歌を俳諧連歌と呼び、その略称として俳諧(誹諧)の語が普及した。
22 今の世の諸事。
23 天地とその間に生起する万象。
24 大和言葉。
25 記号としての字のほか、文章や学問の意でも用いる。
26 古人の説。
27 深い情を込める。
28 通人・粋人。世情に通じ、とくに男女間の心の機微をよく知る人。
29 人に好かれる愛嬌。
30 性質が悪いこと。

はるゝ親のおろかさよ。先《まづ》、金銀のつい[1]ゑさらになし。傾城《けいせい》[2]ぐるひをして、一月《ひとつき》に太夫《たゆう》[3]ひとつづゝ買《かひ》て一年を見れば、なんぼしまつ[4]にしても三十両[5]と云《いふ》かたい金《〈かね〉》はのこらず。誹諧は折《をり》[6]ふしの会を催《もよほ》し、点者[7]のつけとゞけ[8]見事《みごと》にしたりとて、一年に十両はいらず。これほど心やすくしてたのしむ道は外《ほか》になしとおもひとりて、我《われ》壮年《〈さう〉ねん》[9]より京・江戸・大坂の宗匠《そうしやう》[10]達に相《あひ》なれ、三十年来好《〈すく〉》。天下の風俗[11]は都にしるゝなれば、年〳〵京に出《いで》、書林[12]い[13]づゝや庄兵衛が店《〈みせ〉》に来り、毎年の三物《みつもの》[14]を

1 費え。浪費。
2 遊女に夢中となり遊里に通うこと。
3 遊女の中の最高の位。太夫の揚代は五十三匁で、一緒に呼ぶ決まりの引舟女郎の分も合わせると、京の島原で七十六匁。銀一匁を千五百円で計算すると十一万四千円。一年だと十二倍で百三十六万八千円となり、金貨に換算すると約十五両。これに祝儀や酒肴代などの諸費を合わせると莫大な額になる。
4 始末。節約。ここは豪遊をしないこと。
5 三十両というまとまった金額。
6 折節に開く連句興行の会。
7 連歌や俳諧で作品の優劣を判定し、評点を付ける職業の人。点者の一回の出座料は金百疋(一疋は十文、一文を二十五円として二万五千円)であった。
8 金品の贈り物。
9 働き盛りの年齢。
10 連歌・俳諧の席で一座を指導する師匠。点者とほぼ同意にも用いる。
11 しきたり・習わし。ここは俳諧の風体。
12 書店。書物を作って売る店。
13 初代井筒屋庄兵衛。名は重勝。宝永六、七年(一七〇九、一〇)没。京寺町通二条上ルに店があった。三物所として歳旦三物を出版し、元禄期には俳書の出版をほとんど

見て、諸国の風体《ふう〈てい〉》を味はひ、月〳〵に撰《えら》[15]み出せる集《〈しう〉》ものをながめ、折ふしの[16]うつりかはれるを考へて、古《ふる》[17]びはつけじとはげむ。しかるに、爰《ここ》にひとつ悲しき事有《あり》。[18]一道に身をくだきてときめける宗《そう》匠《しやう》あり、又名のみきこえてさほどになきかたもあるを、遠き田舎の口おしさは、みな平等《〈べうどう〉》[19]におもふ也。「[20]前句付の一番勝《す》ぐれたる点者は唐《から》[21]にもなし」と云《いひ》、「かやう〳〵の名句をやりたれど[22]一点もなし、点者でも杭《〈くい〉》[23]でもあるまじき」と[24]のゝしる人より宗匠になしたるあり、我《わ》[25]がかたよ

一手に引き受けて隆盛を極めた。

14 例年の歳旦三物。三物は発句・脇・第三の三句からなる連句。宗匠は主だった門人とこれを三組作成し、知友らの発句を付載して新年に出版した。これを歳旦帖（さいたんちょう）ともいう。

15 発句・連句などを集めてまとめた撰集。

16 俳風が変化すること。

17 古びたものにはすまい。

18 ここは俳諧の道。

19 同列に見てしまう。

20 点者が出題した前句に見合う付句を、投句料とともに一般大衆から募集し、加点して優秀作には賞品などを出す催し。元禄期ころから大流行した。

21 中国にだっていない。貴重であることをいう常套句。

22 点者がまったく点を入れない。

23 ただいるだけのつまらない存在を象徴する表現。

24 騒ぐ者から選んで宗匠にした。

25 自分から無理に点者になった。

り無理点者に成《なり》たるあり。此《この》境《〈さかい〉》[1]のさりとはなげかしく、妄執《〈まうしう〉》のひとつと成《なり》て明《あけ》[2]くれくるしみけるに、ことし元禄《げんろく》十五の春は[3]北野八百年の御忌《ぎよき》也《なり》とき丶て、上京して小座敷《こざしき》にこもりたるが、折《をり》しも[4]壬生《〈みぶ〉》大念仏《だいねんぶつ》のころ、にぎ〳〵しきにうかれ出《いで》、茶店《〈みせ〉》にやすらひ、なすび売《うり》の猿[5]になりたるを見て、しばしありける所に、としのころ二十二、三にもやなりなん、[6]みめことがら[7]あてやかにうつくしく、ことに髪[8]おし切《きり》て、まくらひとつのくるしきにと見えたるが、[9]しと〳〵とそばに寄《より》、「法《ほふ》[10]

1 状態。
2 胸を痛め悩んでいた。
3 京都市上京区馬喰町の北野天満宮における菅原道真（菅公・天神）の八百年忌。
4 京都市中京区の壬生寺で旧暦三月十四日から二十四日まで行なわれる念仏法会。境内では壬生狂言（無言の仮面劇）が演じられ、多くの人出で賑わった。
5 猿の面を付けている。中世の壬生狂言は猿に扮しての曲芸であったという。茄子売りとの関係は未詳ながら、今はなくなった演目の「猿」などにこうした場面があったか。あるいは、壬生狂言にあやかり、行商人が扮装していたのか。
6 眉目（見目）事柄。容貌と人品。
7 上品で美しく。
8 寡婦に見えたことを表す。
9 静かに行動するさま。
10 法師。僧侶のほか、僧形である者をもいう。連歌師・俳諧師などには僧形の者が多くいた。
11 「みやこはめはづかし」（『毛吹草』）の諺を踏まえる。都人は目が肥えているため、自分がどう見られているかと思うと恥ずかしいの意。
12 見てそれと知る。
13 並大抵ではない観察眼。「したたるさ」は甘み・愛情

しさまは、たしか歌《うた》よみか誹諧師《はいかいし》ならん」と問《とふ》。「[11]都の人の目こそはづかしけれ、いかにもわれは誹諧師也。何として[12]見とがめ給ふ」といへば、「さきほどより、ものごとに心をとめられ、人を[13]みるめのしたゝるさ、たゞ人にはあらずとおもふ。誹諧師ならばかたりましたき事あり、いざこなたへ」と、ひかるゝ袂《〈たもと〉》も[14]心よはくて、[15]糸つくるまでもなく、[16]跡《あと》をしたひて野をわけゆけば、[17]にぎはしき一《ひと》さとあり、高き座敷に引入《ひきいれ》たり。[18]叡山《〈ゑい〉ざん》のうす霞《がすみ》はれくもり、[19]愛宕山《〈あたご〉やま》は雪すこし残

表現・言い方などの度を過ぎたさまをいう。
14 誘惑に負けることをいう。
15 糸を付けて住処を探る必要もなく。糸を付けて跡を追い貴人の正体をつきとめた三輪山神話を踏まえる。
16 跡に付いて。
17 ここは島原遊廓をさす。壬生寺から島原まではさほど離れていない。
18 京都の北東部と滋賀県大津市の境にまたがる比叡山。ここからは座敷より見える景観の描写。
19 京都市右京区の北西部にある山。比叡山と相対する。

りて、[1]花かあらぬかとあやまたる。[2]野《の》づらは若草やう〳〵にもえ出《いで》、ことしも[3]麦はよさそうに、[4]腹すこしさびしければ、さかづき取出《とりいだし》、よきほどに酒のませ、さてかの女のいふやう、「これまでさそひくる事外《ほか》の事にあらず。としごろ誹諧に心をよせて都に出《いづ》る[5]艶《〈やさ〉》しき心ざし、なじかは神も[6]感応《かんおう》なからん。[7]一筋のあらましかたりてきかすべし。事《こと》長ければ[8]次第《しだい》を分《わく》る。

一　むかしと今の誹諧の、先《まづ》、[9]心ざしうら表《おもて》にかはれり。いにしへは、[10]連衆一会《れんじゆいつくわい》

1 花なのかそうでないのか。歌語で、式子内親王「霞ゐるたかまの山のしらくもは花かあらぬかかへるたびびと」(『新勅撰集』)などと詠まれる。
2 野面。野原。
3 麦の出来がよさそうで。遠目に畑を見ながら感じたことで、その実りのイメージから、次の空腹に連想が及ぶ。
4 空腹であることをいう。
5 風流な心がけ。
6 信仰の心が通じて、神仏からの加護・恩寵があること。
7 一通りの概略。
8 順を追って話を分ける。
9 ある方向をめざす心の働き。ここは俳諧に対しても つ気持ち。
10 連歌・俳諧の会席に連なって興行する人々。レンジュともレンジュウとも発音する。
11 会に参加する予定の連衆が発句以下の各一句をあらかじめ作っておくこと。一巡箱と呼ばれる文箱に懐紙を入れて順に回していった。
12 決めた会の当日。
13 所用も取りやめて。
14 会席の床の間に掛ける和歌三神(住吉明神・玉津島明

興行《こうぎやう》せんとおもへば、十日も前より一《いち》[11]巡《じゅん》を廻《まは》し、極《きは》[12]まれる日は、いかほどの隙《ひま》[13]入《いり》も闕《〈かき〉》て相《あひ》つとめ、御影《み〈ゑい〉》[14]をかけ、香[15]をたき、一巡《いちじゅん》[16]よみあぐるたびに、我《わ》が句の時はきつとかしらをさげてはゞ[17]かるよしをのべ、会の中、物[18]がたりもせずして、あ[19]げ句よむ時膝《〈ひざ〉》[20]たて直し、礼儀[21]をとゝのへ、跡[22]にていさゝか酒しゐ[23]て、帰[24]る時は門前に出《いで》てうやまふ事正《〈たゞ〉》し。翌日ははかまを着し、宗匠のかたに参《まゐ》りて、「昨日は御苦労にかたじけなし」と、一包《ひとつつみ》[25]へぎ[26]にのせてさし出す。当時[27]はまたさにあらず。

神・柿本人麿)の名号や画像。それらは和歌を守護する神と考えられており、天満天神(菅公)や山部赤人などに代わることもある。
15 床の間の香炉に香をたくことで、とくに名残裏の花の定座の前にはこれが習いであった。
16 連衆が順番に付ける句を執筆(記録・進行の係)の者が読み上げる。
17 恐縮する。
18 私語。
19 挙句。連句作品の最後の句。
20 名残裏の花の定座(挙句の場合もあったか)の前に右膝を立てて正座するのが本式のしきたり。
21 礼儀にかなった態度をとり。
22 後。ここは一巻の興行が終わった後。
23 勧めて。
24 宗匠が会場を辞して帰る時。
25 一包みの謝礼金。点者の出座料は百疋が相場。
26 杉・檜などを薄くはいだ板で、ここはそのへぎ板による四角い盆をさす。
27 当節・今時。

点者のかたよりひたすら会をすゝめ、や[1]う〳〵に料理を出《いだ》し、一巡[2]よむまでもなく、先盃《まづさかづき》をとり〳〵に廻《まは》し、わが句[3]まへにてなければ大きなる声をあらゝげ、「嵐三右衛門《あらしさんゑもん》[4]はおしい事をしました」「中村七三《しちざ》[5]はのぼらぬか」と我《われ》がちに云《いひ》あへ、はては大酒《おほざけ》に成《なり》て、懐紙[6]がどこにあるやら、点者に芸をさするやら、されどあふぎ[7]・はな紙[8]はまぎれぬやうに取廻《とりまは》[9]し、帰りにはいとまごひ[10]さへせず。さて翌日は宗匠のかたから礼に参《まゐり》、「昨日は色々御馳走《ごちそう》、ことにめづらしき貴句《きく》を

1 次から次へ。
2 最初の一回りが付け終わらない内から。本来は初めの一巡がすんでから安座するのがしきたり。
3 自分が句を付ける前。
4 歌舞伎役者。二世は元禄期における京坂の立役の名優。元禄十四年(一七〇一)十一月七日、四十一歳で没した。
5 歌舞伎役者の初世中村七三郎。江戸立役の和事芸を完成させた。元禄十年(一六九七)冬から二年間、京都へ出演をして好評を博した。宝永五年(一七〇八)二月四日(三日とも)、四十七歳で世を去る。
6 連句を記録する用紙。百韻では四枚、歌仙では二枚に記す。
7 扇。扇子。
8 鼻紙。ここは「鼻紙入」のことで、これは鼻紙や薬のほか金銭も入れたので、財布の意をもつようになった。
9 うまく処置して。ここはなくさぬように注意を払うこと。
10 別れの挨拶。
11 確固としてゆるみのないさまを表す副詞。
12 あべこべ。反対。
13 短冊。歌・句などを記す細長い料紙。タンザクともタンジャクとも発音する。

承《うけたまは》り、かたじけなくぞんじ奉《たてまつ》る」と、[11]きつと礼をのぶる。[12]これあちらこちら也《なり》。昔は、[13]短尺《たんざく》をたのみ、絵の[14]讃《〈さん〉》をのぞむ時は、宗匠のよき[15]相口《あひくち》を以《もつ》て、[16]本金の色紙をつかはす。さて点者も[17]気をつくろひ、[18]句をあらためて書《かく》ゆへに、廿日《はつか》も卅日《みそか》もかゝつてしたゝめつかはすと、一包《ひとつつみ》へぎにのせて[19]礼義《れいぎ》をつとむ。今は、また点者のかたよりさきに、「[20]いやがるかもしらず、短尺書《たんざくかき》て進じませふ」といへば、ぼろ〳〵と[21]土のこぼるゝ紫色の色紙をなげ出す。さら〳〵と書《かき》て送るを、ろくに見

14 賛。絵の傍らに書く詩歌の類や文章。
15 気に入るもの。ここは料紙の紙質や意匠などに関する宗匠の好み。
16 純粋の金粉を散らした色紙。
17 心を整え。
18 威儀を正して。
19 謝礼の意を示す。
20 おいやかもしれませんが、短冊を書いて差し上げましょう。
21 石灰などをまぜた下等の紙であることを示す。

もせずして、足[1]つぎの塵籠《ぢんこ》にうちこんで、煤《すゝ》[2]はきの時の邪魔《じやま》になりてすたる[3]、これめいわく[4]也。いにしへは、さいたん[5]の三物《みつもの》を文に入《いれ》てつかはすれば、返状にそ[6]こだめ有《あり》てきたる。今は返事もなく、ふ[7]すまの下《した》ばりになる也。かやうに古今のちがひあれば、いにしへの点者は家持《いへもち》[8]に成《なり》て、宿ちん[9]取《とり》て老《おい》[10]らくの寺参《てらまゐり》も楽《らく》〳〵《らく》とする也。当時は、会をつとめても会料[11]も滞《とどこほ》り、連衆《れんじゆ》にさま[12]をつくるやうに位[13]をうしなひたれば、所務《しよむ》[14]もかる〴〵しく、みなちり〴〵にきゑうせて、有《あり》つるかん[15]

1 紙屑入れを兼ねた踏み台。
2 歳末の大掃除。天井などの煤を払い、家中をきれいにする。旧暦十二月十三日に行なうことが多かった。
3 捨てられる。
4 困ったこと。不快で気の毒なこと。
5 貞門時代、宗匠が手紙に歳旦三物を同封して門下に贈ったことは、万治三年(一六六〇)の立圃筆歳旦三物懐紙や貞室筆歳旦三物懐紙によって知られる。
6 底溜。返礼の金品。
7 襖の下地として貼る反故などの紙。
8 借家人ではなく、居住や貸借用の家を所有する町人。
9 借家料。
10 年をとって寺社参詣を楽しむこと。
11 連句会での宗匠への謝礼金。
12 ごきげんとりをする。
13 品位。
14 職務の意と財産の意があり、ここは両意を用いたと見られる(大意参照)。
15 邯鄲の枕。一時的な栄華のたとえ。仙人に借りた枕で栄華を極める夢を見たという、中国唐代の故事(『枕中記』)による。
16 豆腐姥。豆乳からできる湯葉。ここは一時の栄華すら望めず粗食に甘んじることをいう。

たんの枕もさだめねば、しばしの栄花《えいぐわ》もならず、やう〱と[16]姥《〈うば〉》が豆腐《とうふ》に日を送る也。

一　[17]天満の宗因《そういん》、[18]深川の桃青《たうせい》、一生の中《うち》編集《〈へんしう〉》をせず、いひ出《いだ》せる句はよしあしともに、門弟または連衆より板行《はんかう》して世にあり。これ[19]集《〈しう〉》もの、本意なり。近代は点者国〱《くにぐに》にみち〱たれば、名もそれとしられたく、[20]我がねらふ所の一体《いつてい》もまぎれぬやうに人におもはせ、又は[21]五わり増《〈まし〉》のたよりともなさんと、点者の集を出すはことはり也《なり》。[22]歴々《れきれき》の編集なども近

17 大坂天満宮の連歌所宗匠で、談林俳諧の頭目と見られていた西山宗因。『宗因千句』(延宝元年)など、宗因の名を冠する俳書は多くあるも、書肆がその知名度を利用して出版したものと考えられる。
18 江戸の深川で芭蕉庵に住む松尾桃青(芭蕉)。伊賀で作り東下後に出版した『貝おほひ』(寛文十二年)や宗匠立机に関わる『桃青三百韻』(延宝六年)などはあるものの、深川移居後の蕉門撰集はすべて門弟の名によって編集・出版されている。
19 俳諧撰集の本来のあり方。他の宗匠のそれとどこが違うかを示すためには、俳諧撰集の出版も有効であると言っている。
20 自分がよいと考える俳諧のあり方。
21 本来の実力より五割ほど勝っているように見られる手段。
22 身分や家柄の高い人。

ごろは見ゆるが、点者の相談もなく、我《わが》[1]まゝに板行させて、家来筋《けらいすぢ》にいひつけ、書をうらせて板料[2]のたすけとなす。これ有《ある》まじき事ぞかし。『夜の錦《よるのにしき》』[3]『一字幽《いちじいう》[4]覧《らん》』『七瀬川《ななせがは》』[5]など、みな点者に申《まうし》つけてたのしまるゝ、かく有《あり》たき事也。惣別《そうべつ》、点師《てんし》[6]と世にいはれてこもれる[7]もの、それ〴〵の伝受[8]をわきまへて、一風[9]をかまへぬはなし。其中《そのなか》[10]にたよりて出したる集は見所《みどころ》ありて、こと〴〵くに人の手にもわたる。我在所《わがざいしよ》[11]の狂談《〈きやうだん〉》をわけもなく書《かき》ちらし、上《じやう》[12]るり本のやうに見ゆれば、其人《そのひと》の

1 自分勝手に。
2 出版にかかる費用。俳書の多くは編著者の側がこれを負担した。
3 磐城平城主である内藤義概（俳号は風虎）の第一撰集。奥州俳人のほか、宗因・重頼・季吟を介して上方俳人の句を多く集める。実質的な編集者は大坂の玖也。寛文六年（一六六六）成。
4 正しくは『俳林一字幽蘭集』。風虎の『夜の錦』（寛文六年）・『桜川』（延宝二年）・『信太浮島』（延宝五年以降）が忘れられていることから、息子の露沾が点者の沾徳に命じて三書から若干の句を選び出させ、諸家の句を加えて元禄五年（一六九二）に刊行したもの。
5 三種三十六番の句合と諸家の四季発句より成り、句合の作者は貴顕の人々らしい。元禄五年刊。編者は未詳ながら、版下と判詞は我黒（京の宗匠）の手になり、貴顕が我黒に編集させたと見られる。
6 点者。宗匠。
7 おさまっている。
8 伝授。師匠から秘伝などを伝えられること。貞徳のころは点者になるために師の許可状や口伝による伝授が必要であった。
9 自分なりの俳風。
10 伝授されたことを踏まえての工夫に基づいて。

[13]本性《〈じやう〉》もしられて見ぐるし。[14]初春のさいたんと云《いふ》事、慶安《けいあん》二年に[15]長頭丸《ちやうづまる》はじめて出《いだ》さる。[16]王城の地に有《あり》てその[17]冥加《みやうが》をあふぎ、[18]都をことぶくとの事也。[19]はじめは都の中迄《なかまで》の事成《なり》しが、今は誹諧も国〳〵にわたりて、年〳〵に三物《みつもの》〳〵と出るはめでたき御代《みよ》の[20]色《いろ》也。[21]そのみなもとより出る[22]本式を見覚へ、連衆うちそろへて[23]三物にくみはせずして、[24]只《ただ》一句など片表《かたおもて》に書《かき》さがし、又は[25]熊野《くまの》の牛王《ごわう》のやうなるものを書《かき》、[26]石ずりなどにし、あるとあらゆる[27]法外《はふぐわい》也。点者の中より連衆もあまたに

11 住む土地のおかしげな話。
12 浄瑠璃本。語り芸である浄瑠璃の詞章を記した本。絵入りで、気楽な読み物の代表でもあった。
13 本来の性質。ここは点者でありながらしっかりした素養や基盤を備えないこと。
14 新年を祝って行う歳旦三物興行。宗匠が門弟らと三物(発句・脇・第三の三句からなる連句)を三つ詠み合い、これと付録の発句(引付と呼ばれる)を記したものを歳旦帖・歳旦帳と称して親しい者に配る。実際には歳末の内に興行して印刷した。
15 貞徳の六十四歳以後の号。歳旦三物興行は連歌の時代からあり、俳諧では元和元年(一六一五)の貞徳・日源・以重による興行がもっとも古い。慶安二年(一六四九)に関する資料は知られない。
16 天皇が住む京の都。
17 恩恵。
18 祝意を示す。
19 現存する印刷された最も古い寛文十三年(一六七三)の歳旦集(諸宗匠の歳旦帖を合綴した冊子)は京都の宗匠がほとんどで、大坂・大津・宇治の者が少し載る程度。以後のものでは、京都以外の宗匠も増加の一途をたどる。
20 物事の本質などが表面に表れたもの。反映。
21 ここは歳旦興行が祝意を根源にするということ。

て、組合事長《くみあはせごとなが》[1]くなるとて連句に出したるは、口[2]に其品《そのしな》を事によせて出すはさもあらんかし[3]。これらも先達《せんだつ》[4]に伝受も得ずして、ことぶきはやめて名聞《〈みやうもん〉》[5]までの摸《〈も〉》やう也。ちかき比《ころ》の集などに、世上もどかし[6]きとて、田舎の文盲《もんまう》[7]、掟《おきて》[8]がましき事をいひ出し、または我同門《わがどうもん》[9]をそねみなどしたる書もあり。身中《〈しんぢう〉》[10]の虫をくらい、紙子《かみこ》[11]着《き》て川へはいるのたとへに同じ。

一 近年、桃青《たうせい》門人世にはびこり[12]、諸国に頭陀《ずだ》[13]往行《〈わうこう〉》して名山・古跡を見、または一筋《ひとすぢ》[14]をすゝめてありくに、四、五日も

22 本式の歳旦帖を見てわかった気になり。
23 三物を興行して載せることはしないで。
24 歳旦発句を一つだけ丁の表側に書き散らし。実際にこうした例がある。
25 熊野三社が出す牛王宝印で、起請文を書く際に用いた。奇抜な文様を使った歳旦帖も実例がある。
26 石摺。石碑の拓本のように、黒地に白文字となるように彫刻して刷ること。歳旦帖に実例がある。
27 定まったやり方を破ること。

1 連衆が多い際は、何組かで順番や人員を替えながら三物興行をすることがある。それでは長大になるとして、連衆全員で連句を興行してすませることをさし、貞享三年(一六八六)の高政の歳旦帖などに実例がある。
2 歳旦を口実にそうした異例なものを出版する。
3 そんなこともあろうが、苦々しいことだ、という気持ちを示す。
4 先にその道に達して他を導く人。
5 歳旦という表面的な体裁だけをまねたもの。
6 世間の流行が気に入らない。
7 ここは無学で教養のない人。
8 式目めいたこと。俳諧の約束事に口出しするわけである。

とゞめて、「[15]大廻しの切字はいかに」「[16]第三の字どまりはいかやうにする」「[17]恋の句一句にて捨《すつ》るはいかに」など、[18]伝受《でんじゆ》をかたらせ、昼は会に引出《ひきいだ》し、[19]夜は鳥のなく迄《まで》[20]ものかゝせなどして、[21]べつたりとくたびらかし、帰る時は[22]集料・句代ばかりさし出して、「[23]此方《このはう》より便状以《びんじやうもつ》て」などゝまぎらかして置《おく》也。[24]からじり・草鞋《〈わらんぢ〉》・茶碗酒《ちやわんざけ》は[25]何を以《もつ》てとゝのふるや、右の句料をつかう外《ほか》なし。さるによりて、[26]出さぬ集もあるよし也。[27]味《〈あぢ〉》なき味噌《みそ》をふるまい、蚤蠅《〈のみはへ〉》にいぢらせ、[28]あまつさへ、

9 自分と同じ宗匠の門下にある俳人。
10 組織の内部で災いをもたらす者や敵対する者が出ること。諺に「獅子身中の虫」とあり、本来ここは「身中の虫が獅子をくらい」とあるべき。
11 諺で、無謀なことをして身の破滅を招くこと。
12 勢力を広げ。芭蕉没後、支考・野坡らの門人は全国を行脚して蕉風を広めた。
13 頭陀袋をぶらさげてあちこち出歩くこと。
14 ここは俳諧の道。
15 意味の上で下五から上五に返るような句では切字を使わないのが普通。そうした大廻しの句体で切字を使うことの可否。
16 発句・脇に続く第三は四句目への展開上、て・にて・らん留が一般的。その第三に体言留を使うことの可否。
17 恋の句は二句以上を続けるのが一般的。その恋を一句でやめることの可否。芭蕉は、恋は大事なので難しい時は一句にとどめてもよい、と語っている(『去来抄』等)。
18 伝授。ここは師から教えられた式目上の秘訣。
19 鶏が鳴く明け方まで。
20 短冊・色紙などの染筆や伝授書などの筆記をさせ。
21 すっかりくたびれさせ。
22 句を撰集に入れてもらうための版木代・入句料。一

跡《あと》[1]にては「下手《へた》くその」なんど、そしりの、しる也。此《この》のち行脚の人〳〵も、[2]方角を聞《きき》つくろひて通るべし。[3]宗祇《そうぎ》は大名によき連衆を持《もち》て、臨終《〈りんじう〉》までも心よし。[4]西行は秀《ひで》ひらを伯父《〈おぢ〉》にもち、[5]長明《〈ちやうめい〉》は伯母《〈おば〉》が家のやけ残りにて、一生終《〈おは〉》りしぞかし。

一　京は[6]国の所院《〈しよゑん〉》と定《さだめ》て、諸国の客をまねきよせ、[7]金銀残《のこ》させてくらす地なれば、富家《〈ふうか〉》の町人のみ也。されども、点者のくらしにくき所ぞかし。そのゆへは、正月は[8]一類の節《せち》ぶるまひにとりまぎれ、[9]御忌《〈ぎよき〉》よりつゞく[10]初午《はつうま》鈴の音にいそがしく、[11]彼《〈ひ〉》

例として、幾音編『猿若』(延宝四年)の入集句募集ちらしには、一句につき五銭の句料を取り、「板料はとり不申候」とある。
23 後のことはこちらから手紙で、などと言って曖昧にする。
24 軽尻馬。宿駅で借りる駄馬。
25 どうやって捻出するのか。
26 句料を取りながら出さずに終わる撰集。
27 質素な食事と非衛生的な環境で行脚俳人を遇するということ。
28 その上に。

1 その点者が帰っていった後。
2 情報を集めて、行く方面を選ぶべきだということ。
3 宗祇は伊勢の北畠、越後の上杉、周防の大内らの諸大名、京都在住の諸豪族と交流があった。
4 西行は奥州平泉に三代の栄華を誇った藤原秀衡らと同族であった。
5 鴨長明は父方の祖母の家を継承しつつも、実際は三十代でその家を去っている。伯母は祖母の誤伝か。
6 国の表座敷に当たる地。「所院」は「書院」であろう。「しよゑん」も「しよゐん」とあるべきところ。
7 金銀を置いていかせて。散財させて。

岸《がん》・[12]万日《まんにち》・[13]開帳《かいちやう》うちつゞき、[14]伏見の桃《もゝ》もうつろへば、四方《よも》の花ざかりに[15]いとまなみ、四月・五月は[16]祭〳〵《まつりまつり》に行《ゆき》かよひ、[17]くらべ馬にかけ廻《まは》り、六月は[18]四条の涼川《すずみがは》につかり、[19]末は[20]糺《たゞす》の流《ながれ》にしたがひ、[21]雷《かみなり》のひゞきに閉《とぢ》こもり、七月は[22]島《しま》ばら・しゆもくまちのおどりにたをされ、八月・九月は[23]茸狩《たけがり》・月見に飛廻《とびまは》り、冬は[24]茶の湯に未明《みめい》より相《あひ》つめ、十二月が間《あひだ》遊興に曽《かつ》ていとまを得ず。[25]貞徳《ていとく》・[26]立圃《りふほ》・[27]重頼《しげより》出生の地なれば誹諧《はいかい》はたへねども、[28]とりしめて一筋《ひとすぢ》に心をよする人まれ也。さるによつ

8　親族が集まっての祝宴・饗応。
9　法然の年忌を修する法会で、一月十九日から二十五日まで行なわれる。知恩院のものが著名。
10　二月最初の午の日に稲荷神社で行われる祭礼。境内で土細工の虫の鈴が売られ、果樹に懸けて虫よけのまじないにした。
11　春分を中日とした七日間で、祖霊の供養が行なわれる。秋のものは「秋彼岸」「後の彼岸」という。
12　万日回向。寺に一日参詣すると万日分の功徳があるとされる特定の日。
13　特定の期間だけ厨子を開き秘仏などを一般の人に拝観させること。
14　伏見(現在の京都市伏見区)は桃の産地として著名。桃は梅と桜の間に開花する。
15　落ち着く暇がないので。
16　四月の中の酉の日(現在は五月十五日)に行なわれる葵祭など、京は祭礼が多い。
17　五月五日に上賀茂神社で行われる競馬の神事。
18　六月七日から十八日まで、四条河原に床を並べて行なう納涼の遊宴をさす。
19　月末。
20　糺の森(下鴨神社の境内の森)を流れる御手洗川で六月二十日から三十日まで行なわれた祓(はらえ)の行事。

て、連衆[1]にひしと事を闕《かく》。○江戸は遊《いう》[2]興《きよう》の地、かりそめにも程遠《ほどとほ》[3]く火の用心を守りて、宿[4]にのみ町人も居《を》れば、毎日・毎夜、会合して点[5]とりをはげむ。また、武士は二年[6]に一度づゝ皃《かほ》をかへて、白壁《かべ》[7]の中に気をつむれば、古郷[8]への書状の間は巻〳〵《まきまき》[9]催《もよふ》すによりて、点とり机《つくゑ》に重《かさな》り、点料もむかしの通《とほり》たち至りて、とりこむ事うるし[10]のごとし。こと更《さら》点者もう[11]ちこみに点とりをすれば、五《ご》、六会《ろくくわい》出ると、もはや句並《くなみ》[12]同じやう也とて、あたらしくおも[13]ひかゆるによりて、面白き一《ひと》[14]ふ

21 六月を鳴神月ともいい、ここは上賀茂神社の祭神が別雷神(わけいかずちのかみ)であることからの連想もある。
22 島原と伏見鐘木町の遊廓で七月十三日から十六日まで行なわれた盆踊り。
23 茸の採集。
24 ここは冬に明け方の七つ半(午前五時ころ)から行なう茶事。
25 松永貞徳。諸芸に通じた文化人にして貞門俳諧の指導者。元亀二年(一五七一)〜承応二年(一六五三)。幼名は小熊。名は勝熊。別号に逍遥・長頭丸・明心など。
26 野々口立圃。貞徳門の俳諧師で、家業は雛屋。文禄四年(一五九五)〜寛文九年(一六六九)。本名・初号は親重。
27 松江重頼。貞徳門の俳諧師。慶長七年(一六〇二)〜延宝八年(一六八〇)。通称は大文字屋治右衛門。別号に維舟・江翁。
28 総じて。

1 連衆を集めるのがきびしく、不足しがちとなる。
2 酒色など遊びの本場。
3 遠方の火事にも注意して。
4 ここは自宅。
5 点取。点者に連句や発句の批点を乞い、その多寡を競う遊戯的な俳諧。

しも出《いで》くる也。国〳〵の点師《てんし》もみな江戸の風俗[15]をうかゞひて、ふり[16]を至《いた》すやうに成《なり》たるなり。されども、一両年の句、神も得《え》[17]き〻とり給はず。尤《もつとも》、つけあひは、匂《にほ》[18]ひかすらせて其《その》縁をはなさず、一句[19]の曲《きよく》、此《この》[20]うへはとおもふて世間まなぶ所に、此《この》ごろはつけ[21]あひの匂ひもうせ、一句も唐人《たうじん》[22]の寝言《ねごと》のやうなり。さらばこちらがおろかゆへかと、武《む》さしより其風《そのふう》をなす人にたづぬれど、自《〈じ〉》[23]句の返答さへ埒明《らちあか》ず。しからばことかけ[24]の一体《いつてい》なるべし。じや[25]りばの名ぬしと定めたり。○大坂は天王[26]

6 二年に一度の参勤交代で顔ぶれを変えて。
7 藩士たちが住む白壁長屋での生活も気づまりとなり。
8 国元の家族らに送る手紙。
9 何巻もの連句。
10 潤沢であることの比喩。
11 熱中して。
12 句柄。句のありよう。
13 思案。ここは句柄の改良を図ること。
14 一節。表現上の目立つ箇所や特徴。
15 ここは俳諧の風体。
16 ふるまい。ここは点取俳諧のあり方。
17 理解できない。
18 前句の情趣に合わせた付け方をすること。
19 一句としてのおもしろみ。
20 これまで以上のもの。
21 付合で二句の情趣を合わせること。
22 ちっともわからないことの意の成語。
23 自分で作った句の説明さえろくにできない。
24 何かが欠けたり不足したりしていること。
25 万治三年(一六六〇)の江戸城天守台造築の際、砂利を採った江戸浅草田町一丁目東端西側付近の俗称。新吉原への道筋に当たり、ここの名主は他の名主より格が下がる。同じ点者でも格下だということ。

寺より住吉[1]へ一日がけに見たれば、外に行方《〈ゆくかた〉》[2]もなし。去《さる》に仍《よつ》て、参会[3]も江戸に似《に》て、点とりにかたぶく。点者も今は出《〈しゆつ〉》[4]座金百疋《ひやつぴき》とさだめたれば、会合も行儀[5]に文台《ぶんだい》[6]おしたて、作法《〈さ〉》のよきは此《この》地也。初会[7]をつとむれば、みな〳〵懐中より一《ひと》[8]包《つつみ》づゝ扇子《せんす》にのする也。しかれども、この比《ごろ》は連衆[9]が大かた点者に成《なり》て、暁《〈あかつき〉》方の目[10]ばりのやうに、とぼ〳〵[11]として点者計《ばかり》やのこるらん。

一 抑《そもそも》、誹諧は女神《めがみ》[12]・男神《をがみ》のいひ出《いだ》せることぐさ、則《すなはち》[13]やまと言葉となり、歌《うた》と

---

26 現在の大阪市天王寺区にある和宗の総本山、四天王寺の略称。

1 現在の大阪市住吉区にある住吉大社。
2 見に行くべき所。
3 会席への参加。また、その集まり。
4 出張して一座をさばく点者の報酬が百疋(一千文)。
5 礼儀正しく。
6 俳諧などの会席で懐紙を載せる台。会席の象徴とも言うべきもので、文台を持つのは宗匠である証し。
7 ある人々の集まりに宗匠として出座する最初の会。
8 紙に包んだ謝礼金。
9 ここは点取俳諧に興じる作者たち。
10 物のすきまに紙などを張ってふさぐこと。朝日が差せばぼんやりと光がもれる。
11 ぼんやりとしておぼつかないこと。ここは連衆が減って活力がなくなっていること。
12 イザナギ・イザナミの男女二神が互いを賞美する歌(「あなにやし、えをとめを」「あなにやし、えをとこを」)の唱和をしたこと。これを和歌の起源とし、連歌や俳諧もそこから出たとする説があった。
13 大和言葉。和語。
14 連歌と俳諧の区別。

ちゞまり、誹諧となりたる也。しかるを、いづれの時よりはじまり、いつの代《よ》より事おこりたるとて、論じけるおろかさよ。[14]連誹《れんぱい》のわかちもなく、一[15]句に問答《〈もんどう〉》したるを、山崎[16]の宗鑑《そうかん》より連歌《れんが》[17]になづみける也。[18]こと葉のうつくしきを連《〈れん〉》と云《いひ》、今日のこと葉につゞけたるを誹《はい》とさだめたるなり。[19]連句につゞきたるは、宗祇[20]が三百韻も有《あり》たれど、今はうせ〱て、百[21]韻一つ丹波《たんば》にあり、世人《せじん》しりがたし。たしかにあらはれたるは、天文《てんもん》年中、伊勢の国守武《もりたけ》[22]が千句ありて明《あき》らか也。また、さ[23]し合《あひ》の掟《おきて》

15 長句と短句の一組で問答風にやりとりしたもの。連歌の起源はそうしたものであった。
16 宗鑑は洛西の山崎に住んだ。
17 ここは連歌との違いにこだわったの意。
18 雅語だけを使ったものを連歌、日常の俗語を取り入れたものを俳諧と定めた。貞徳にも「やさしき詞のみをつゞけて連歌といひ、俗言を嫌はず作する句を誹諧といふなり」(『俳諧御傘』序)の言がある。
19 二句だけの付合ではなく、百韻など句を長く連ねたものを、ここではこう呼んでいる。「連句」が術語として定着するのは、明治以後のことになる。
20 宗祇の俳諧作品としては、宗祇独吟百韻(『畳字連歌』)と本格的な俳諧百韻の一部(『新続犬筑波集』所収)が知られ、ここでの記述によると俳諧の百韻三巻などもあったらしい。
21 これは伝存しない。
22 伊勢内宮長官の荒木田守武。文明五年(一四七三)〜天文十八年(一五四九)。俳諧の千句(『守武千句』)を最初に行なったことで著名。
23 指合。連句で類似や同種の言葉が規定以上に近づいていること。「掟」はその指合を禁止する規定。

は、万治年中に貞徳《ていとく》『御傘《ご〈さん〉》』[1]をさし出《いだ》せしより定まれり。かのいせの千句[2]も、髪[3]と云《いふ》に櫛《〈くし〉》とつけ出《いだ》してひとつに成《なり》たるを、摂州天満《せつしうてんま》の住西山宗因《ぢゆうにしやまそういん》、ほつ〱[4]とときほどき、独吟[5]の百韻していせにひろめしより、一体《いつてい》[6]の風俗はわかれて、天《〈あめ〉》が下[7]なびきあひて、宗因風《そういんふう》[8]とはあがめたり。その後《のち》、時[9]とかはれる世のさまなれば、あるひは南京流《なん〈きん〉りう》[10]とて、さぬき[11]を敷《しく》と云《いひ》て円座になし、三輪《みわ》[12]をひやすとのべてそうめんになりたる一体《いつてい》、半年[13]ばかりいひしらけ、または一句[14]四十二、三字などにあ

1『俳諧御傘』。貞徳著の俳諧作法書で、歳時記を兼ねる。初版本は慶安四年(一六五一)刊。横本十冊。万治二年(一六五九)に再刷本が出ている。

2守武独吟の『守武千句』のことで、天文五年(一五三六)の着手、天文九年の成稿と知られる。跋文に俳諧を「花実をそなへ風流にして、しかも一句たゞしく、さておかしくあらんやうに」と明確に規定している。

3「髪」に「櫛」など、前句の語と関係の深い語を出すことで一組の付合が成立する、いわゆる物付(詞付)のこと。『守武千句』第四に「かみすぢほどもちがはざりけり/くし引はさんを置にもたゞならで」とある。

4徐々にこの物付を解体し。従来の付合語に拘泥せず、自由に俳諧を行なったことをさす。

5寛文九年(一六六九)成立の「伊勢にて/御鎮座の床めづらし也いせ桜」(『宗因千句』)に始まる宗因独吟の俳諧百韻をさすか。

6一つの新たな俳風。

7人々がこれに従い傾倒して。

8宗因の軽妙・滑稽な作風を模範とする俳諧のあり方で、後にこれが談林俳諧と呼ばれる。延宝年間に大坂・京・江戸の三都を中心に流行し、貞門との間に論争も起きた。宗因風・宗因流ともいい、西鶴らはこれを守武流の復活ととらえており、守武流に対抗して宗因

まして発句と云《いひ》、または、こゝにつかひて漢句《かんく》のやうに成《なり》たり。此時《このとき》多くは、誹諧はらちなきものとて止《やめ》たるもの多し。しかる所へ、武州深川松尾桃青《たうせい》出《いで》て、意《い》味《み》深《しん》長《ちやう》なる事をのべてうるはしくなしたるより、国〳〵おもひつきて、四、五年跡《あと》までは用ひたる也。今は誰《た》が家の風俗ともなく、前句にあらはになじむ事をさけて、一句の曲あるやうに成《なり》たるは、六《むつ》かしき風体《ふうてい》なり。しかあれば、その風儀〳〵は、世以《もつ》てうつり行《ゆく》ものとしるべし。今、法《ほふ》しがくるしみて、点者の位を

[15] [16] [17] [18] [19] [20] [21] [22] [23] [24] [25] [26] [27] [28] [29]

流が起こったわけではない。
9 世の中は時に応じて変わるものだということ。
10 談林の中でも過激な人々が、とりわけ奇嬌な俳風を誇示するのを、他門から非難していったもの。
11「円座を敷く」と素直に言わず、「讃岐」と「円座」の縁(『類船集』)により、わざと「讃岐を敷く」と詠む。

12「索麵を冷やす」と言わず、「三輪」と「索麵」の縁(『類船集』)から、「三輪を冷やす」と詠む。
13 半年ほどはやった後は興ざめとなり。
14 延宝期末から天和期にかけて、極端な字余りが俳壇に流行した。松春編『祇園拾遺物語』(元禄四年)に「花をかつぐ時や枯たる柴か、の歩も若木にかへる大原女の姿」(三十七音)の例が挙げられる。
15 同じころ、音読みの漢字を多用した漢詩文調も俳壇に流行した。似船句「社家ノ曰ク天神何ヲカ言哉和光の梅」(『安楽音』)などがその例。
16 埒なきもの。乱雑・無法でどうしようもないもの。
17 江戸の深川地区で、隅田川河口の東岸を占める。桃青は延宝八年(一六八〇)冬に日本橋から移居し、天和二年(一六八二)から芭蕉号を用いるようになる。
18 その表現する内容や余情が深くて含蓄のあること。
19 優美に。貞門・談林を超える新たな俳風で、いわゆる貞享期の連歌体をさしていよう。

さだめたきとおもふ念願、まことに殊勝の事也。凡俗《ぼんぞく》[1]の心はちかきたとへ[2]を引《ひき》つれば、その利[3]はやくしるゝもの也。さきほどより俗言[4]に入《いり》てかたるは、ひつきやう誹諧点者の上なれば、今日[5]に和《くわ》して高[6]きをとかず云《いひ》きかするぞかし。点者の位を[7]この里島原《しまばら》の傾城《けいせい》になぞらへて見るべし。厘毛《りんもう》[8]違はぬ所あり。先《まづ》、太夫[9]職《しよく》を見よ。あながちに琴・三味線・小歌《こうた》[10]は得[11]ねども、かたち[12]のよきにしたがひ、心ば[13]へ優《ゆう》に発明《はつめい》なるにより、人〱[14]おもひつきてときめく[15]也。点者もそのごとし。さ

20 同調して。
21 誰々流の俳風。
22 前句の詞に詞でべったり付けることはやめて。前句にふさわしい場面・情景・人物などをよく考えて付けるようになったことで、匂付(余情付)と呼ばれる。
23 おもしろみ。
24 難しき。芭蕉の求める句体・付合は、詞を選び抜く努力と高度な想像力を要するものであった。
25 俳風。
26 世とともに移っていく。
27 法師であるお前。この文章は、著者の轍士(表面上は匿名)が神託を書き留めたという体裁をとっており、轍士は法体をしていた。
28 苦心して。
29 各点者が俳壇に占める位置。

1 ありふれた一般の人。
2 身近なたとえ話。
3 有益であること。ここは遊女評判になぞらえることの有効性。
4 日常の言語を使って語る。
5 現実の社会に合わせ。
6 高邁なこと。

したる学文はなけれど、いひ出《いだ》せる一句に[16]一曲ありて、[17]姿《すがた》面白きには、[18]人〳〵おもひなづみて、うやまひもてはやす。[19]天《てん》職《しよく》はまた[20]こゝろもおとり、[21]風俗のそろはぬ所あるゆへ、[22]らうそくのひかりもうせてその次也。また、[23]かこゐは[24]かぶろもぐせず、[25]ほち〳〵とたどる也。[26]点者も文学はあれども[27]作意のおろかなるは、[28]人のもちゐもかるく、供《とも》をもつれずして[29]十徳《じつとく》をふところにおしこみ、[30]せきだのうらたゝき合《あは》せて縁《ゑん》の下にさしおくは、[31]下座《しもざ》にあり。[32]青のうれんにこもりて、[33]「いせ

7　島原遊廓の遊女。
8　わずかにも違いがない。
9　官許の遊里における遊女の最高位。顔見せに能を演じて太夫を称したことによる。揚代は五十三匁。
10　三味線を伴奏にした俗謡小曲の総称。
11　得意でなくても。
12　容姿。
13　やさしい気性で賢い。
14　深く思いをかけて。
15　もてはやされる。
16　作句上の工夫。おもしろみ。
17　句体。
18　心を寄せて。
19　天神の職。京・大坂で太夫に次ぐ遊女の位。揚代は二十五匁。天神社の縁日が二十五日であることによる。
20　気だて。
21　身なりや身ぶりの欠点。
22　蠟燭のような明るさもなく。油火より明るく高価な蠟燭に太夫をたとえている。
23　鹿恋・囲。京・大坂で太夫・天神に次ぐ遊女の位。揚代が十六匁で、「四四―鹿(しし)」の連想による。
24　禿。太夫・天神などに付き従う遊女見習いの少女。
25　揚屋までぼちぼち歩く。上級の遊女は揚屋まで着飾

のくし田」をうたひつれて、ゆききの[1]やつこをまつは、[2]笠づけの点者にて、[3]そよと人のおとづるゝも、[4]笠《かさ》か前句《まへく》かと、四畳敷に引《ひき》こもりてまちわびたるにて、[5]位《くらゐ》なし。[6]人中《ひとなか》をたゝれたる点師《てんし》あり。[7]北むきに相《あひ》おなじ。また、[8]宗匠の外《ほか》にして名も得たり。これらは[9]先達《〈せん〉だつ》の風〱をまなびたるゆへ、傾城を似せて[10]白人《〈はく〉じん》也。

遊女は身を売《うり》、点師は名を売《うり》て、一生の[11]界境《〈かいぎやう〉》あり。傾城となる事、あるひは[12]牢《らう》人《にん》のおとろへたる娘をつかはし、または[13]夜番の妹を売《うり》たるなれば、[14]むかしを恥《はぢ》て

って練り歩くのが習い。
26 学問。
27 句を作る力。
28 人からの扱い。
29 素襖に似て脇を縫いつけた衣服。儒者・医者・俳諧師・絵師などの外出着で、黒紗の類で仕立てる。
30 雪駄。竹皮の草履の裏に獣の革を張った履き物。
31 下位・末席。
32 紺色に染めた暖簾。これが入口に掛かることから、最下級の端女郎がいる部屋をいう。
33 流行歌の歌曲。歌謡集『松の落葉』に「伊勢之櫛田」として「いせのくし田のまん中ほどでふかき思ひのやれむらさきぼうし、ほんにくどくかそりやしんじつか…」とある。

1 奴。下僕。端女郎に似合いの客として挙げたもの。
2 笠付。雑俳の種目。上の五文字を題として出し、これに見合った十二字を付けさせるもので、正式な俳諧より格下に見られた。
3 わずかに。
4 笠付か前句付か。「前句付」は前句を題として出し、これに見合った付句を募集して競わせる、遊戯的な要素の強い俳諧。

親ざとをかくす。点者となるも、牢人して奉公をかまはれ[15]、町〳〵の家請状《いへうけじやう》[16]にもきらはれ、もと手《で》[17]もなければ伽羅《きやら》[18]の油のみせもかなはず、点者とはなれる也。又は、出家には成《なり》たれども、なんぞ仏《ぶつ》弟子に俗[19]やなからん、うるはしき女をいまし[20]め、うまさうな鯛《たひ》・うなぎをぶくせぬ[21]事の損《そん》をおもひて、高みよりこけ[22]落《おち》、衣[23]のすそ押《おし》切ればたちまち十徳の姿と成り、心やすくちよろりと[24]点者になる也。親のゆづり[25]はうけたれども、米[26]の買置《かひおき》にたをされ、[27]分散《さん》にあひて、大《だい》[28]こんうりは[29]さな

5 太夫・天神・鹿恋という位の外にいる。
6 人との交際をやめて隠棲した点者。
7 北向。京都島原中堂寺町北側の横道にいた下等の遊女で、全盛の時を遥かに過ぎた存在の意。
8 職業的な宗匠以外。いわゆる遊俳のこと。
9 人を指導する立場にある者。ここは宗匠。
10 京都の祇園町や大坂の島の内・新地などで売色する私娼。歌曲などの芸がないために白人(しろと)と呼ばれ、これを音で訓んだもの。
11 境涯。その身の境遇やめぐりあわせ。
12 浪人。失職した武士で、失職者一般をもいう。
13 番太郎。火災・盗難などの予防のため、夜中に町内の警備をする者。下等に見られがちであった。
14 以前の身の上が露顕するのを恥じて実家を隠す。
15 禁じられ。
16 借家人の身元を保証し、その責任を負うことを記し、町役人へ提出する証文。
17 元手。資本。
18 鬢付け油の一種で、胡麻油に生蠟・丁子を加えて練ったもの。美少年が売色を兼ねて売り歩くことが多い。
19 世俗に生きる人。
20 忌み嫌い。
21 食べない。

がらならず、また職《〈しよく〉》人には生《うま》れ来《きた》れど、細工[1]が不器用で野ら[2]をかはき、謡《〈うたひ〉》[3]やにてつきあひたる人をたのみて、点者になりたるも多し。これみな、いにしへを恥《はぢ》て先祖をかくすは、遊女の身を恥《はづ》るにちがはず。身請《みうけ》[4]をしたれば、下やしき[5]にやしなはれて、ゑようゑいぐわ[6]をきはむ。大名[7]にかゝへられたれば、折《をり》ふしの発句計《ばかり》にて寛楽《くわんらく》也。かれこれ[8]、この比准《〈ひじゆん〉》[9]ほどよく〳〵かなひたるはなし。点師も、口おしきものにたとへられたりとて、腹あしく[10]はおもはじ。公家[11]に生《なま》鰯《〈いはし〉》をたとへ、

22 僧侶から還俗して。久米の仙人の故事を踏まえるか。
23 僧衣。
24 すばやく。安直に。
25 財産の相続。
26 米の値上がりを期待して買い蓄えること。一種の投機で、裏目に出れば大損となる。
27 破産。
28 大根を売り歩く行商人。
29 それでもさすがにできず。

---

1 手仕事。
2 怠けくさって。「かはく」は好ましくない物事をののしっていう語。
3 謡屋。市中で謡を教える家。
4 遊女らの身代金を払って請け出すこと。
5 本邸のほかに設けられた大名・豪商らの別邸。
6 栄耀栄華。ぜいたくの限り。
7 俳諧師が大名の庇護を受ける例は珍しくない。
8 遊女と点者。
9 比べてなぞらえること。
10 腹立たしくは思うまい。
11 公家と生の鰯は生白いという共通点がある。
12 阿弥陀仏の頭部のぼつぼつ(肉髻(にくけい)や螺髪(らほつ))と

[12]弥陀のかしらを蜂の巣になぞらへていへど、[13]譬喩品《ひゆぼん》の方便なれば罰《ばち》もあたらず。そのうへ、[14]下ざまに成《なり》たるは、句々をはげみて上手になれば、その身の為《ため》ぞかし。[15]人死して名をとゞめ、豹《へう》死して皮《かは》をのこす。道をみがきて上にたゝんとおもはゞ、[16]三神の加《か》護《ご》やなからん。汝がとし[17]比《ごろ》なげくは爰《ここ》ぞかし。いそぎ旅《りよ》宿に帰り、[18]延慮《えんりよ》なく書終《かきをは》りて[19]梓《あづさ》に出《いだ》せよ。書写《しよしや》の間、天井《じやう》にゐて[20]ちからを添《そゆ》べし。かならず〳〵[21]依怙《ゑこ》荷担《かたん》あるまじ。貞徳、[22]掟《おきて》の書を出す時は[23]外題《げだい》を数《かず》〳〵《かず》したゝめ、稲荷大

蜂の巣は形状が類似する。

13 法華経第三品。三界を火宅に見立て、そこから逃れる手段として羊・鹿・牛の三車(三乗)と大白牛車(一乗)のたとえを説き、三乗は方便で一乗は真実であるとしたもの。ここは仏教にも譬喩品があるのだから、点者を遊女に見立てても罰はないとする。

14 身分の低い者。ここは下級遊女に見立てられること。

15 死後に名声を残すような生き方をせよ、という意の諺。欧陽修の文章による。

16 和歌三神の加護があることであろう。連歌や俳諧の会席では住吉明神・玉津島明神・柿本人麿の神号や画像を床の間に掲げる。

17 現状を嘆いて、あるべき姿を切望する。

18 遠慮。

19 出版しなさい。

20 助力してやろう。

21 えこひいき。不公平な肩入れ。

22 俳諧の式目等を記した作法書。『俳諧御傘』の序文に稲荷の籤によって書名を決めたとの逸話がある。

23 書物の表紙に記された題名。

明神の御鬮《み〈くぢ〉》にまかせて、『御傘《ごさん》』と云《いふ》末[1]世の重宝をのこしたり。今此《いまこの》集も、汝《なんぢ》がやさしき[2]心をあはれみ、世俗に下《くだ》りて俗言をまじへ侍《はべ》る。長〳〵しき[3]ものがたりにくたびれて、青かりし葉の秋、花の春は清水《きよみづ》の花見車《はなみぐるま》[4]をたてならべて、名とな[5]れる点者をうるはしき[6]遊女《〈ゆう〉》のはだへになぞらへ、人の心をよろこばしめよ。我《われ》はこれ、いなりの[7]末社《〈まつしや〉》島津《しまづ》の神《〈しん〉》、かりに丹州[8]の清《〈きよ〉》めにのりうつりて、衆生《しゆじやう》[9]のたすけとなる也」とて、たちまち白狐《びやく〈こ〉》[10]のかたちとあらはれ、辰巳《たつみ》[11]のかたに飛《とび》さり給ふ。

1 後の世まで大切にされる宝。
2 風雅な志。
3 長話でいたずらに時間を費やしたことを言いつつ、花＝遊女＝点者の構図から、点者評判記である本書を『花見車』と名付けたことを記す。
4 花見に乗って行く車。京の清水は花見の名所として知られる。
5 著名な。
6 美しい遊女の肌。「肌」は気質や気性を意味することもある。
7 伏見稲荷から勧請した島津神社の神。薩摩藩主の島津家は狐と縁が深く、領国には稲荷信仰が根付いており、現在の鹿児島市稲荷町には島津氏に尊崇された稲荷神社(島津稲荷とも)がある。轍士は島津家と関係があったか。
8 丹後国の清という女。架空の存在であろう。
9 迷える人々への手助け。
10 年を経て毛の白くなった狐は神通力をもつとされた。
11 東南の方角。都の東南には稲荷山があり、麓に伏見稲荷大社がある。
12 茫然。
13 はっきりしない。
14 貞享五年(一六八八)の『諸国色里案内』では島原の揚屋

夢さめ[12]忙然《〈ぼうぜん〉》と[13]おぼつかなきは、[14]藤屋の伝三が[15]高《たか》にかゐ也。おどろき見て、[16]御山を五、六度礼拝《〈らいはい〉》し、旅宿に帰れば、[17]そゞろに腕首《〈うでくび〉》重《〈おも〉》く成《なり》て、先《まづ》、[18]神勅《〈しんちょく〉》のごとく、[19]譬喩《ひゆ》の目禄をぞ書《かき》たりける。

[20]もくろく

一　琴《こと》とあるは　漢文[21]漢和《かんな》の事と心得《こころう》べし

一　三味せんとは　和歌《わか》の事

一　小歌《こうた》とあらば　[22]仏学

一　[23]風俗《ふうぞく》とは　其《その》人の発句にてしるゝ

一　にしやまやは　宗因《そういん》

に「藤屋庄左衛門」「藤屋十郎兵衛」の二軒があり、そのどちらか(あるいはそれらのもじり)であろう。

15 高い二階の座敷。

16 稲荷山。

17 何とはなしに。

18 神のお告げ。

19 点者を遊女になぞらえる項目一覧。

20 目録。俳諧関係の語を遊里関連の語にたとえた、その一覧。

21 漢和聯句の略。漢句と和句をまじえて行なう連歌・俳諧の一形式で、とくに発句が漢句のものをいう。発句が和句のものは和漢聯句といい、両者を合わせて「和漢」や「漢和」と呼ぶことも多い。

22 仏教に関する学問。

23 俳風。各人の発句から知られるとしている。

一　松尾やは　桃青《たうせい》

一　かへ名[1]は　名乗[2]の片字・軒号[3]等

一　親かた[4]とは　いづゝや庄兵衛[5]

一　やり手[6]とは　誹諧《はいかい》[7]のせわやき也

一　尼君《あまぎみ》[8]とは　点者[9]の楽に成《なり》たる也

　　又くるしむもあり[10]

一　太夫《たゆう》[11]とは　上《じやう》の点師《てんし》

一　天神《てんじん》[12]は　その次

一　かこゐ[13]は　その次

一　みせ[14]とは　またその次

一　北むき[15]は　大坂あわざ[16]　江戸かし[17]　人中《ひとなか》[18]をたゝれたる人

一　きんちやく[19]は　人しれず裏店《うらだな》[20]にゐる人

1 替名。遊里で用いられる遊女の名称。客の通り名をいう場合もある。
2 元服後の正式な名前から一字を取って呼ぶこと。
3 雅号で軒の付く号。ここは広く別号をさす。
4 親方。遊女屋の主人。
5 俳書出版を専門に行なった京の井筒屋庄兵衛。
6 遣手。遊女の世話や取り締まり、客との取り持ちなどを行なう女性。
7 点者と俳諧愛好者をつなぐ役。前句付や雑俳で会所と呼ばれる仲介業者などがこれに当たる。
8 尼僧への敬称。ここは遊女の勤めを終えて尼になった者をさす。
9 点業に精を出さずとも安楽に暮らせる者。
10 点業の依頼が減って生活に苦しむ者。
11 官許の遊里での最上位の遊女。
12 太夫に次ぐ位の遊女。
13 囲・鹿恋。太夫・天神の下の位の遊女。
14 見世女郎・端女郎と呼ばれる下級の遊女。揚屋には出向かず、遊女屋の格子の内から客を招く。
15 京都島原中堂寺町北側の横道にいた下等の遊女。
16 阿波座。大坂新町遊廓の中の町名。廓内での格式は下がり、下級な遊女屋が並んでいた。
17 河岸。江戸新吉原を囲む総堀に沿った地域。端女郎

一 [21]よ鷹《たか》は [22]江戸のそうか
一 [23]なべとは みちのくの色[24]
一 [25]しやくとは [26]さか田の君
一 [27]うき身は 越後《ゑちご》にあり
一 [28]あんにやは いせ
一 [29]現妻《げんさい》は きのくに
一 [30]白人《はくじん》は [31]点者の外《ほか》
一 [32]大臣《だいじん》は よき連衆《れんじゆ》
一 [33]まぶは 常に[34]念比《ねんごろ》なる人
一 [35]ちかひとは [36]奉納の事
一 [37]心中《しんぢゆう》は 連中に[38]無《む》心《しん》いはぬ也
一 [39]入《いれ》ぼくろは 点者に[40]執筆《しゆひつ》さする

のいる局見世（つぼねみせ）が並んでいた。
18 点業を廃して隠棲する元点者や、これに準ずる人。
19 巾着女。私娼の一呼称。
20 裏長屋。
21 夜鷹。街角で客を引く最下級の私娼。夜発ともいい、京・大坂で総嫁、江戸で夜鷹と称した。
22 江戸での総嫁。
23 鍋。東北地方で下級遊女をさす呼称。
24 遊女。
25 杓。羽後・越後などで下級遊女や売色に応じる宿の下女をさす呼称。
26 酒田（現在の山形県酒田市）の遊女。
27 浮身。旅商人などの滞在中に同居して世話をする、越後の私娼。
28 阿娘。伊勢古市の私娼。
29 幻妻・衒妻。夜鷹・総嫁に同じで、とくに紀州和歌山でこう呼ぶという。
30 素人。京都の祇園や大坂の島の内・新地などの私娼の異称。
31 点者にはならず、点者と並ぶほど俳諧に熱中する人。元禄俳諧はこうした人々によっても推進された。
32 遊里での上客。
33 間夫・真夫。遊女が真情を込めて遇する情夫。

一 身あがりは[1] 誹諧《はいかい》[2]の外《ほか》に家業をまじへる

一 紋日《もんび》[3]は 会《くわい》[4]に出る

一 大よせ[5]は 矢数[6]はいかい
　五百句・千句[7]の数に入《いる》

一 うつとは[8] 身もちあしき人[9]

一 身うけは[10] 人にまねかれたる也[11]

一 親里《おやざと》[12]は 身をおさめたる[13]

一 手形《てがた》[14]は 板行《はんかう》の書物

一 はつ文《ぶみ》[15]は さいたん三物《みつもの》[16]

一 道中[17]は 廻国《くわいこく》[18]の人

一 とこ入《いり》[19]は 一座のよしあし

34 熱心で親身に対応する人。ここは宗匠が信頼を寄せる有力な俳人。
35 神仏などへの誓願。
36 神仏への法楽を意図した連歌・俳諧の興行。
37 心中立ての略。遊女が客への真情を示すための行為で、誓紙・放爪・入れ墨・断髪・指切りなどがあった。
38 金品をねだること。
39 入れ墨に同じく、遊女となじみの客が肌に墨を入れて真情を示すこと。
40 宗匠の下で修行し、会席の記録などを務める者。ここはその記録の役目。点者がその役を兼ねるほどに、連衆との関係が近いということであろう。

1 身上・身揚。遊女が自分で揚代を払って勤めを休むこと。
2 俳諧点者のほかにも職業をもっている。
3 物日。遊廓で五節句など特別に定められた日。遊女は必ず客をとらねばならず、揚代も高く、祝儀などで客も特別の出費を要した。
4 連句興行などの俳席。
5 多くの遊女を呼び大勢で遊ぶこと。
6 一日ないし一昼夜の制限時間内に独吟百韻をどれだけ詠めるか競う俳諧興行。西鶴が創始したもので、延

一　くぜつ[20]は　連中と中《なか》あしき
一　たいこ女郎《ぢよろう》[21]は　点者[22]に似てまじる人
一　かぶろ[23]は　同《おなじく》[24]つきしたがふ人
一　あね女郎[25]は　同門の先達
一　いたづら[26]とあらば　はいかいの好人《すきびと》
一　引舟[27]は　執筆《しゆひつ》
一　ふる[28]は　点者からいやがる連衆
一　やぼ[29]は　いなかうど[30]
一　らちあけ[31]は　点者をおもひかへる[32]時
一　夏《（げ）》書《がき》[33]は　連々万句[34]
一　あげや[35]は　会宿[36]
一　ふみは　手跡《しゆせき》[37]

宝五年（一六七七）の一日千六百句から始まり、貞享元年（一六八四）には一昼夜二万三千五百句の独吟を達成した。
7 百韻を五巻・十巻と巻き上げるような規模の興行に参加する。
8 博奕を打つ。
9 品行が悪い人。
10 身請。遊女の身代金を払ってその身を請け出すこと。
11 大名など貴顕の俳諧愛好者に庇護される。
12 実家。遊女の勤めを終えて帰る先。
13 ここは点業を果たし上げたこと。
14 証文。ここは遊女の年季などを記し、その身を証したもの。
15 遊女が客に送る正月最初の手紙。
16 歳旦三物。新春を寿いで三物（発句・脇・第三の三句）を何組か一門で詠むもの。
17 遊女が盛装して供の者と揚屋まで歩く行列。
18 諸国行脚の俳人。
19 男女の共寝。閨房でのふるまい。
20 口舌・口説。男女の言い争い。
21 太鼓女郎。歌舞音曲によって一座を盛り上げる役の囲女郎。
22 点者に準じる立場で俳席に加わる人。
23 禿。遊女見習いの少女。

一　酒と出たらば　上戸《じやうご》[1]

一　信女《しんによ》[2]・大姉《だいし》とあるは　むかし人也[3]

一　年《ねん》[4]のあくとは　誹諧《はいかい》やめたる人

24点者に従い修行している人。

25姉女郎。先輩格の遊女。

26色事・情事。ここはそれを好む人。

27引舟女郎。太夫に付き添って宴席を取り持つ囲女郎。

28振る。遊女が客の意に従わないこと。

29野暮。無粋で遊里の事情に疎い人。

30田舎人。ここは地方から都会に出た際に宗匠と交わる人。

31埒明け。事情に通じ、てきぱきと物事の決着をつけること。ここはある遊女との関係を断ち切ることか。

32考えを改める。ここは別の点者に従うこと。

33仏教語で、夏の修行中に多くの経文を書写すること。

34連歌・俳諧で百韻百巻を行なうこと。

35揚屋。遊女を呼んで遊興する家。

36連句の会を行なう家。前句付・雑俳などの会所(取次所)をもさす。

37筆跡。


1酒の強い人。

2女性の死後、法名の下に付ける称号。

3世を去った人。

4遊女として勤める年季が明ける。十年の年季にお礼奉公を加え、通常は十数年を勤める。

花見車　一〔大意〕

子をもつ親の常として、わが子に学問や技能を身につけさせ、それで親の自分に報恩せよとは思わず、将来のよりどころになればと願い、八、九歳ころから寺子屋に通わせ、習字や素読をさせるなどの配慮をするのは、実にもっともなことだ。十七、八から二十歳くらいになれば、各自の好む分野というものができ、それが生計の手段になっていく。その時、文字を覚え学問を修得したことが、あらゆる技能・技芸の支えとして大きな意味をもつのだ。武士であれば、それが主人のためになり、わが身の安定を得ることも早まるし、町人であれば、為替手形の作成や帳簿の確認などをみごとにこなし、手代から番頭へという望みも早く叶うことになる。学問の力によっては、無理かと思われる医者にだってなれる。

そうしたさまざまな職業の中でも、歌人や連歌師になろうと思ってはいけない。和歌は公家が行なうもので、幼時よりそのありようを見知り、歌道になじんできたからこそ、自然と素直な心のままに歌作できるのだ。一般人は仕事に時間をとられ、年をとって歌を始めるものだから、一流にはなりがたい。歌をしっかり詠むためには一途に励み、連歌も行なわない方がよいと、古人の戒めにある。西行や兼好らも、若い時から和歌の名家に従って錬磨したからこそ、歌人と呼ばれるようになったのだ。連歌も、宗祇《そうぎ》や宗鑑《そうかん》のころの句は実におもしろく、下流の者たちまで記憶にとどめている。紹巴《じょうは》より後は、連歌の発句《ほっく》について人々が話題にすることもない。最近では北野の能順《のうじゅん》が興味深い句を詠む者として、無風流な人々の耳にも入るけれど、これも七十歳を過ぎて多少の評判を得たという次第で、諺に「日暮れて道いそぐ」とある通りだ。その上、連歌では引いてよい和歌の範囲にも限定があり、名所でも新しいものは使わないなど、何よりも決まり事を大事にするため、窮屈な面が多く、自由に楽しめるものではない。

俳諧は当世の現実を句に詠むものなので、世界や自然について知り、和語を覚え、古歌や古詩は暗記し、文字に精通し、名所や古跡を訪ねてそれと見きわめ、古人の説を理解するなど、身につくことが多い。また、恋の句に情をこらすものなので、早く通人となり、愛嬌が備わって交友範囲も広くなる。それなのに、俳諧に関わると性質が悪くなるとして、わが子が近づくのを嫌う親の愚かなことよ。第一、金銭面での無駄な出費がない。遊女との遊びにはまり、月に一人ずつ太夫を買って一年たつと、いくら豪遊を控えても三十両は確実に消えていく。俳諧ならば、折々の連句会を開き、点者への贈り物をきちんと届けても、年に十両とはかからない。

これほど気軽に楽しめる道はほかにないと思い、私は壮年期より京・江戸・大坂の宗匠たちと親しみ、三十年ほど俳諧になじんできた。世間に流行の俳風は都で察知されることなので、年ごとに京へ出かけて井筒屋《いづつや》庄兵衛《しょうべえ》の書店に行き、歳旦三物《さいたんみつもの》を見ては諸国の俳風を味わい、月を追って出される俳諧撰集によって風体の変化を学んで、自分の俳諧が古びないように励んできた。しかしながら、ここに一つの残念なことがある。俳諧一筋に身を打ち込んで評判の宗匠がいる一方、有名だけれど実力はたいしたことのない宗匠もいるのに、遠い田舎に住むことの口惜しさは、それらを同じように見なしてしまうことだ。「最もすぐれた前句付の点者は中国にもいないほど貴重だ」と言ってみたり、「これこれの名句を届けたのに一点も付かないとは、点者だか棒杭だか知れたものではない」などと騒ぎ立てる者をおだて、これを宗匠にしてしまうこともあれば、自ら無理に点者になってしまう者もいる。

こうした事態の何とも嘆かわしく、これが一つの妄執となり、明けても暮れても悩んでいたところ、この元禄十五年の春は北野で菅公八百年忌があると聞き、上京して小座敷にこもっていた。ちょうど壬生《みぶ》念仏のころ、にぎやかな雰囲気に浮かれ、茶店でしばし休み、茄子売りが猿の面を付けているのを見ていたら、年齢は二十二、三ほどか、見た目が上品で美しく、髪を下ろして孤閨を侘びているかと見える人が、しずしずとそばに寄り、「お坊様はきっと歌人か俳諧師でしょう」と問う。眼力を備えた都の人にはすべてがお見通しかと恥ずかしく、「たしかに私は俳諧師。どうして見破られたのか」と聞くと、「先刻より万事に注意を向け、人を見る観察眼の並大抵でない様子から、ただ人ではないと思いました。俳諧師ならば話したいことがあります。さあこちらへ」と袂を引かれては心もなびき、糸を付けて住処《すみか》を探るまでもなく、跡について野を分けて行くと、賑やかな里があって、その高い座敷に招き入れられる。外を見ると、比叡山には薄霞が晴れたりかかったりし、愛宕山《あたごやま》には雪が少し残って花かと間違えそうになる。野原には若草がしだいに萌え出し、今年も麦はよい出来であろうなどと思いながらも、空腹を覚えていると、盃を取り出して酒を勧め、女が言うことに、「ここまで誘って来たのもほかではありません。長く俳諧に心を寄せて都にまで出てきた風流な心がけに、どうして神も応じないことがありましょうか。俳諧に関する一通りの概略を語って聞かせましょう。長くなるので順を追って話を分けます。

一　昔と今の俳諧では、何よりも携わる者の心持ちが正反対に変わっている。古くは、連衆が一つの会を興行しようと思えば、十日も前から箱を回して最初の一巡《いちじゅん》の句を作っておき、当日はどんな用事も断って会に出席し、床の間には人麿・明神などの像を掛け、香をたき、一巡ごとの句が読み上げられるたび、自分の時にはしっかり頭を下げてわが句の至らなさに恐縮している旨を述べ、会中は私語をせず、挙句《あげく》の際には膝を立て直して姿勢を正し、終わった後には多少の酒を勧め、宗匠が帰る時には門前に出て敬意を払うのであり、これが正しい。翌日は袴を着て宗匠の家を訪ね、「昨日はご苦労をおかけしてかたじけない」と、一包みの謝礼金をへぎ板の盆に載せて差し出す。

当節はまたそうではない。点者《てんじゃ》の方からしきりに会を催すよう誘い、次から次へと料理を出し、初《しょ》一巡がすむ前から酒を銘々に廻し、自分の句前でなければ大声を出し、「嵐三右衛門《あらしさんえもん》は早世して残念なことでした」「中村七三郎《なかむらしちさぶろう》は上京しないものか」など、我先《われさき》にとしゃべくり、果てには大酒となって、懐紙がどこへあるのかも知れず、点者に余興芸をさせ、それでも自分の扇や紙入《かみいれ》(財布)は他人のものと紛れないように気をつけ、帰る段になっても別れの挨拶すらしない。翌日には宗匠の方からお礼に来て、「昨日はいろいろとご馳走になり、ことに珍重すべきあなたの句を拝見し、ありがたいことでした」と、改まって礼を述べる。これではあべこべである。

昔は、短冊や絵の賛を依頼する時は、宗匠の好みを考え、純金の粉を散らした色紙を届けた。

点者も心を整え、威儀正しく発句を書くため、二十日も三十日もかかって書いて届けさせると、一包みの金子《きんす》をへぎ板の折敷《おしき》に載せて謝意を示す。今は、点者の方から先に「おいやかもしれませんが、短冊を書いて差し上げましょう」と言うと、ぼろぼろと土の粉がこぼれる紫色の色紙を投げてよこす。さらさらと達筆で書いて送っても、ろくに見もせず、塵籠《じんこ》に投げ入れ、歳末の大掃除の時に邪魔になって捨てられるとは、不愉快なことである。

昔は、歳旦の三物を手紙に同封して送れば、返事に謝礼金が添えられてきたものだ。今は返事もなく、襖の下張りに使われる。このように昔と今では違いがあり、昔の点者は家持ちとなって借家料を取り、老いての寺社参詣を楽しんだものである。今は会席で宗匠として務めても、謝礼金も滞りがちな上、連衆へこびて品位を失っていることから、その職務も軽いものに見られて、財産も散り散りに消え失せ、かつては望めた一時的な栄華すら当てにならないため、ようやく湯葉《ゆば》のような質素な食べ物を食べて毎日を送るのである。

一　天満の宗因《そういん》や深川の桃青《とうせい》(芭蕉)は一生の間に俳書を編集せず、詠み出した句はよいものもそうでないものも、門弟や連衆の版行によって世に出た。これが俳書編集の本当のあり方だ。最近では点者が諸国に満ちあふれているので、わが名を知ってもらい、自分のよしとする俳諧のあり方が他とは違うことを知ってもらうため、実力よりは割増しに見られる手段として点者が撰集を出すのも、たしかに理にはかなっている。上流の人々の編集物も最近は見かけるが、点者への相談もなく、勝手に出版に及び、家来衆に命じてこれを売らせ、出版費用の助けともする。これはあってはならないことだ。『夜《よる》の錦《にしき》』『俳林一字幽蘭集《はいりんいちじゆうらんしゅう》』『七瀬川《ななせがわ》』などはすべて点者に申しつけて編集させ、風流韻事に遊んだもので、こうありたいものである。

総じて点者と呼ばれておさまっている者は、それぞれ伝授されたことをよく理解した上で、自分なりの俳風を築くのが常である。そうしたことに基づいて出した撰集は見所があり、残らず人々の間に広まっていく。そうではなく勝手に出す人は、在所の滑稽な話をわけもなく書き散らすなど、浄瑠璃本のようなものになり、その人の下地が明らかになって見苦しい。

初春の歳旦興行は、慶安二年に貞徳《ていとく》が初めて行なったもので、王城の地に住んでその恩恵を受けることへの感謝、つまり都への祝意を示すことなのである。当初は都の中だけのことであったが、今は俳諧も諸国に広まって、年ごとに三物だ三物だと出回るのは、めでたいご時世の反映である。その祝意という根源から出来た本式のものを見て、学んだつもりになった者が、連衆を揃えての三物興行はせず、たった一句を表側に書き散らしたり、熊野で配る牛王法印《ごおうほういん》のような模様を書き入れたり、石摺《いしずり》の形態にするなど、ありとあらゆる無法を行なっている。点者の配下の連衆が多く、三物の組み合わせでは長大になるからと、連句を興行して載せるのは、歳旦にかこつけた異例なのであって、苦々しいことだ。これらはすべて、先達からの伝授を受けず、祝意という本来の目的は切り捨て、歳旦という体裁をまねただけのものである。

最近の俳書には、世上にはやる俳諧が気に入らないと、地方の無学な者が式目めいたことに言及したものや、同門の俳人をねたんで非難したものもある。これぞ「獅子身中の虫」というものであり、「紙子着て川へ入る」のたとえと同じだ。

一　近年、桃青の門人が世間に勢力を広げ、諸国に行脚して名山や古跡を見ては、俳諧道を人々に勧めて歩くのを受け、この者を四、五日も引きとどめ、「大廻しの句に切字を使うのはどうか」「第三の体言留はどうか」「恋句を一句でやめるのはどうか」など、伝授事のあれこれを語らせ、昼は句会に引っぱり出し、夜は鶏が鳴く明け方まで書き物をさせるなどして、すっかりくたびれさせ、帰る際には点者が撰集を作る際の版木代・入句料ばかりを差し出して、「後のことはこちらから手紙で」などと言って曖昧にする。これでは馬・草鞋・酒など旅の費用はどうやってひねり出せばよいのか、その句料を使う以外にない。そんなわけで、出さずじまいの撰集もあるということだ。

味気ない味噌をふるまい、蚤や蠅に苦しませ、その上、帰った後には「あの下手くその俳諧師が」などとそしりののしるのである。今後は行脚俳人たちも、そうした情報を得て出かける方面を決めるべきだ。行脚をした人たちでも、宗祇は大名をよい連衆としてもっていたので、死ぬまで安泰だったのだ。西行《さいぎょう》は藤原秀衡《ひでひら》を伯父にもち、長明《ちょうめい》は伯母の家の焼け残りを得て、一生を無事に過ごしたのである。

一　京は日本国の表座敷と定まっており、諸国からの客を集め、金銀を使わせて暮らす土地柄なので、裕福な町人ばかりである。しかしながら、点者には暮らしにくい所である。その理由はというと、正月は一族が参集しての饗応に取り紛れ、御忌《ぎょき》に続く初午《はつうま》は鈴の音が忙しげで、彼岸・万日回向《まんにちえこう》・開帳などが続き、伏見の桃が咲き終わると、あちらこちらの桜の花盛りを見歩くために暇がなく、四月・五月は方々の祭礼に通い、競馬《くらべうま》を見に駆け回り、六月は四条河原での納涼にひたり、月末は糺《ただす》の森の御手洗川《みたらしがわ》での祓《はらえ》に出る一方、雷の響きには閉じこもり、七月は島原や伏見撞木町での盆踊りに疲れ、八月・九月は茸採りや月見に飛び回り、冬は茶の湯に未明の時分から詰めて、十二カ月の間はずっと遊興続きで少しも暇《いとま》がない。貞徳・立圃《りゅうほ》・重頼《しげより》が生まれた土地なので俳諧の絶えることはないけれど、総じて俳諧一筋に心を寄せる人はまれである。そこで連衆を集めるのに不自由する。

江戸は遊びの本場なれども、仮にも遠方の火事をもらってはかなわないと用心し、町人も自宅からあまり離れないで、毎日・毎夜と会合しては点取《てんとり》俳諧に励む。また、武士は参勤交代で二年ごとに顔ぶれを変え、白壁長屋での生活も気がつまり、故郷へ手紙を書く間に何巻もの連句を行なうため、点取の巻が点者の机に積まれ、点料も昔の通りに集まって、その懐は潤沢である。点者も点取に熱意を込め、五、六度も会に出ると、句柄がみな同じようだということで、新しく工夫をしていくため、おもしろく特徴的な作風も生まれてくる。諸国の点者もみな江戸の俳諧に注目しつつ、自分のやり方を示すようになった。それでも、ここ一、二年の句は、神でも理解できないようなものばかり。付合の場合、前句の情趣を読み取ってそれに合わせた付句を心がけ、一句としてもこれまで以上のおもしろみを出そうと、世間の人は励んできたのに、最近では付合で情趣を合わせることもなく、一句としても訳のわからないものになっている。それはこちらが愚かしいゆえかと、江戸のそうした作風を示す人に尋ねても、自作の説明さえままならず、それは肝心な点が欠如した句体というものだ。こうした点者は、砂利場の名主と同様、格が下がるというものだ。

大坂は、天王寺から住吉へ一日かけて遊覧すれば、ほかに行くような所もない。そのために、会への参加も江戸に似て、点取俳諧に傾注している。今は出座料が百疋《ひゃっぴき》と定まり、点者も会席で礼儀正しくふるまうといった具合で、作法のよい土地だと言ってよい。初会で点者役を勤めると、参加者はみな懐中から一包みずつ扇子に載せて差し出す。そうは言っても、このごろでは有力な作者がほとんど点者になってしまい、目張りから差す明け方の光のように活力がうせ、点者ばかりが残っている。

一　そもそも、俳諧とは、男女二神の言い出したことが和語となり、それが和歌に凝縮され、さらに俳諧となったのである。それなのに、どの時に始まり、いつの代に起こったなどと論じることの愚かしいことよ。もとは連歌と俳諧の区別もなく、ただ一句の問いに一句で答える体のものであったのを、山崎の宗鑑から連歌との差異にこだわるようになった。美しい詞だけ用いるのを連歌といい、今の俗語を取り入れたものを俳諧と定めたのである。

単なる付合ではなく句を長く連ねた俳諧作品には、宗祇の三百韻もあったけれど、今は消失して百韻一巻が丹波にあるだけで、世の人に知られていない。俳諧の連句作品がたしかに世に現れたことは、天文年中に伊勢国の守武《もりたけ》の千句があり、これで明らかである。また、指合《さしあい》の掟は、万治年中に貞徳が『俳諧御傘《ごさん》』を出版したことで定まった。伊勢の『守武千句』を見ても、前句の「髪」に付句で「櫛」を出すなどして、これで一つの付合となるわけであった。

摂州天満の住である西山宗因は、少しずつこの定法を解体し、独吟百韻を伊勢で広めてより、一つの新たな俳風が分立・流行し、宗因風と呼ばれてあがめ立てられた。その後、時に応じて変わるのが世の中というものゆえ、南京流などと呼ばれ、「讃岐を敷く」で円座を詠んだことにし、「三輪を冷やす」で素麺《そうめん》を詠んだことにするような詠み方が、半年ほど流行しては飽きられ、あるいは四十二、三字もの字余りで発句だといい、あるいは漢字を音で多用した漢句のような句も作られた。この時、多くの人々は、俳諧はどうしようもないものとやめてしまった。

そうしたところへ、江戸深川の松尾桃青が現れて、意味深長なことを詠んで俳諧を優美なものにして以来、どの国でもこれに同調し、四、五年後まで取り入れたのである。今では誰流の俳風ということもなくなり、前句にぴったり付けることを避け、一句としてもおもしろみがあるようになったのはよいけれど、これは容易に修得しがたい俳諧のあり方である。

そういうことなので、俳風というものは世とともに移り変わっていくと知るがよい。今、法師のお前が苦心して、点者の位置づけを定めたいと思う念願は、実に殊勝なことだ。凡人の心には、卑俗なたとえを使うと、言わんとするところの有益性が早く伝わるものだ。先刻より俗な言葉をまじえて語っているのは、しょせんは俳諧点者についてのことなのだから、現実の社会に合わせ、高邁なことは説かずに言い聞かせているのだ。点者の位を島原遊廓の遊女になぞらえてみよ。少しも異なるところがない。

まずは太夫《たゆう》の職を見よ。必ずしも琴・三味線・小歌が得意でなくても、容姿がよく、気だてがやさしく利発であれば、人々が執心して全盛を誇るのである。点者もそれと同じ。さほど学問はなくても、詠み出す句におもしろみがあり、句体がすぐれていれば、人々が心を寄せて、敬いもてはやすようになる。天神《てんじん》の職は気だても劣り、見た目にも欠けるところがあるため、蠟燭のような輝きもなく、太夫の次位に甘んじる。鹿恋《かこい》は禿《かぶろ》も連れず、ぼちぼち歩いて揚屋《あげや》に行く。点者でも、学問はあっても句作が下手では、人からの扱いも軽く、供も連れずに十徳《じっとく》を懐に押し込み、雪駄の裏をたたき合わせて縁の下に差し置くようでは、末席に位置づけられる。青暖簾《あおのれん》の向こうに籠《こ》もって、「伊勢之櫛田」を数人で歌い、往来の奴《やっこ》を待っている端女郎《はし》には、笠付《かさづけ》の点者が相当する。わずかに人が訪ねてくるのを、笠付だろうか前句付《まえくづけ》だろうかと案じながら、四畳の部屋に引き籠もって待ちわびているので、位などはない。人との付き合いをやめた元点者もおり、これは全盛を過ぎた北向《きたむき》と一緒だ。また、宗匠ではなくても世に知られた者がおり、これは諸宗匠の俳風を学んでいるので、遊女のまねをする白人《はくじん》に当たる。

遊女は身を売り、点者は名を売って一生を過ごす境涯にある。遊女となる事情は、あるいは落ちぶれた浪人が娘を送り込み、または夜番が妹を売ったりしたものなので、昔を恥じて実家のことを隠す。点者の場合も、浪人になって再就職を禁じられ、各町内で家請《いえうけ》証文を出してもらうこともできず、資金もないため伽羅油《きゃらあぶら》の店すらできず、点者となったのである。出家の身となりながら、どうして仏の弟子には俗人がいないのだろうか、美しい女を遠ざけ、うまそうな鯛や鰻を食べないことは損だなどと思い、還俗して僧衣のすそを切ればたちまち十徳の姿となって、安易にさっさと点者になる者もいる。親の遺産は受けつつも、米の買い置きが裏目に出て破産し、さすがに大根売りにはなれず点者になる者や、職人に生まれてきたのに、手先が不器用で仕事を怠け、謡屋《うたいや》で付き合いの生じた人に頼むなどして点者になる者も多い。これらは皆、過去を恥じて先祖のことを隠すのであって、遊女がその身を恥じるのと変わりがない。

遊女を身請けすれば、その遊女は下屋敷で暮らし、ぜいたくの限りを尽くすことができる。

点者も大名に抱えられれば、折々に発句など詠むだけで楽に暮らせる。遊女と点者の二つほど、なぞらえるのに適したものはない。点者も、遊女に比較されて悔しいと、怒ったりはしないであろう。公家を生鰯《なまいわし》にたとえ、阿弥陀仏の頭を蜂の巣になぞらえても、譬喩品《ひゆぼん》の方便なので罰も当たらない。その上、下級の遊女に当てはめられて発憤し、句作に励んで上手になれば、その人のためになることだ。人は死んで名を残し、豹は死んで皮を残す。この道で研鑽を積み、人の上に立とうと思うならば、和歌三神の加護を得て大成することであろう。

お前が長く嘆き苦しみ、切に望んできたのは、こうしたことに違いない。急いで旅宿に帰り、遠慮なく書き尽くして出版せよ。書き写している間は、天井にいて助力してやろう。決してえこひいきをしてはならない。貞徳が作法書を出す時は、書名を稲荷大明神の籤に任せて、『俳諧御傘』という後世まで大切にされる宝を残した。この集も、お前の風雅な志に感心して、神である私が世俗に下り世俗の言葉で説いたものだ。長々しい物語にくたびれたかもしれぬが、青葉がいつか色づく秋となっても、また花が咲く春には清水《きよみず》に花見車を並べるのだから、これを書名として、著名な点者を麗しい遊女の見目《みめ》や気質《かたぎ》になぞらえて著し、読者の心を喜ばせよ。私は稲荷社の末社である島津の神であり、仮に丹後国の清女《きよめ》に乗り移って、迷える人々への手助けをしたのである」と言うと、たちまち白狐の姿になって現れ、南東の方角へ飛び去ってしまわれた。夢から醒め、茫然とおぼつかないまま現実に帰れば、藤屋伝三の家の高二階にいるのだった。驚きながら稲荷山の方角に五、六度も礼拝し、旅宿に帰ると、何とはなしに腕や首が重く、まずはお告げの通り、比喩を使って表す項目の一覧を書いたことだ。

花見車　二

京大坂江戸　幷《ならびに》　諸国宗匠

長頭丸《ちやうづまる》[1]を誹諧宗匠《はいかいそうしやう》の祖として、代〳〵《よよ》に出《いで》たる編集[2]にて見来《みきた》りたるを顕《あら》はしける。在世《ざいせい》[3]・亡人《ばうじん》のかた〴〵も近代[4]名《な》によくしれたるは、おもひ出《いづ》るまゝにのせたれば、時代[5]前後する事有《ある》べし。たゞ都鄙《とひ》[6]ともに、京寺町二条上ル町井筒屋庄兵衛《いづつやしやうべゑ》[7]が店に見えぬは、しれがたく侍《はべ》る。出板《しゆつぱん》[8]の題号、発句の次にしるしつけゝる。

1 松永貞徳の別号。　2 俳諧撰集を通じて自分が知るようになった宗匠。　3 生きている人も死んでいる人も。　4 最近でも名が知られている人。　5 時間的に順序が違うこと。　6 都会の人であれ地方の人であれ。　7 京の寺町二条上ル町にあった出版業の井筒屋。俳諧書肆とも言うべき存在で、元禄期には俳書の多くを手がけていた。この店で扱わない俳書についてはわからないと述べている。　8 出版された俳書の題名。本書では各人を遊女に見立てて批評した後、代表的な発句を示し、編集した書名を挙げるという形態をとる。

1 評価の高い作者のことか。点者以外の者をここに集めたらしいが、点者とそれ以外の者を明確に分けることは難しく、本書の区分が絶対的に正しいとは限らない。　2 俳諧撰集の編者。ここは点者ではない身で俳書を作った者を挙げている。

京

長頭丸　立圃　維舟　貞室　西武　貞兼　令富　梅盛　貞恕　常矩
信徳　随流　似船　高政　自悦　常牧　定之　幸佐　和及　我黒　如泉
言水　林鴻　晩山　鞭石　好春　方山　轍士　泥足　柳水　鷺水　心桂
可休　古柳　滴水　雲鼓　風山　了我　怒風

大坂

宗因　玖也　保友　西鶴　遠舟　由平　一時軒　益翁　豊流　来山
才麿　万海　一礼　園女　川柳　伴自　賀子　団水　只丸　諷竹　芝柏
舎羅　天垂　盤水　東行　何中　岸紫

江戸

徳元　玄札　未得　立志　露言　調和　桃青　嵐雪　其角　立志　一晶
沾徳　山夕　不角　無倫　桃隣　東潮　素彳　常陽　秀和　盤谷　一蜂
介我　神叔　艶士　渭北　吐海　専吟　湖月

諸国点者

元順　青流　尚白　洒堂　惟然　団友　木因　荷兮　露川　東鷲　如行
三千風　風子　友琴　律友　鉤寂　吟夕　芳水　定直　晩翠　梅員
除風　朱拙　不玉　助叟　支考　雲鈴　等躬　路通　西吟　宗旦

勝[1]名幷[2]編集之作者

春澄　秋風　重徳　千春　立吟　和海　淵瀬　芝蘭　去来　風国　正武
素雲　如琴　烏玉　為文　竹亭　丹野　一林　怪石　里右　松雨　賦山
吾仲　底元　政勝　竹条　原水　定方　紅残　金毛　為有　都水　円佐
常雪　壺中　芦角　定宗　阿誰　陽川　洞水　万蝶　落水　浮芥
○鬼貫　半隠　定明　季範　杏酔　瓠界　文十　如回　三維　芙雀
伊丹中　休計　○素堂　岩翁　一鉄　ト尺　枳風　杉風　曽良　一十竹
尺草　百里　氷花　仙化　鋤立　琴風　秋色　横几　子珊　史邦　旭志
朝叟　○智月　木節　乙州　正秀　丈草　曲翠　芥舟　許六　江水
荊口　己百　○白雪　梅可　○狸々

京

承応二年十一月十五日卒ス。 [1]鳥羽実相寺 [2]長頭丸《ちやうづまる》

元和四年 1 梅もけさ匂《にほ》ひて来るや午《うま》の年

寛永七年 2 [3]有《あり》しだひうす雪[4]きやせけふの春

[5]島原《しまばら》と云《いふ》所に、[6]だいうすの残党籠《こも》りしを、御《ご》征伐《せいばつ》のため、軍兵《ぐんぴやう》をつかはされし明《あく》るとしの元日にと前書あり。此集《このしふ》の[7]ついでおかしくこゝにしるす。また[8]聖廟《せいべう》八百年のことし、御《ぎよ》忌《き》のさいはいに口の句を挙《あぐ》る。

[9]寛文十一年二月七日卒 貞《てい》室《しつ》

1午年の今年、馬が初荷を荷負うように、新春の今朝は梅も匂ってくることだ。元和四年(一六一八)は戊午の年。「馬」と「午」、「匂ひ」と「荷負ひ」を掛ける。[出]『歳旦発句集』。『犬子集』『崑山集』ではそれぞれ上五が異なる。[季]梅・午の年(春)

2今日は新春を迎えたのだから、薄雪が残っていたらすべて消してしまえ。句中に「ダイウス(キリスト教徒)を消せ」の意を籠める。寛永七年(一六三〇)ではなく同十五年の作。[出]『崑山集』。[季]けふの春(春)

1京都市南区上鳥羽にある日蓮宗不受不施派の寺院、正覚山実相寺。貞徳(長頭丸)の墓所。 2→俳人「貞徳」。 3有次第。あるだけ全部。 4消(やき)せ。 5肥前国高来郡島原(現在の長崎県島原市)。 6キリスト宗門における神をさし、ここは天草四郎を首領とするキリスト教徒のこと。島原の乱は寛永十四年(一六三七)十月九日に起こり、十五年二月末に

3
年《とし》[10]徳《とく》やさほ[11]姫《ひめ》君《ぎみ》のうぶ[12]の神
寛文九年九月晦日卒。二条寺町要法寺　立《りふ》圃《ほ》

4
南《な》[13]無《む》天《てん》満《ま》大《だい》[14]事《じ》の木也《なり》松と梅
延宝八年六月廿九日卒。東山大谷　維《い》[15]舟《しゅう》

5
筆《ふで》たても若やぐ年や対《つい》の春
西《さい》武《む》

6
田[16]がへすは歌[17]の種まく試《し》[18]筆《ひつ》哉《かな》

鎮圧された。貞徳は鎮圧側の人物と関連があった。　7 次第・機会。遊女評判記に模した『花見車』は島原遊廓と関連することから、同じ名の島原を詠んだ句を挙げたということ。　8 やはり午年の元禄十五年(一七〇二)は菅原道真の没後八百年に当たり、それにちなみ巻頭句を選んだとする。

3 新年の恵方に関わる年徳の神は、佐保姫君の生みの神と言うべきだ。承応四年(一六五五)の歳旦句。出『知足書留歳旦帖』。季年徳・さほ姫君(春)　9 寛文十三年(一六七三)が正しい。　10 陰陽道で一年の福徳を司る神。　11 佐保姫。春を司る女神。　12 産土神（うぶすながみ）。人の出産を見守り、その土地を守護する神。これに「産んだ神」の意を掛けるか。

4 「南無天満天神」と讃えられる天満宮で、松と梅は大事な神木である。菅原道真の神霊を天満大自在天神ともいい、その「大自」から「大事」を導いた。出『そらつぶて』。前書

八月に閏《うるふ》あり

7 来《く》る年や末《すゑ》たのみある中《なか》の秋　八十三 梅《ばい》盛《せい》

8 にくからぬ人の正月《しやうぐわつ》[1]こと葉《ば》哉《かな》　同年 貞《てい》恕《じよ》

9 時なる哉《かな》歌《か》人《じん》の曰《いはく》千代の春　故人 常《つね》矩《のり》

10 富士のねんしとはでも雪にしられけり　八十余 貞《てい》兼《けん》

「千句巻頭に」。季梅(春)
13謡曲「巻絹」に「南無天満天神、心中の願を叶へて給はり候へ」。14謡曲「老松」に「諸木の中に松梅は、殊に天神の御自愛にて」。菅原道真「こち吹かばにほひおこせよ梅の花主なしとて春を忘るな」(『拾遺集』)や、一夜松の故事(道真が筑紫で没した時、京都の北野神社に一夜で数千本の松が生じた)などを受ける。

5 新年になった上に立春もあり、その一対の春によって、筆を新調した筆立てもさらに若々しく見える。擬人化の作。延宝八年(一六八〇)の歳旦句。出『延宝八年歳旦集』。前書「立春七日」。季対の春(春)
15→俳人「重頼」。

6 田畑を返すのは種を蒔くためだが、この試筆も歌の種を蒔くためであることだ。「田がへす」と「種」は縁語。出未詳。季田がへす・試筆(春)
16田畑を掘り起こす。17歌を作るための発想や素材。18新年に初め

同　令《れう》富《とみ》

11耳《みみ》正月《しやうぐわつ》宝ぞ延《のぶ》るとしの春

風俗は句の事也

[2]此君《このきみ》たちの風俗は、[3]右にあらはすがごとし。[4]地なしの袖ちゐさく、[5]今織《いまおり》の帯を[6]尻にまかれたるにてしられたり。[7]ながらへて御《ご》ざんすはみな[8]よき身にて、[9]みつわぐむ老女の姿と成《なり》て、[10]あさぎぼうしの[11]寺まいり也《なり》。南無阿弥陀仏《なむあみだぶつ》〳〵。

▲[12]太夫　信徳《しんとく》信女

信女は古人ゆへ也奥も是にならへ

[13]としかたぶくまで、時〳〵《ときどき》にうつりたるとりなり

て文字を書く書きぞめ。筆はじめ。

7新年は閏年で中秋八月が二度あるから、老い先が短い身でも先に期待がもてる。二度の名月が楽しめ、豊年も期待されるのであろう。元禄十五年(一七〇二)は八月の後に閏八月があった。「頼み」に「田実」を掛けたと見られる。[出]未詳。[季]来る年(春)

8憎からず思う人の言葉はたとえお世辞でも心地よく、正月に聞けばなおさらで、これぞ正月言葉というものだ。[出]未詳。[季]正月こと葉(春)

1縁起をかついで使う正月特有の語。世辞・追従の意もある。

9その時節がやってきたなあ、歌人も言うように、何よりもめでたい千代の春だ。漢詩文調の歳旦句。[出]『やぶれは、き』。[季]千代の春(春)

10富士山の年始の挨拶は、訪ねて問うまでもなく、その積雪でめでたさが知られる。雪が多く降るのは豊年の前兆。[出]未詳。[季]ねんし(春)

此大よせ江戸八百韻巻頭の事
とこ入は一座いたづらはいはいかいのすき

糶花瘡

手形は集別

うるはしく、[1]大よせにも上座《かみざ》にたゝれて、[2]江戸ざくらのにほひ芳《かん》ばしく、[3]とこ入《いり》もよきとて、[4]大臣もあまた、[5]やぼも[6]なづみて[7]ときめかれたる也。日[8]ごろいかいいたづら人なりしゆへか、[9]しもがゝりのやまひになやまされて終《をは》られしは、かゝる人のつねのわづらひにては、めづらしからずとて、しなんして跡《あと》までも、[10]うちき姿のなつかしや。風俗は、

12 雨の日や門《かど》提《さげ》て行《ゆく》かきつばた

手形 〇五徳《ごとく》　うちき姿《すがた》　ひながた　三本桜《さんぼんざくら》

▲太夫　随《ずい》流《りう》

11年も明けた春によい話を聞くと、元号の通り、寿命という宝が延びることだ。おもしろい話を聞く意の「耳正月」に今が正月であることを掛ける。延宝二年(一六七四)の作で、句中に「延宝」を詠み込む。出『歳旦発句集』。季としの春(春)　2遊女たちの身なり。俳人の作風をこれにたとえる。　3右に挙げた発句が示す通りである。　4地無し小袖(すきまなく模様のついた袖口の狭い着物)をさし、豪華な地無しは慶長年間(一五九六〜一六一五)に作られた着物の特色。　5京都西陣産の金襴などによる織物。　6尻のあたりで巻いている。『色道大鏡』に帯は下過ぎるぐらいがよいとある。以上は絢爛たる貞門風であることをさす。　7長生きをしている。　8安楽な身分。　9大いに年をとることで、歯が抜けて再び生える意という。　10浅葱色(緑がかった淡い藍色)のかぶり物。老齢の女性が使用した。　11

西武門弟

武《たけ》[11]さまの風《ふう》を似せさんしたれば、さし[12]あひ・つめ[13]ひらきがよしとて、しのび〲にうそのつきやう、客のたらしやう[14]をならひに行《ゆく》かたもありて、太夫職《しよく》とはなられたれども、只《ただ》意地のわるひ君にて、

邪書

人[15]のかげごとをよふいはんす。

13 天《あめ》が下《した》や夜ふかし箱《ばこ》を明《あけ》の春

親かたは井づゝや庄兵衛

○貞徳永代記《ていとくえいたいき》　まぎらはしき[16]手がた也《なり》とて、親かた[17]にはうけとらず。

▲太　夫　　　　似《じ》船《せん》

小歌仏学也文は巻の点

小《こ》[18]歌《うた》をよくうたはれ、手[19]もうつくしうあそばすゆへ、かりそめ[20]の文《ふみ》にもその品[21]見《み》ゆる。初ぶみ[22]も年

寺社参詣に余生を過ごす身の上。

12 雨の降っている日、杜若を手に提げた人が門口を通り過ぎる。濃紫の花の色が雨に濡れて鮮やか。出『俳諧一橋』。季かきつばた(夏)

12最上級の遊女。「大夫」とも。13全盛を過ぎるまで、その時々で変化した容姿(俳風)が美麗で。1大寄せ。多くの遊女を集めての遊興。ここは宗匠らが集まっての俳席。2『七百五十韻』(延宝九年)の巻頭が信徳の「江戸桜志賀の都はあれにけり」であることをさす。頭注の『江戸八百韻』(延宝六年)は誤り。3床入。男女の共寝。4上客。5野暮。無粋な者。6なじみとなって。7もてはやされている。8とても浮気な人。交流の相手や俳風が変わったことをさすか。9頭注に「飄花瘡」とあるように、遊女に多い梅毒などの性病をさす。10袿姿。上着を着ないくつろいだ格好。信徳の編著にこの題名の俳書がある。

紋日は会合
身上りは道の外をつとむる

〱ありて、よく人も聞《きき》およびたれども、いつの[1]紋日《もんび》にも見《まみ》えず、[2]身あがりして、ひたと何やら書《かい》ていさんす。客もなけれど、老《〈おい〉》女郎の[3]功者《〈こうしや〉》にて、[4]身づくろひはよく、まへうしろを見て、

14 鏡《かがみ》とて餅《もち》に影《かげ》あり[5]花の春

○かくれみの　大上戸《おほじやうご》　火《ひ》ふき竹《だけ》　苗代水《なはしろみづ》　せたの長橋《ながはし》　千代正月《ちよのむつき》

▲太夫　　高《たか》政《まさ》

いつ見てもあかぬは、[6]小袖《こそで》の色はむらさき、もやうは[7]かのこ、[8]裏《〈うら〉》はもみうらがむかしも今もよし。[9]ほうばい女郎にもすぐれんと、[10]くはんくわつの

13 世の人々が大晦日に夜ふかしして飲食すると、菓子箱を開けるように年も明けて、めでたい新年になった。掛詞を駆使したもので、「天」にも「飴」を掛けていよう。出『誹諧三ツ物揃』(延宝六年)。季明の春(春)

11 西武の俳風。12 指合。連歌・俳諧で同種・類似の詞が規定よりも近くに出ることの禁制。遊里の用語としては、親しい者となじみの遊女は買えないことや、目当ての遊女に先客のあることをいう。13 詰開。駆け引き・応対。14 たぶらかし方。15 随流が他俳人に対する批判・論難の書をよく出したことをさす。16 おろそかな俳書。17 井筒屋庄兵衛ではなく、他に出版履歴のない橋屋庄三郎から出版されている。

14 新年に飾る鏡餅は、鏡というだけに、その餅にも鏡の縁で影がある。出『石見銀』。季鏡餅・花の春(春)

18 仏教にくわしく。19 筆跡も整っ

あげやは
会宿

こゝろから中《ちゆう》やう姿《すがた》にもゆかずして、がさつかしたる紙子《かみこ》のうはぎは、さながらおてらさまのやうなりとて、惣本寺《そうほんじ》〱とはいはれ給ふ。されど大臣の種《たね》によい子をもたんして、その見次《みつぎ》にていまはらく尼のすがた也《なり》。

五月雨《さみだれ》や麦《むぎ》はら一把《いちは》とぶ蛍《ほたる》

○中庸姿《つねのすがた》　是天道《これてんだう》　檀林三百韻《だんりんさんびやくいん》

▲太夫　　自悦大姉《じえつ》

はじめはあげやのせわなりしが、君たちの風俗をよく見おぼえられて、かりそめのものずきもよく仕《し》ださるゝもやうに、ひとつとしてはづまぬはな

ている。20仮に評点を加えた巻子。21風情・品格。22歳旦三物も年ごとに出して。1俳席には現れず。2遊女が自ら代金を払って休むこと。ここは俳諧活動が休業状態であること。3巧者。熟練してその道に堪能な人。4老いても貧相な姿は見せず、現況にも通じている。5新春の華やかさを寿ぐ常套句。

15五月雨に青白く光る蛍の火は、かの老法師のように不気味で、さながら一束の麦藁が飛ぶようだ。五月雨の夜、頭に小麦の藁をかぶって灯明を手にした老法師を、白河法皇が鬼と勘違いし、平忠盛がその正体を見破るという話(『平家物語』)に基づく。出『誹諧中庸姿』。上五「目にあやし」。季五月雨・蛍(夏)

6飽きない。7鹿子模様。色染めの着物で白く染め残した斑点のある模様。8紅裏。着物の裏地に使う紅色に染めた絹。9傍輩たちに負けまいと。10寛闊。派手な気質。

し。

16 姫《ひめ》[1]瓜《うり》や三千の林《りん》檎《ご》顔《がん》[2]色《しよく》なし

○花洛六百韻《くわらくろつぴやくゐん》

常牧《つねまき》釈尼

▲太　夫

矩《のり》[3]さまのかぶろ[4]だちにて、つとめもよく、上京《かみぎやう》[5]に客ありて、身あがり[6]もなければ、借銭《しやくせん》もなく、終《をはり》られし也《なり》。

常矩弟子

17 陽炎《かげろふ》や馞《にほへ》[7]る牛の丸《まる》ながら

○この花《はな》うてなの森《もり》　冬《ふゆ》ごもり　外にあり

11平均的な身なりはせずに。高政編『誹諧中庸姿』(延宝七年)は書名と裏腹に奇抜で異風な俳風を誇る。12がさがさと音がする紙でできた上着。13御寺様。寺の住職や僧の敬称。14各宗派で法脈を受け継ぎ、法務を総括・代表する寺院。延宝六年(一六七八)夏、宗因から「末茂れ守武流の惣本寺」の句を得た高政が、京都談林派を総括する意味で別号として用いる。15大臣客との間に立派な子を産んで。『貞徳永代記』に高政が林鴻に惣本寺を譲って隠棲したとあり、そのことをさすか。16援助・仕送り。17安楽に暮らす尼。18→俳書「誹諧中庸姿(はいかいつねのすがた)」。

16一個の姫瓜の美しさには、三千の林檎がかかっても及ばない。白楽天「長恨歌」に「後宮佳麗三千人」「六宮粉黛顔色無し」とあるのを用いて、姫瓜の可憐な美しさを誇張して表す。出『洛陽集』。季姫瓜(夏)

19揚屋で太夫の付添をする役の遊女。

言水事也

▲天　神　　　定之《ていし》信女

言《〈ごん〉》[8]さまのゆかり[9]にて、さしあひ・つめひらきにもかしこし。のちは身あがり[10]がつもりて、うき名[11]にたちて死《しな》んした。わやく[12]なる女郎にて、つねにい[13]かのぼりをすかんした。

18梅はこべ君《きみ》此御代《このみよ》に浦《うら》乙女《をとめ》

○一丁鼓《いつちやうつづみ》

▲天　神　　　幸佐《こうさ》大姉

おかしい君にて、まんぢうと酒がおすきなり。ゆ[14]

自悦はかつて、宗宣の号で季吟の執筆役をしていた。20ちょっとした。21物数寄。趣向を凝らすこと。ここは作句上の工夫。22一句たりとも勢いのないものはない。1マクワウリの一種で、白く小さい。2圧倒されて手も足も出ないさま。

17陽炎が立つ春の野に、馬ならぬ牛の体臭が丸ごと強く匂っている。「陽炎」は「野馬」とも書き、その「馬」との縁で「牛」を出した。出『誹諧京羽二重』。季陽炎(春)　3田中常矩。4禿から遊女になった者。宗雅は常矩の跡を継いで常牧と号を改めた。5京都北部の御所を中心とした地域。6遊女が自分で代金を払い休むこと。ここは兼業をさす。7強く匂う。随流は『貞徳永代記』で「此句皆式きこへず」と非難し、「五もじは野馬陽炎の事なるべし。…寒中に牛をくらへば、其身陽気をうけて、丸ながら牛くさ

廿年前より物が落てなし琴は漢句の事

もじの下がどふやらで、つねに不自由がられしが、そんな事でか風俗[1]もすぐれず。琴[2]をすいてひかれける。それも下手《へた》で客もなし。やぼ[3]は、き丶なれぬによりはまりたり。手形もみな浜並[4]〈なみ〉のおもむきをか丶れける。

19 碧《へき》[5]―桃《たう》ハ　知《しり》ヌ　底《そこ》[6]―抜《ぬけ》
○大《おほ》[7]みなと　入舟《いりふね》[8]　二番舟《にばんぶね》　三番船《さんばんぶね》

きんちやく町並也

▲天　神　　和及《わぎふ》釈尼

はじめは建仁寺《けんにんじ》[9]前《まへ》に、きんちやく[10]してゐられしが、小利口[11]につとめられて、のち[12]は風俗もよくならんして、ときめかれたり。死《しな》んせう前には、島[13]ばら

き物也といへり」と説く。
18 君の治められるこの御代を寿ぎ、浦の乙女たちよ、梅を運んで献上せよ。和歌では乙女と梅の詠み合わせが散見される。〔出〕未詳。〔季〕梅(春)
8 池西言水。 9 縁者。定之は高政と親しく、言水との関連は不明。 10 副業が主となって。定之は元禄後期になると前句付・笠付などの点業を専らとする。 11 浮名。悪い評判。 12 わがままで無茶なさま。 13 凧揚げ。幼稚だということか。
19 東周の王子喬は唐代に至ってなお仙境の碧桃に酔っていたというから、それは底抜けに飲める酒のようなものと知られる。許渾「洛陽城」の「憐れむべし緱嶺の登仙子、猶自笙を吹て碧桃に酔ふ」(『三体詩』)による。〔出〕『京の水』。〔季〕碧桃(秋)
14 湯文字。腰巻。女性が腰に付ける下着。頭注によれば、幸佐は性病などによる性器の損傷があったか。
1 容姿・風采。ここは俳風。 2 幸佐

ちかくに庵をむすびて、辞世の句に、

20 我《わが》としも[14]四々詞《よよし》の[15]花のあ[16]げ句《く》哉《かな》

○雀《すずめ》の森《もり》　ひこばへ　外《ほか》にあり

▲太夫　我《が》黒《こく》

重頼弟子表具やの事なるべし
三味せんは歌学也

[17]しげさまの[18]引舟《ひきふね》にて、はじめはあけくれ[19]屛風《びやうぶ》のかげにばかりいさんしたが、[20]うそのつきやうが上手《じやうず》にて客もたへず。[21]三味線をひかんすといふさたあれど、[22]岡ざきもろくにならぬが。

21 をし年魚《あゆ》は水のよし野を越《こえ》きたか

は漢句と和句を適宜に交える漢和俳諧をよくした。 3 地方の人は漢和を目新しく感じ熱中している。幸佐の撰集には地方の入集者が多い。 4 幸佐の撰集には浜に関連した書名が付けられている。 5 仙人の食べる果実。園芸品種にも緑色の桃がある。 6 際限がないこと。 7 ↓俳書「誹諧大湊（はいかいおおみなと）」。 8 ↓俳書「誹諧入船（はいかいいりふね）」。

20 わが年齢も四十四、美麗を尽くした世吉で花の句に挙句が続くように、この生涯も終わりを迎えることだ。 出『誹諧入船』。季花（春）

9 京都市東山区小松町にある臨済宗建仁寺派の大本山。 10 私娼の一種。 11 抜け目ないこと。 12 和及は『詼諧番匠童』（元禄二年）で景気や心付など元禄俳諧のあり方について言及し、『雀の森』（元禄三年）などの撰集も出している。 13 和及は貞享二年（一六八

○藤《ふじ》[1]なみ　いそ清水《しみづ》外にあり

▲太　夫　　如《じよ》泉《せん》

此《この》きみ廿[2]年前までは、かくれもなきはやり太夫にて、秋[3]さまの深《ふか》ふあはんしたにより、紋日《もんぴ》[4]〳〵にいとまなく、京もいなかもはまりたる也《なり》[5]。されども十年ばかりまへに、ぶはんじやう[6]にて、つぼねにてうき名がたち、それよりさびし。琴《きん》[7]さまも心《しん》[8]中《ちゆう》のわるひ事があるとて、のかんしたいまは、雲[9]さま・正[10]さまのいとしがらん[11]すかして、はつぶみ[12]にも見ゆる。いかふ年[13]がよらんした。

三井秋風なり

つぼねとは笠づけ也

22 八《や》百《ほ》としの梅の雫《しづく》や筆《ふで》はじめ

㈢から島原にも近い洛西の壬生(京都市中京区壬生)に隠栖して露吹庵を構えた。14 四十四・世吉。四十四句からなる連句の一形式。これに年齢の四十四を掛ける。15 美しい表現。16 挙句。連歌や連句における最終の句で、さらりと終わるのをよしとする。その前は花の定座。

21 押鮎は花の吉野ならぬ水の吉野川を越えてきたものか。吉野川の鮎は国栖魚《くずうお》として名高く、塩押しにした鮎は元日の祝いに用いられた。出『石見銀』。季をし年魚(春)

17 松江重頼。18 上方の遊里で太夫に付き添って宴席をとりもった引船女郎。ここは執筆をさす。我黒が重頼門であったことは確認できない。19 表舞台に出ないこと。20 客のあしらい方が得意。21 和歌に堪能である。22 近世前期に流行した小歌で、「岡崎女郎衆」は江戸時代の三味線の稽古曲として著名。ここは歌道の初歩も心得ていないことをさす

〇松囃子《まつばやし》 もはやそのとしで、手形はいらぬとて、親[14]かたにはとらず。外にあり

道中は行脚也

▲太　夫　　言《ごん》水《すい》

いまのさん[15]やのはんじやうを見れば、やはりむさ[16]しのつとめがましならんにと、ぬしにもたび〳〵うはさ也《なり》。道中[17]もよく、木《こ》[18]がらしのはては有《あり》けり、とたちあがり[19]たる風俗に、一《ひと》たびは京もいなかもなづみ[20]たりしが、身あがり[21]に大分借銭があり、ことに大坂[22]やの野風《のかぜ》さまに似《に》さんして、お子がひたと出来《でき》てこまらんす。それゆへ、神ほとけをふかふいのらんす。頰《ほう》[23]もすいて、いかふ古《ふる》[24]う見ゑます。只《ただ》、目[25]はしのきいた君也。

か。　1→俳書「藤波集(ふじなみしゅう)」。我黒の編ではない。

22 八百年も経た道真ゆかりの梅の花の雫で墨をすり、書きぞめをすることだ。元禄十五年は菅原道真の八百年忌で、梅は天神とゆかりが深い。出『石見銀』。季筆はじめ(春)

2 天和二年(一六八二)に相当。この年に出た未達編『俳諧関相撲』で、如泉も京の点者として挙げられる。　3 三井一族の一員である三井秋風が贔屓にしていた。　4 官許の遊里で五節供などの特別な日をいい、遊女は必ず客をとらねばならず、揚代も高く設定されていた。ここは会席への出座などをさす。　5 夢中になった。　6 不繁盛。客がとだえること。頭注の「つぼねとは笠づけ也」によれば、元禄五年(一六九二)ころ笠付の禁止令などに触れて悪い評判が立ったか。　7 如琴。如泉の歳旦帖で素雲と三物に参加した。　8 遊女の無心に応じ

23比叡《ひえ》にこそ額《ひたひ》の皺《しわ》は朝《あさ》霞《がすみ》

○京日記《きやうにつき》　前後園《ぜんごゑん》　[1]かり橋《はし》　都《みやこ》ぶり　続都《ぞくみやこ》ぶり

外にあり

▲天神　林《りん》鴻《こう》

酒もなり手もよく絵までよふ書《かゝ》んすゆへ、[2]一座かしこく、[3]京はぶたへのはだへになづみて客もあり。たゞ[4]ほうばいしゆとけんくわがたへぬゆへ、[5]しゆもくまちのつとめなりしが、年《ねん》があいて今は[6]親ざとにかへりていさんす。[7]うそのつきやうも上手《じやうず》なるに、太夫にならんせぬは、[8]たん気ゆへ也。

られないこと。如泉への金銭的な助力が叶わなくなったのであろう。9素雲。貞享五年以来の三物連衆。10不明。伝存しない如泉歳旦帖に入集するか。11不憫に思う。12歳旦帖。13えらく年寄りになった。元禄十五年に如泉は五十九歳。14井筒屋庄兵衛からの出版ではないこと。

23自分の額に皺ができたのは、朝霞の立ちこめる比叡山を見上げたからであって、年齢のせいではない。自編の『初心もと柏』(享保二年)には「元日」の前書があり、「あけたつとしの眺め也。自を祝ギ我若し。今高峰にむかつて見上、皺をなす。此皺老たるにはあらず、比叡故にこそ」と自解。出『花見車』。季朝霞(春)

15山谷。公許の遊里があった新吉原。ここは江戸俳壇。16奈良で出生した言水は、延宝五年(一六七七)ころから江戸に在住して続々と撰集を刊行後、蕉門の台頭に見切りを付けたか、天和二年(一六八二)に京に移住する。17

24 する〱と花の花うむ杜若《かきつばた》

○京羽二重《きやうはぶたへ》[9]　あらむつかし　永代記返答《えいたいきへんたふ》[10]

▲天神　晩《ばん》山《ざん》

大坂からよい客がついて、上《〈あげ〉》[11]づめのやうにきこゑしが、いまはその人ものかんして、紋日[12]にもつゐに出《いで》られず。道中がよいかして、ちかごろ[13]いなか衆《しゆう》とつれだちて、北野[14]へ見ゑさんした。

絵馬の事也

25 水《みづ》古《ふる》くゆるし[15]色也《なり》かきつばた

○千代《ちよ》の古道《ふるみち》　ばく物《もの》がたり

言水の俳諧行脚としては、天和二年の北越・奥羽、同三年の西国・九州、同四年の出羽・佐渡へのものなどが知られる。　18 言水の代表句「凩の果はありけり海の音」のことで、『都曲』に入集。　19 勢いがあり評判をとった詠みぶり。　20 なじんで思いを寄せた。　21 俳諧以外の職。　22 島原揚屋町の大坂屋(杉村)太郎兵衛抱えの太夫である野風。これは二代目か。　23 頰もこけて。　24 年老いて見える。　25 機転に富んだ。俳壇の流行にうまく乗っていったことをさしていよう。　1 ↓俳書「俳諧仮橋《(はいかいかりはし)》」。言水が序を記した。

24 するすると花が花を生んだように、杜若の花が重なって咲いている。出『誹諧京羽二重』。季杜若(夏)　2 俳席もよい具合にこなし。　3 京羽二重。絹織物の一種。林鴻が『誹諧京羽二重』を編んだことを掛ける。　4 他俳人との論戦が絶えない。

▲天　神　　　　　　鞭《べん》石《せき》

[1]むち〳〵としておとなしい君也《なり》。風俗もおもしろい所あり。[2]地の客の見えぬは、酒もならず、[3]文盲《もんもう》で[4]利口がなきゆへか。されども[5]下京衆《しもぎやうしゆう》になじみもあり、いなかものがちよこ〳〵と見ゆるよし也。

26 此《この》匂《にほ》ひ十《じつ》百《ぴやく》里《り》とゞけ宿《やど》の梅《うめ》

○そなれ松《まつ》

▲天　神　　好《かう》春《しゆん》

はじめは[6]しゆもくまちのつとめなりしが、手もか、れ[7]盤《ばん》上がよきとて、[8]京へは出られたれども、

5 撞木町。京都伏見の恵美酒町にあった遊廓で、島原よりも格が落ちる。ここは林鴻が一流の点者とは言えないことをさす。6 実家・故郷。林鴻は近江国大津の出身。 7 客のあしらい方。8 短気。9 ↓俳書「誹諧京羽二重《はいかいきょううはぶたえ》」。10『あらむつかし』と同一書で、題簽は「俳諧永代記返答あらむつかし」。

25 水が古くよどみ、紫色の杜若が許し色の淡い色調になっている。[出]『あらむつかし』。[季]かきつばた(夏)

11 上詰。特定の遊女を独占して連日遊興にふけること。ここは晩山を点者として贔屓にし、連日の連句興行などをしたこと。12 遊里で特別に設定された日。ここは俳諧の会がある日。13 元禄十一年(一六九八)冬、晩山は能登七尾の提要を訪ね、提要も元禄十二年春に晩山を訪ねている。晩山は北野奉納の撰集を発企し、能登の人々から句を募集していたらしく、提要編『能登釜』(元禄十二年)

夏書は万句

風俗もすぐれず、ぶはんじやう也。それゆへ身[9]あがりていさんす。道具[10]や衆が折《をり》く《をり》見ゆるよし。夏書《げがき》[11]はたへずか〻んす。太夫の器量《きりやう》はとかくなき君也《なり》。

27 曙《あけぼの》の京の天《てん》気《き》や花の春

○新花鳥《しんはなとり》　左義長《さぎちやう》

▲天神　方《はう》山《ざん》

有つきの事

風流なる君也。草ばな、小鳥をつねにすいていさんすゆへ、絵もすこしあそばし、手もよし。ことに連歌師《れんがし》の中によい客があるゆへ、よろづにつけてかし[12]こし。さるによつて身[13]うけなされたり。あ

に「北野奉納」と題した提要の発句が見える。14 提要の上京時に北野天満宮へ参詣したこと。15 だれもが着てよいと許される衣服の色。淡い紅色や紫色をいう。

26 わが家の梅の匂いも、あの飛梅のように、千里も離れた大宰府へ届け。菅原道真の歌に応じて梅が飛んだ伝説を踏まえる。「十」に音読みを指示する傍線。出未詳。季梅（春）　1 肉付がよくて。　2 地元の客。　3 無学。　4 たくみな弁舌。　5 京都市街地の三条以南の地域に住む者。鞭石自身もその一人。

27 華やいだ新春、曙の京の天気がすばらしい。「京」に「今日」を掛けるか。出『石見銀』。季花の春（春）　6 撞木町。京都伏見の恵美酒町にあった遊廓で、島原よりも格が落ちる。ここは一流の点者でなかったことに加え、好春が伏見出身であることも含意させる。　7 碁・将棋・双六など

まり大女房《おほにようぼう》[1]にて毛《〈け〉》が長いとて、きらはんすかたもあり、それで天神髭《てんじん〈ひげ〉》[2]。

28 無拍子《むびやうし》な歩《あゆ》みかはゆき鹿子《かのこ》哉《かな》

○枕屏風《まくらびやうぶ》　北《きた》の箱《はこ》　暁山集《げうざんしふ》

▲太夫　　轍士《てつし》

宗因弟子也

はつ文は三物也

心中は連衆に無心いはぬ

入ぼくろは懐紙書

大坂西山《にしやま》[3]やのかぶろ成《なり》しが、酒もなり、手[4]もりちぎにかゝれ、ゑくぼ[5]がしほらしさに、京へつき出[6]しの君也《なり》。はつぶみ[7]も客衆《きやくしゆう》あまた見ゑたり。つとめにくきみやこにながらへていさんすは、一座[8]もよく心中のよきゆへ也。入《いれ》[9]ぼくろもよふさゝんす。風俗も江戸に似《に》て[10]はりもつよく、道中[11]もよいほど

盤の上で行なう遊び。8好春が伏見から京へ移ったのは元禄三年（一六九〇）ころ。9ここは俳諧活動が半ば休業状態であること。10骨董商。11頭注にある通り、ここは百韻百巻の万句興行をさす。好春は元禄四年に剃髪し、四月一日から七月中旬まで夏万句を興行している。

28 規則正しい拍子ではなく、鹿の子が無邪気にとことこ歩いているのがかわいらしい。[出]未詳。[季]鹿子（夏）

12すぐれている。会席のしきたりなどをよく心得ていることか。13遊女の身代金を払って自由の身にさせること。頭注に「有つき」とある通り、ここは安定した身分を得ることで、東本願寺に仕えたことをさすらしい。1身長の高い女性。『誹諧家譜』によれば、方山は二メートル近い長身であったらしい。2菅原道真の画像に見られるような両端に下がった髭。方山は三十センチほどの白髭を蓄えていたらしい。

に、むさし[12]へといふ人もあれど、地[13]によき大臣があるゆへか、かぶりふっていさんす。紋日《もんび》[14]にもよく出《いで》らるれば、今の世のはやり太夫ときこゆ。

29 屋《や》[15]ね葺《ふき》や小《こ》歌《うた》もならずほと丶ぎす

○我庵《わがいほ》　世《よ》のため　わだち　白眼《はくがん》[16]　後瀬山《のちせやま》　尾山《おやま》
集《しふ》　墨流《すみなが》し　糸屑《いとくづ》　此日《このひ》　七車《ななくるま》[17]　葵車《あふひぐるま》　𦬇《ぼさつ》[18]
元禄拾遺《げんろくしふゐ》　自在講《じざいこう》

桃青門人

▲天　神　　泥《でい》足《そく》

江戸にて松尾屋[19]のかぶろ也。達者《〈たつしや〉》な所ありとて長[20]崎につとめられしが、風俗のすぐれたるゆへ、京へはまねきたり。されども唐人《たうじん》[21]にあはんしたゆへ

---

29 時鳥が鳴いたことに気づき、屋根葺はいつもの小歌を歌いもしない。出『花見車』。季ほと丶ぎす(夏)

3 西山宗因の門弟。　4 しっかり律義な字を書き。　5 えくぼのかわいらしさ。愛嬌があること。　6 禿の時期を経ず、十四、五歳でいきなり遊女として客に接すること。ここは京に移ってすぐに点者となったことで、轍士の京移住は元禄五年(一六九二)七月から冬までの間と推定される。　7 歳旦帖にも多くの連衆が入集する。　8 俳席でのふるまいがよく、連衆に無心をしない。　9 「もくろく」や頭注を参照すれば、点者が自ら懐紙に連句作品を書くことであろう。　10 張り。江戸の遊女の特色とされる意志の強さ。ここは作品に芯が通っていること。　11 轍士は芭蕉の旅に倣い、陸奥や各地を旅して撰集を出版した。　12 轍士は元禄七年(一六九四)に江戸を訪れ、其角の家に滞

うつとは身もちぶさた也

か、広《ひろ》[1]ふて身がうつとて客なし。

30 松《まつ》[2]浦《ら》潟《がた》これより東《ひがし》門《かど》飾《かざ》り
○そのたより

▲天神　柳《りう》水《すい》

出雲の風水門人

八[3]雲《やぐも》たつ風《ふう》[4]さまの風《ふう》に、なれたまふゆへか、都[5]にうつらず。

31 春たつや女房《にようぼ》が尻《しり》もあたゝまり
○大元式《だいげんしき》　包井《つつみゐ》　都百韻《みやこひやくゐん》

在した。13上方によい後援者がいるので、移住には同意しない。12会席も数多くこなしている。13屋根を葺く職人。16→俳書「誹諧白眼（はいかいはくがん）」。17→俳書「七車集（ななくるましゆう）」。18→俳書「俳諧菩薩（はいかいぼさつ）」。

30松浦潟は唐土への船出の港ながら、ここから東は日本なので、正月には門松を飾っている。「唐土―松浦がた」(『類船集』)は付合語。出未詳。
季門飾り(春)

19芭蕉の門下。20泥足は会所商人として長崎で勤務し、元禄七年には江戸に帰郷して『其便』を出版した。その後に京へ移ったと見られる。21異国人。1性器が広く日本人では身に余る。外国人を相手に俳諧をしていたか。2筑紫の歌枕。佐賀県東松浦郡および唐津市の虹の松原を中心とする海岸一帯。

31立春となり、冷たかった妻の尻も温まってきた。下半身の冷えは病な

加賀田河内

▲北むき[6]　可《か》休《きう》

あけくれ鏡[7]にむかひて、我《われ》ひとりじまんするのみ歟《か》。国〳〵の君たちの、害《〈がい〉》[8]になる事を仕出《〈し〉で》かしたるむくひにて、まじはるものなし。唐《から》[9]へゆかれたがまし。

32 耳《みみ》[10]塚《づか》に泣《なく》人もなし萩《はぎ》の露《つゆ》

○物見車《ものみぐるま》　こんな手形はいらぬとて、親かた[11]からはうけとらず。

▲つぼね[12]　古《こ》柳《りう》

名も古[13]流也《なり》。風俗もしれず。

どに通じる。出未詳。季春たつ（春）

3「出雲」の枕詞。4出雲の俳人、日置風水。5都らしい俳諧をしないの意であろう。

32萩に露が降りる秋の日、耳塚に哀れを催して泣く人もいない。出未詳。季萩（秋）

6北向。島原の北側にいた下級の遊女。ここは点者としての活動・交流をやめた者をさす。7頭注の「加賀田河内」は五条橋通御幸町に居住した鏡師。可休と同姓であり、住所も近いので、同族（あるいは同一人か）の可能性が高い。8『物見車』（元禄三年）の出版をさす。同書は三都の点者の無知を嘲笑する意図に基づく。9中国。異国。10文禄・慶長の役の際、加藤清正・小西行長らが送ってきた敵の耳を埋めて供養した塚で、京都東山方広寺大仏殿の西方にある。11井筒屋庄兵衛ではなく、京二条通寺町西へ入の本屋半兵衛から出版されたことをさす。

▲おなじ　　滴水《てきすい》

▲おなじ　　風山《ふうざん》

方山

此《この》ふたりは山[1]さまの引舟《ひきふね》ゆへに、名はきこえたれど風俗も見えず。

▲おなじ　　雲鼓《うんこ》

名[2]もつゞけて二つはよばれず。

33 合《が》点《てん》して追《おつ》[3]ておどろく師《し》走《はす》哉《かな》

○夏木《なつこ》立《だち》

12局。端女郎。ここは下級の点者をさす。13古風。号の古柳にちなんでこう評したもの。

1方山の門人。

33師走はあわただしいと承知していても、本当にそうだとすぐに実感され驚くことだ。出未詳。季師走(冬)

2その号を続けて呼ぶわけにいかない。大便の幼児語と同じ発音であることをさす。3近い内に。

34八方天ならぬ八宝の篆よ、新春のわが家に冥加を賜りたい。仰々しい造語的表現を用いた歳旦句。出未詳。季やどの春(春)

4太夫に従って歌舞音曲を行なう囲女郎。ここは点者の元で手伝いをする者。5信徳や団水に従う者。6弁舌がたくみなこと。7関心や素質がない。8一人前になること。9頭注によれば、鷺水は俳書や歳旦帖の版下を書いていたらしい。10「八方天」(八方位で仏法を守護する

信徳
団水
誹書の筆
耕

▲たいこ女郎[4]　鷺《ろ》水《すい》

[5]とくさまや団《だん》さまのつきものゆへ、琴《こと》も三味線もちつとづゝはやられ、手もかゝれて利口《りこう》[6]なれど、たゞ気[7]のない子にて立身《〈りつしん〉》[8]なし。手形[9]や初ぶみの手つだひばかりなり。

34
八宝《はつぽう》[10]の篆《〈てん〉》冥加《みやうが》[11]あれやどの春

○こんな事《こと》　此衆《このしゆう》　手習《てならひ》　よせ書《がき》[12]　新式《しんしき》[13]外

▲比丘尼《びくに》[14]　心《しん》桂《けい》

恋[15]すてふ占出《〈うらで〉》山[16]に名[17]あるほどの、よろづは[18]つめいなる君なりしが、只《ただ》[19]気がそゞろにて、いまは文庫《〈ぶんこ〉》[20]

神)と「七宝」(仏教でいう七種の宝)のもじり。「篆」は古代中国以来の字体で、その篆書体に似せて香炉盤に香を置く仕方をもいう。ここは香炉をさし、それが七宝にも並ぶ家宝だというのであろう。あるいは「永字八法」(書法の伝授法)を踏まえ、篆書を神格化して書の上達を念じたか。　11「冥加あらせたまへ」(伝教大師の和歌に見られ、種々の作品に引用される表現)に同じく、神仏の加護を祈願する言葉。　12→俳書「誹諧(はいかい)よせがき大成(たいせい)」。　13→俳書「誹諧大成(はいかいたいせい)しんしき」。

35鳥が飛び去った後も、ゆらゆら揺れる柳だなあ。囮未詳。季柳(春)

14尼の姿で売色をする私娼。格の落ちる点者であろう。　15恋しているという意の歌語。ここは壬生忠見「恋すてふわが名はまだき立ちにけり人しれずこそ思ひそめしか」(『百人一首』)により、「名ある」を引き出す働きをもつ。「恋」と「占」は

取売

かたげてあなたこなたにて、[1]つりりん〳〵。

35 またゆるぐ烏《からす》があとの柳《やなぎ》哉《かな》　[3]了我《れうが》

▲[2]きんちやく

[4]さんちやにも得《え》ならず、[5]沾《せん》さまの京へひいて御《ご》ざんして、三条の橋にすてゝいなんした。[6]むさしのなまりがあるとて、[7]かゝつてゐらるゝかたありて、どこやら[8]うらだなにはいられて、[9]かけまはられ、あかつき方《がた》にはかへりて、[10]ごと〳〵ごと〳〵とたゝきまはして、[11]一《いち》ばん鳥《どり》はつくられし。

沾徳

縁語。16占出山町。京の錦小路通をはさんで両側に広がる町。17評判になる。18発明。利発。19気持ちが散漫で落ち着かない。20書冊・雑品などを入れた手箱をかついで。頭注の「取売」は骨董商で、そうした副業をもっていたらしい。1鈴などを鳴らす「ちりりん」と同義か。あるいは、ぶらぶらすることか。

36奥座敷の蓬萊飾りには栗・橙・蜜柑などがあり、菓子の名寄せといったところだ。【出】未詳。【季】ほうらい(春)

2巾着。私娼の一。格の落ちる点者であろう。3→俳人「貞佐」。4散茶女郎。江戸の吉原で太夫・格子の次に位置する遊女。5水間沾徳。元禄十四年(一七〇一)春、沾徳は了我を伴って江戸から上京し、同年夏に了我を残して帰江する。6江戸の言葉を使うことに加え、ここは江戸自慢もさす。7頼りにしている人。好春をさすと見られ、沾徳の帰江に

36 ほう[12]らいに菓子《くわし》[13]の名[14]よせや奥《おく》ざしき
○一番鶏《いちばんどり》

▲二階はすは[15]　怒風《どふう》
美[16]の、客衆《きやくしゆう》にかこわれてゐさんすよし、はつぶみに見えたり。

37 お他人《たにん》がかしら持《もち》けり筆はじめ

大坂
西山宗因《そういん》
38 詠《なが》むとて花にもいたし首《くび》の骨《ほね》

際して餞別吟を寄せ、貞佐(了我)編『二番鶏』に序を寄せている。8裏店。裏通りに面して建てられた長屋などの家屋。9忙しく活動をして。10強く大きな音を表す擬態語で、ここは庖丁で鳥をさばく音か。11撰集名に料理の材料である鳥を掛ける。12蓬萊。三宝の上にめでたい品々を飾る正月の飾り。13果実。14物の名称を寄せ集めること。

37血縁でない人に筆の頭を持たれての書きぞめである。妾腹の子が本家へ移され、継母らに面倒を見られるさまか。出未詳。季筆はじめ(春)

15蓮葉女。問屋に抱えられ得意客の接待や寝所の相手などを務めた女。正式の点者ではないということ。16怒風は元美濃大垣藩士で、剃髪後は元禄十四年(一七〇一)ころから宝永四年(一七〇七)ころまで京で活動した。その間も美濃の後援者がいたらしい。

38桜の花の美しさに見とれ、上を向いて長く眺めていたら首の骨が痛く

39
年[1]おとこ声やおかしく[2]て謡初《うたひぞめ》[3]
玖《きう》也《や》

40
書《かき》ぞめや鼠《ねずみ》[4]の髭《ひげ》の筆[5]の海
保《ほ》友《いう》

41
射《ゐ》て見たが何《なん》[6]の根もない大矢数《おほやかず》[7]
西《さい》鶴《かく》

42
呼子《よぶこ》[8]鳥《どり》あゝらこひしやさるにても
遠《えん》舟《しう》

なってしまった。西行「ながむとて花にもいたく馴れぬれば散る別れこそ悲しかりけり」(『新古今集』)の本歌取りで、「いたく」(はなはだしく)を「痛し」に取りなし、雅と俗の落差によって笑いを起こす。出『牛飼』。季花(春)

39 年男がその役だからと、威儀は正しても、声はおかしげに謡初めをする。出『歳旦発句集』。季謡初(春)
1 その年の干支に当たる男。また、一家を代表して正月の行事を取りしきる男。 2 風情があると聞き苦しいの両意があり、ここは後者か。
3 正月に謡曲を謡い始める儀式。

40 書きぞめに鼠鬚筆(そしゅひつ)を使ったら、鼠だけに多くの作品ができた。「筆」は上下に掛かる。鼠の多産を踏まえたもので、子年だとすると寛永十三年(一六三六)の作か。出『歳旦発句集』。季書ぞめ(春)
4 鼠の髭で作る鼠鬚筆は弾力があり、

難波《なには》は日本の大湊[9]にて、風俗[10]もかはれり。初《しよ》[11]手《て》はふり、のちは抱《〈だき〉》とめて、法《ほふ》[12]しさへ泣《なか》せたる江口の君がはづみ[13]を残《のこ》し、都[14]の姿もからずして、一《いつ》[15]体《〈てい〉》をはじめたる所ぞかし。古君[16]たちも多《おほ》けれど、こと〴〵くにしるすにおよばず。

▲太　夫　　由《いう》平《へい》

西山屋の内にても、ならびなくはやりたる君也《なり》。芸能[17]にかしこく、大酒もまいらず、しまつ[18]をよくなされたるにより、黄《〈き〉》[19]なるものもたくはへられて、年《〈ねん〉》[20]が明《あけ》てのち天満《てんま》[21]の片里に引《ひき》こもり、田地[22]をつくらせ、小[23]借《〈じやく〉》屋などかして、

宗因門人

年のあく
はらくに
成たる也

王羲之はこれで「蘭亭序」を書いたとされる。　5 書いたものが多いことのたとえ。

41 矢を射るように大矢数を試みたものの、どうということもなかった。出『花見車』。季大矢数(夏)

6 何のよりどころもない。　7 矢数俳諧に同じ。夏に京都三十三間堂などで行なわれた通し矢の競技を大矢数といい、それに倣って、独吟で句数の多さを競った俳諧興行。ここは、貞享元年(一六八四)六月五日に西鶴が住吉神社で興行した一日一夜二万三千五百句の大矢数をいう。

42 猿だとしても、呼子鳥が去ってゆくのは、ああ恋しいことよ。「さる」は「猿」と「去る」の掛詞。出『歌仙大坂俳諧師』。季呼子鳥(春)

8 その鳴き声が人を呼ぶように聞こえる鳥。古今伝授三鳥の一で種々の説があり、カッコウとするのが通説ながら、猿だとする説もある。　9 大きな港。大坂には全国から海運で

43 [1]定家流《ていかりう》にてかし座敷《ざしき》あり[2]村しぐれ　　[4]一時軒《いちじけん》

〇[3]手形どれ〳〵も大坂にあればしれず。

▲太　夫

[5]琴・三味線・小歌《こうた》・手跡、[6]三ケ《さんが》の津《つ》におよぶはなし。さるによつて[7]大坂へは出られたり。[8]玉に疵《きず》はたゞ[9]悪性《あくしやう》にて、あけくれ[10]うなぎ・玉子に身をよせ、[11]下男に迄《まで》あはれて、[12]名にたつ風俗もいなかがうせず、[13]しりつき備前《びぜん》すり鉢《ばち》のやうなれば、ぬしもかしこい人で、これでは[14]つゞくまいとおもはれけるにや、いまは[15]何やかやの芸をおしへていさんす。

米などが集められた。10 優雅な京、張りのある江戸とは、俳風に異なるところがある。11 遊女の作法として、最初に客の相手をする際は床入りせず、二度目から身を任せるのが通例。12 西行法師が江口の遊女に一夜の宿りを求め、一度は断られた後、歌を詠んで許された故事(謡曲「江口」や『撰集抄』等)による。13 威勢のよいこと。14 貞門以来の俳諧の本場、京都流の俳諧。15 西山宗因を首領と仰ぐ人々の宗因流(いわゆる談林)俳諧をさす。支離滅裂もいとわない滑稽性の強化と日常言語の積極的な利用に特色がある。16 年齢が上の遊女。古老俳人をさす。43 突然の時雨に軒先を借りようとしたら、定家流の文字で「貸し座敷あり」とあった。謡曲「定家」に、不意の時雨で立ち寄った宿に「時雨の亭」と書かれた額があったとあり、これを翻案した。出『俳諧百人一句難波色紙』。季村しぐれ(冬)

44 泥《どろ》坊《ばう》もふたゝびすめり聖《ひじり》の春《はる》

▲太夫　益《えき》翁《をう》

いまは白髪《しらが》となられて、[16]いづくにいさんすも知《しれ》がたし。これも[17]西山屋にてはときめかれたり。[18]しほらしき君也《なり》。

45 [19]富《ふ》士《じ》ごりや浅《あさ》瀬《せ》しら波あさり鷺《さぎ》

▲太夫　豊《ほう》流《りう》

[20]こうたうなる君にて、にし山屋の内でもおばさま

17学芸。18始末。倹約。19黄金。小判などの金貨。 20遊女勤めの期間が終わって。ここは点者活動から引退したこと。21由平は晩年に天満へ戻り隠居したと見られる。22小作人に田畑で耕作させ。23小さな借家。1藤原定家を祖とする肉太の個性ある書道の一流派。2群時雨・村時雨。急に降って過ぎる初冬の雨。3由平の編著はほとんど知られない。西鶴・西国・由平による巻子本『胴骨三百韻』(延宝六年)は、出版を予定されながら版本未詳。

44聖なるこの春、泥棒をしていた人も改心し、再び澄んだ心で住んでいる。「すめり」は「澄めり」と「住めり」の掛詞で、「澄む」と「泥」は縁語。[出]未詳。[季]聖の春(春)

4↓俳人「惟中」。5惟中(一時軒)は諸学に通じ、岡山時代には手習いの師匠をし、筆道書の『心正筆法論』も刊行している。6京・大坂・

〳〵といふて、いとしがられたる[1]太夫也。いまは老《をい》の姿に引《ひき》かへ、[2]天王寺のあたりにすみて、[3]あふ坂の清水《しみづ》に影をうつし、往来《ゆきゝ》の人をまねきて、[4]彼《ひ》岸《がん》ざくらの花のもとにむかしをおもふ。

彼岸桜集物の名也

46 [5]すめばこそ[6]拙《せつ》者《しや》風《ふ》情《ぜい》も難波《なには》の春

▲太　夫　来《らい》山《ざん》

[7]左《ひだり》づまに[8]しやんとつかみあげ、大事の所の見ゆるもかまはず、[9]くはんくわつなるとりなり、[10]あね女郎よしさまには似ず、[11]酒もよくなり手もよし。はなしがおもしろさに客もあまた有《あり》しが、[12]くいものにいやしいとて、ちかごろはさびし。

由平事なるべし

江戸の三都でも及ぶ者がいない。7延宝六年(一六七八)春、惟中は岡山より大坂へ移住。8唯一の欠点。9性格や行跡が悪いこと。10精がつく食べ物の代表格。11身分が低い者の相手もして。12評判の俳諧も田舎じみたところが消えず。13尻のあたりが備前焼の擂鉢のような格好で。惟中が備前出身であることを踏まえ、俳人として洗練さに欠けることをいう。14俳諧点者を続けられないだろう。15天和二年(一六八二)に宗因が死去し、談林流行の波が引いた後、惟中は連歌・歌道・漢学などを教えて暮らした。

45富士垢離をしていると、そこを浅瀬と知ってか知らずか、白波に鷺が餌をあさっている。紀友則「天の川浅瀬白浪たどりつつ渡りはてねば明けぞしにける」(『古今集』)を踏まえ、「白波」に「知らず」を掛ける。出未詳。季富士ごり(夏)

16どこにいるのか。17宗因門下と

47
名月《めい》《げつ》や草《くさ》とも見えず大根畑《だい》《こ》《ばた》

▲太夫　　才麿《さい》《まろ》

[13]うぐひすのほそはぎよりやこぼれけん、梅の匂《にほ》ひのかうばしく、今の難波《なには》のはやり太夫也《なり》とて、都[14]のかたよりも風俗をうかがふは此《この》君とや。されども気がみじかふて、ちつとした事にも人をしからんす。一座は見事《みごと》に[15]一ぱいくう風也《ふうなり》。

48
古石《ふるいし》の舞《まひ》て出《いづ》るやけふの月
○椎《しゐ》の葉《は》　後椎《のちのしゐ》の葉《は》　うき、

して全盛を誇っていた。18可憐でかわいらしい。ひかえめな性質であったか。19富士垢離。陰暦五月下旬、富士講の行者が富士の川辺で心身を浄め、富士権現を遥拝すること。20公道なる。質素で堅実なさま。

46「住めば都」という諺の通り、拙者のような者でも難波の春を謳歌している。出未詳。季春(春)

1慕われていた。2大阪市天王寺区の地名。名刹の四天王寺がある。3四天王寺の子院である清光院のことで、京の清水寺を模して新清水寺と呼ばれる。ここはこれに清水(しみず)の意を掛ける。4四天王寺の糸桜で、彼岸会の前後に咲き、難波十観の一として有名。豊流編『彼岸桜』(貞享二年)を掛ける。5「住めばこそ都」の省略的表現か。6自分のことをへりくだって呼ぶ言い方。

47十五夜の月に照らされて、これならば大根の畑を草と見誤ることもな

▲太　夫　　　　万《ばん》海《かい》

[1]しんき〳〵が三しんき御《ご》ざる。あそび過《すぎ》ては身を[2]うつしんき、酒が過《すぎ》ては[3]らん気のしんき、[4]水がへつては[5]じんきよのしんき、ついに[6]つぶれて月も見ぬ。

盲人

49 海《うみ》山《やま》のは[7]つものつゝむ霞《かすみ》哉《かな》

○ぬれ烏《がらす》

▲太　夫　　　　一《いち》礼《れい》

集の名にや

[8]あけぼの烏《がらす》のうしろ姿、[9]いとしらしい風俗成《なり》しが、

い。出『小弓誹諧集』。季名月（秋）7左褄。着物の左側の襟先より下の部分。「左褄を取る」には芸者勤めの意もある。　8状態・姿勢などがしっかりしているさま。　9寛闊なる取りなり。おおらかな動作や態度。10先輩である由平。　11来山の酒好きは有名で、酒の句も多い。　12「此いとし身をしかられて薬喰」（『金毘羅会』）のような句を残している。

48古びた石が宙を舞う中に出現したのか、今日の名月は少しも見えない。前書によれば、雨を石と見立てたらしい。出『小弓誹諧集』。前書「中秋の夜雨やまず」。季けふの月（秋）13才麿句「うぐひすの細脛よりやこぼれむめ」（『よるひる』）を引用しつつ、その俳風の優れたことを述べたもの。　14京都の俳人たちもその俳風に注目している。　15相手のたくらみに引っかかるといった様子。すぐに叱ることに圧倒され、連衆が才麿のペースに乗せられるのであろう。

ちかきころは紋日《もんび》[10]〱にも見《まみ》えず、大事[11]のお子を瓜《うり》かなんぞのやうに、井戸へおとさんしたげな。そんな事で心[12]もひへたかしらぬ。

50 武《ぶ》士《し》の子や正《まさ》[13]行《つら》作る雪あつめ

▲太夫　本の[14]　園《その》女《ぢょ》

あんにや[15]の風もいやしとて、大坂に出られたり。よろづ[16]の芸《げい》、女にはめづらし。風俗[17]もあれこれを見とられたれば、京にもむさしにも似る。されどもやり手[18]がうしろからとりついて、さしで[19]をいふてわるいと云沙《いふさ》た也《なり》。此《この》[20]やり手が死んだらば、か[21]ゝへてよい金《かね》まふけせんにとて、みな〱わる

49 春霞が海や山を包むように、海・山で獲れる初物で酒を飲むことだ。「霞」が酒の異称でもあることを利用。出未詳。季霞（春）

1 心気・辛気。気が重く憂鬱であること。 2 耽溺して身を滅ぼす。 3 乱気。常軌を逸して分別をなくすこと。 4 腎水・精液。精液は腎臓ででき ると考えられていた。 5 腎虚。漢方の病名。過淫のため精液が涸渇するなどし、心身が衰弱すること。 6 目が見えなくなって。 7 初物。その季節に初めて収穫し、また賞味する野菜・果物・魚介など。

50 雪を集めて楠正行の像を作るとは、いかにも武士の子だなあ。苦学を意味する成句「雪を積み蛍を集む」を意識したか。出未詳。季雪（冬）

8 明け方に鳴く烏。一礼の撰集名『ぬれ烏』を踏まえる。 9 かわいらしい。心が惹かれる。 10 遊廓での特定の日。ここは俳諧の会席。 11

口。

51 得た貝を吹《ふい》て田《た》[1]蓑《みの》の月見哉《かな》
○筆《ふで》はじめ

▲天　神　　川柳《せんりう》信女

52 おめ[2]〳〵と平《へい》[3]安《あん》城《じやう》をならざら[4]し

▲おなじく　　伴《ばん》自《じ》

ちかきころのつき出《だ》[5]しなり。めき[6]〳〵とよい客がつきたり。風俗も、しか[7]とはしりがたきほどの君也。人しれず内証《ないしやう》[8]になんぞ[9]うまひ事が有《ある》かじやさ[10]

子どもが井戸へ落ちる事実があったか。瓜などを井戸で冷やすのは常套。12心も冷えた。落胆して虚脱状態になったのであろう。13楠正行。南北朝時代の武将で、正成の長男。南朝に仕え、父の遺言を守って北朝方と戦い、四条畷の戦いで敗れ、弟の正時と刺し違えて死んだ。

51 拾い得た貝を吹いて、田蓑の島で月見をすることだ。出『小弓誹諧集』。季月見(秋)

14本当の。女性であることの注記で、本物の遊女だというわけではない。15伊勢の遊里古市にいた私娼。園女は伊勢山田に在住した後、元禄五年(一六九二)八月、医師で俳人の夫、斯波一有と大坂へ移住した。16種々の学芸。17園女は芭蕉から指導を受けるほか、来山・才麿や轍士らとも親交があった。18遺手。遊女の監督や身辺の世話をする女性。ここは夫の一有をさす。19差出口をたたく。余計な口出しをする。20夫はて。

53 芦《あし》[11]田《た》靍《づ》の鳴《ない》て通《とほ》るや笠《かさ》の上《うへ》

○住吉詣《すみよしまうで》　雪月花《せつげつくわ》[12]　難波拾遺《なにはしふゐ》　紀《き》の山《やま》ふかみ　かくれさぎ

▲天　神　　　　賀《が》　子《し》

鶴《つる》[13]さまのあとにとばん[14]して、人もはし[15]〲しる利口《（りこう）》なところ有《あり》て、身[16]ざまもよし。

西鶴門人

54 鉢《はち》[17]たゝき厄《やく》[18]はらはせて帰りけり

○蓮《はす》の実《み》　難波丸《なにはまる》

病弱で、宝永二年(一七〇五)秋ころに死去する。21 点者に雇って金を儲けよう。運営する会所にとって実入りのよい雑俳をさすと見られる。1 摂津国の歌枕、田蓑島。淀川の河口に散在したとされる島の一つ。この地の月を詠んだ和歌も散見される。

52 京の街中で行商人が奈良晒を売り歩くのは、おめおめと平安城を奈良勢に乗っとられた感じだ。出未詳。季ならざらし(夏)　2 相手に威圧されて意気地がなくなるさま。3 平安京。京の市中。4 奈良晒。奈良産の上等な晒の麻布。

53 笠をかぶった頭の上を、鶴が鳴きながら飛び過ぎることだなあ。出未詳。季芦田靍(冬)　5 禿の経験を経ずにいきなり遊女となること。ここは執筆などの修行期間がないまま点者となること。6 目に見えて物事が進行などするさま。7 はっきりとは。8 目に見え

小歌は仏学

如泉なるべし

▲天　神　　　　団《だん》水《すい》

こゑがよさに、何をうたはんしてもおもしろく、[1]みやこのすまひならば、今ほどは太夫にも成《なり》かねぬ器量《きりやう》なれど、[2]酒が過《すぎ》ては只《ただ》一座があらく、[3]泉《いづみ》さまきめさんした時も、すさまじきとり沙《さ》た也《なり》。智《ち》恵《ゑ》[4]はずんとかしこふて、[5]楠《くすのき》にも[6]北条《ほうでう》にもまけぬ。

55 しうとめに[7]ちよろりとなるや宿《やど》の春《はる》

○あきつ島《しま》　味増有《みぞう》　特牛《ことひうし》　くやみ草《ぐさ》　弥《や》の介《すけ》

▲天　神　　只《し》丸《ぐわん》

ない内部。9ここは人を引き付ける魅力。10まあ。はてさて。11芦の生えた所に住む鶴。鶴の異称でもある。12伴自の編集ではない。**54**鉢叩き坊主が厄払いに厄を払わせて帰っていったよ。鉢叩きも厄を払うのだという新鮮な驚き。出未詳。季鉢たゝき(冬)

13井原西鶴。14活躍して。15賢さが言動の端々から人に伝わる。16容姿。ここは俳風。17旧暦十一月十三日の空也忌から四十八日間、瓢や鉦をたたきながら念仏を唱えて洛中洛外をめぐり歩く半僧半俗の人々。18大晦日や節分などの夜、厄難を払う文句を唱えて銭を請い歩く人を「厄払い」と呼んだ。

55新春のわが家では、息子に嫁を迎えてあっけなく姑になったことよ。出未詳。季宿の春(春)

1元禄六年(一六九三)八月に西鶴が没すると、団水は西鶴庵を継承し、翌七

[8]牛にも馬にもふまれぬかしこい君なり。[9]かくもの[10]足ぞろへに見た人があるげな。いまは[11]うき世しようじのあたりに、かこはれてゐさんすとやら。

56 [12]衣《ころも》がへ見ん[13]三条の人《ひと》通《どほ》り

○丹後《たんご》ぶり　足《あし》ぞろへ　小松原《こまつばら》

松尾屋内　諷《ふう》竹《ちく》

▲太　夫

[14]只《ただ》こんじよがふとふて、客しゆの[15]しゆびをそこなはせ、またしても〳〵[16]身あがり計《ばかり》して、なんぼまうけても〳〵[17]あとへもどる。これほどしかられても、[18]あの目つきはいの。

年春に京都より大坂の同庵に入った。2酒が好きなことは「酒と金この二品で冬籠」(『風光集』)などの句からも知られる。3如泉が点者になる際にも激しい反応を示した。具体的な事情は不明。4程度がはなはだしいさま。格別に。5楠正成。南北朝時代の武将。後醍醐天皇に従って鎌倉幕府を攻撃し、数々の策略を用いて幕府の大軍を翻弄した。6北条氏康か。室町時代末期の武将。父は二代小田原城主北条氏綱。川越城の戦で夜襲をかけ、八千の軍で八万の大軍を破って勇名を馳せた。7簡単に。すぐさま。

56京の中でも人通りの多い三条へ出かけ、衣替えした人々を見てみよう。出『小松原』。季衣がへ(夏)

8子どもが無事に育つ意の諺。よい点者となるよう大事にされたのであろう。9書く物。書籍。10劇場の顔見世興行に先んじて、出演者が勢揃いする儀式。これに只丸の著作名

57 春《はる》〳〵何《なに》から先へ笑《ゑわら》[1]ふぞ

○あめご　淡路島《あはぢしま》　砂川《すながは》

▲小天神《こてんじん》[2]　芝柏《しはく》

客が[3]のうれんあげて見ると、小手《こて》まねきしてだま[4]しすまひて、[5]ちよろりとあげやへつれて行《ゆく》にはないよ[6]ねじやとて、わざと[7]つぼねに置《〈をく〉》。

58 花《はな》[8]の雲そり[9]や〳〵〳〵〳〵

○杉《すぎ》の庵《いほ》

▲天神　天垂《てんすい》

を掛ける。只丸は元禄後期に大坂へ移り、浄瑠璃作者としても名をなした。 11浮世小路。大坂の高麗橋筋と今橋筋との間にあった小路。愛人を囲う家や密会のための宿があった。只丸はここで俳諧の指導をしたか。 12旧暦四月一日に冬の綿入れから袷に着替えること。 13京の市内を東西に通じるにぎやかな大通り。 **57**春だ春だ、何の花から先に咲くだろうか。出『柴橋』。季春(春) 14根性。気質。ずぶとい神経であったらしい。 15首尾。男女の情交。ここは連衆の満足。16遊女が揚げ代を払って休むこと。ここは俳席を休むこと。 17遊女が身代金をたくさん抱えた状態に戻る。楽な暮らしができないこと。 18あの目つきで見られるとなあ。憎めない愛嬌があったのであろう。 1「笑」にはワラフ・ヱワラフ・ヱムなどの読みがあり、花の咲く意がある。

[10]おんなきらやる高野の山に、なぜに女《め》松《まつ》[11]は、はゆるやら〳〵。もう[12]精進《しやうじん》おちて、つとめもしか[13]〳〵させましたし。

59 あ[14]はぬ間《ま》は星《ほし》も大事《だいじ》の一夜《いちや》哉《かな》

○男《をとこ》ぶり

富士を見ても嵯《さ》峨《が》野《の》[15]の虫をきいても、心のはき[16]〳〵とせぬは、[17]せふ事がなふて、去年は[18]西行に成《なり》て、[19]善通寺の松は見さんしたれども、[20]どちらへともかたづかぬ風俗也《なり》。

58みごとな花の雲だよ、そりゃ、そりゃ、そりゃ、そりゃ、そりゃ、そりゃ。出未詳。季花の雲（春）

2上方の遊里で天神と囲の間の位の遊女。　3遊女屋の入口に架かっている暖簾。　4客をすっかりその気にさせて。　5行動がすばやいさま。さっさと。　6遊女の異称。　7局。下級の局女郎がいる部屋。点者としての地位が低いことを示す。　8桜の花が雲のように咲き連なるさま。　9歌謡などに見られる囃子詞。

59牽牛・織女の二星も会わない間は、七夕を大事の一夜と励みにすることだ。出『柴橋』。季星合（秋）

10女を嫌う。高野山は女人禁制であった。この一文は歌謡などから採ったものか。　11赤松の異称。　12仏道修行をやめて。天垂は高野の僧であったか。　13しっかりさせたい。　14「あふ」には男女が逢瀬をとげて一夜を共にするの意がある。ここは「あはぬ…星」で「星合」を含意さ

▲かこゐ　東《とう》行《かう》

60 木《こ》がらしや障子《しやうじ》[1]の引手《ひきて》[2]十文字《じふもんじ》[3]

○天満拾遺《てんましふゐ》

▲げい子[4]　何《か》中《ちう》

▲おなじ　岸《がん》紫《し》

風俗も分《わか》らず、一座のとりもち[5]計也《ばかりなり》。

▲ふろやもの[6]　盤《ばん》水《すい》

よい客がついて、うけ出され[7]さんしたかとおもへ

せた句となる。15京郊外の嵯峨野は虫の名所として知られる。16明敏さを欠く。風流心が高まって句を作ることもないのであろう。17いたしかたなくて。18西行のように行脚をして。19香川県善通寺市にある真言宗の総本山。空海誕生の地で、四国八十八か所の第七十五番札所。西行が庵を結んで歌を詠んだ、西行の久の松がある。20特色のはっきりしない俳風。以上は次の東行に関する評判か。

60木枯らしの風が吹きつのり、引手も十字形であれば、障子自体も前後左右にがたがた揺れている。「十文字」の二意を用いた作か。〔出〕未詳。〔季〕木がらし(冬)　1建具の一種で、戸・衝立・襖などの総称。　2戸などの開閉時に手をかける所やそこに付けた金具。　3十の字の形をさすほか、前後左右に動くこともいう。

ば、いまは[8]ほり江に名は[9]たち花屋、[10]この。

61 涼《すず》しさに[11]四《よ》つ橋《はし》を四つわたりけり
○水尾杭《みをのくひ》

▲かこゐ　　舎《しや》羅《ら》

[12]ほそ〴〵と心のやうに手をよふ書《〈かゝ〉》んすゆへ、[13]ほうばいしゆのいそがしいときには、[14]ふみの手つだひも心よくなさるゝゆへ、[15]いとしがられさんす。されども気が[16]のらで、[17]いやしうて、客衆《きやくしゆ》からきるものや帯をもらはんしても、[18]ついおしまげてなし。[19]ぐんないの小そでひとつで[20]身すぼらし。また[21]備後《びんご》の鞆《〈とも〉》へやらざなるまい。

4 芸子。舞踊や音曲で宴席に興を添える芸者。年少の歌舞伎役者をもいう。俳席での接待役であろう。
5 人々をもてなす役。
61 川風の涼しさに、思わず難波の四つ橋を四つとも渡った。出『我が庵』。季涼しさ(夏)
6 風呂屋者。湯女。風呂屋で客の垢を落とし、売春にも応じた私娼。
7 後援者ができて安泰の身となった。 8 大阪市西区南部の地名。 9 評判になる意の「名は立ち」に屋号「橘屋・立花屋」を掛けたか。 10 掛け声の一種。 11 大坂の西横堀川と長堀川(現在はともに埋め立てられている)が直角に交差する地(現在の大阪市西区)で、井桁のように四つ架けられていた橋の総称。西横堀川の上繫橋・下繫橋と長堀川の吉野屋橋・炭屋橋。
62 大内裏の朱雀門なら、八尺の大海老が門飾りにふさわしいのに、飾りはしないのだという。出『柴橋』。

62 八《はつ》[1]尺《しやく》の海老《えび》も飾《かざ》[2]らず朱雀門《しゆじやくもん》[3]

○蓑笠《みのかさ》　あさくのみ　柴橋《しばはし》[4]　あら小田《をだ》

前書「松竹の式は御米蔵にかぎられるのよし」。季海老も飾らず（春）

12細い字を思いのままによく書く。14 13朋輩衆。ここは同門の俳人。俳書の版下を書く手助け。舎羅は筆跡に秀れ、書道の手本も書き、版下の清書もしていた。15かわいがられている。16なまけること。17品がなく意地汚くて。18質屋に入れて失う。19郡内縞の絹織物の着物。甲斐国郡内地方から産出された。20貧しげでみすぼらしい。21広島県福山市の地名。瀬戸内海に面した港町で、遊廓があった。舎羅は元禄十三年（一七〇〇）に中国・四国地方を行脚しており、それを踏まえた記述であろう。1八尺もある大きな海老。2『滑稽雑談』に禁裏や摂関などの貴家では門松・注連飾りをしないとある。3大内裏外郭南面の中央に設けられた門。4舎羅の編ではなく、跋文を書いて後援した。

花見車　三

江戸

63
飛《とび》[1]梅《うめ》やとし飛《とび》こえてはなの春　徳《とく》元《げん》

64
寛《くわん》永《えい》やあけ[2]七《しち》才《さい》の午《うま》のとし　玄《げん》札《さつ》

63菅原道真遺愛の梅が京から大宰府まで飛んだように、梅は年を飛び越えて新春を華やかに彩っている。出『塵塚誹諧集』。季はなの春(春)
1 菅原道真が左遷される際に詠んだ「東風吹かば匂ひおこせよ梅の花主なしとて春を忘るな」に応じ、大宰府まで飛んだという伝説の梅。
64寛永の御代も、明けて七年目となった午の年であるよ。馬の年齢の数え方に年が明ける意を掛ける。出『犬子集』。季午のとし(春)
2『大磯虎稚物語』に「先御馬はあけ七歳、八寸八分に立のびて」。

65車の字をもつ車百合は、葵に対抗してか、場所を取り合い争っている。『源氏物語』「葵」で六条御息所と葵の上の車が争った箇所を踏まえる。出『毛吹草追加』。季葵・車百合(夏)
1 賀茂祭(葵祭)では社前や牛車などにフタバアオイの葉を付ける。
66去年を今年へ移した新春、手本を

65 [1]葵《あふひ》にや所《ところ》あらそふ車百合《くるまゆり》　未《み》得《とく》

66 書《かき》ぞめや去年《こぞ》をことしにうつしもの　立《りふ》志《し》

67 [2]楪葉《ゆづりは》の座《ざ》に等《なほ》閑《ざり》の友ならず　露《ろ》言《げん》

[3]八《や》十《そ》氏《うぢ》やものゝふのあつまれる地なれば、人の心もつよく[4]風俗もしやんとして、[5]しみつかぬ所有《ところあり》。[6]かりそめの小歌・三味線も一風《いつぷう》おも

引き写して書きぞめをする。「写し物」(文書を書き写すこと)に「移し」を掛ける。出未詳。季書ぞめ(春)

67 楪葉が飾られためでたい席にいるのは、なおざりではなく、お互いを尊重し合う友なのだ。正月の飾りに用いる「楪葉」に「譲り合い」の意を含ませた。出未詳。季楪葉(春)

2 新旧の葉が譲り合うように入れ替わるための呼称。 3 種々の家柄の人々や武士。 4 身なりもきちんとして。ここは句に芯が通っていること。 5 しつこくない。 6 ちょっとした仏学や和歌。 7 ちょっと何かを書いても節が付いて歌われる。 8 手妻。奇術。ここは不思議とそうなるの意。 9 遊女。 10「張り」に同じく、心に強さがあること。 11 都の遊女の雅な様子。 12 大坂の豪華な揚屋。 13 三都(京・大坂・江戸)の由緒。 14 場所柄の違い。西鶴の『好色一代男』六ノ六に「京の女郎に、江戸の張をもたせ、大坂の揚屋

しろく、[7]ふみひとつ書《かき》ても、ふしと成《なり》てうたはるゝ[8]手づま也《なり》。されば むさしの[9]よねの[10]つよみをもつて、[11]都の君の風《ふう》になし、[12]難波《なには》のあげやにあそばんとは、[13]三ケ《さんが》の津《つ》のちなみを合せて、その[14]所のかはりめをよくおもひつきたり。

▲太夫　調和《てうわ》

かゝる[15]さんやの草ふかけれどゝ[16]ふり出《いだ》されたるも、[17]一《ひと》むかしにて、なつかしき君也《なり》。とくに[18]身うけもあるべき事なれど、肩から足まで[19]こはい跡《あと》があるとて、いまゝでのつとめ也《なり》。

68 [20]十《じふ》夜《や》過《すぎ》て林に眠る烏《からす》哉《かな》

であはば、此上何か有べし」とある。**68**十夜念仏が過ぎ、にぎわいが静まったら、烏も林に帰って静かに眠ることだ。出未詳。季十夜(冬)　15浅草の山谷地区。吉原をさすことも多い。調和はここに移住した。　16「振り出す」には世に出す意があり、ここは前句付興行などで世に評判となったことか。　17十年。　18上級武士の門人に召し抱えられる可能性もあったこと。　19傷か入墨など。　20旧暦十月五日夜からの十昼夜に行なわれる浄土宗の念仏法要。

69早朝の山路を歩いていると、あたりには梅の香が漂い、気がつくと太陽がぬっと出て明るくなった。「軽み」をよく体現するとされ、「のつと」の擬態語が評判となった作。出『すみだはら』。季梅が香(春)　1↓俳人「芭蕉」。　2「禅定門尼」の略で、僧形となって家庭にいる女

▲太　夫　　松尾桃青《たうせい》[1]禅定尼[2]

襟《ゑり》[3]のうちにかほさしこんで、[4]ものをふくみたる道中に、風俗をたくみ出《いだ》されしより、三ケ《さんが》の津《つ》はいふに及《およ》ばず、[5]国〱《くにぐに》の君たちも、まなべるやうには成《なり》たる也《なり》。

69 梅が香《か》にのつと日の出る山路《やまぢ》哉《かな》

▲太　夫　　嵐《らん》雪《せつ》

大門口《おほもんぐち》[6]より桐屋《きりや》[7]の市左《いちざ》が軒《のき》まで、[8]たて砂《ずな》をもらせ、いまの世の買手《かひて》[9]のとおりもの也《なり》とて、[10]なりわたりたる客でも、[11]むつかしい所よりひねり出して、[12]くみとむるは此君也《このきみなり》。しかるに[13]去々年ねんがあき、しかもよい身にて、[14]今は尼の姿となりていさんす。

ひねるは付句の事なるべし

尼はのがれたる也

性をいう。　3太夫らがよく見せるしぐさ。　4心中に期するところのある旅を通じて、新しい俳風を興してから。　5全国の俳人が蕉風に倣うようになったことをいう。

70風が縄の簾を揺らしたので、秋の訪れに心を動かされた。後嵯峨院「蘆簾夕暮かけてふく風に秋の心ぞうごきそめぬる」(『夫木抄』)の本歌取り。出『続の原』。季秋風(秋)

6吉原遊廓の入口。　7吉原の揚屋、桐野市左衛門。　8立砂。車寄せの前に高く丸く盛り上げた砂。後には客商売で縁起のために塩を門口に盛った。　9女郎買いに精通した人。ここは諸点者との一座に慣れた俳諧愛好者。　10評判の客。　11付けにくい付句も容易に案じて。　12相手を正面から受け留める。　13元禄十年(一六九七)の妻の死後、嵐雪は禅を修めていた。　14剃髪していたこと。　15縄を結び垂らして作ったすだれ。

16→俳書「芭蕉一周忌(ばしょういっしゅうき)」。

桃青

70秋風の心うごきぬ縄《なは》[15]簾《すだれ》
○その袋《ふくろ》　若水《わかみづ》　一周忌《いつしうき》[16]　杜撰集《ズザンしふ》

▲太　夫　　　　　　　其《き》角《かく》

松尾屋の内にて第一の大夫也《なり》。琴・三味線・小歌《こうた》でも、とりしめてならはんした事はなけれども、[17]生《うま》れついて器用な所があつて、小袖のもよう・髪つきまでも、つくり出《いだ》せるほどの事にいやなはなし。[18]国〳〵にてもこひわたるは此君也《このきみなり》。[19]花に風、月には雲のくるしみあるうき世のならひ、[20]酒が過《すぎ》ると気ずいにならんして、[21]団十郎《だんじふらう》が出る、[22]裸でかけ廻《まは》らんした事もあり。それゆへなじみのよい客もみなのがれたり。されど今はまたすさまじい[23]

71説教にしょげた遊女といった風情で、牡丹の花が夕べにしぼんでいる。㊥『焦尾琴』。㊄夕牡丹(夏)　17まとまった形で。　18やることなすことに嫌味がない。　19全国の俳人に慕われる。　20好事には何かと障害が多いことのたとえ。　21好き勝手なふるまい。　22歌舞伎役者の初代市川団十郎。其角と親交があった。ここは酔ってその声色をまねたこと。　23大層な金持ちが贔屓にして。伊予松山藩主松平隠岐守定直(俳号、三嘯)をさす。　1遊女。　2忠告・説教。

72白一色の雪景色であるから、動いたことでようやくそれが人だと知られる。㊥『詼諧番匠童』。㊄雪(冬)　3扇子の地紙を折る人。一晶には「扇売ル東雲嬉し三保の市」(『一楼賦』)の句がある。　4気丈。　5江戸へ来て禿を経ずすぐに遊女となった太夫。ここは江戸でいきなり点者と

大々臣《だいだいじん》がかゝらんしてさびしからず。

71 うかれ女《め》[1]や異見《いけん》[2]に凋《しぼ》む夕牡丹《ゆふぼたん》

○みなし栗《ぐり》 新山家《しんさんが》 続《ぞく》みなし栗《ぐり》 いつを昔《むかし》 花《はな》つみ 萩《はぎ》の露《つゆ》 句兄弟《くきやうだい》 かれ尾花《をばな》 裏若葉《うらわかば》 焦尾《せうび》琴《きん》 三上吟《さんじやうぎん》[7] 雑談集《ざふたんしふ》

▲太夫 一晶《いつしやう》

むかしは京にて扇子《せんす》[3]やのおり手なりしが、いかにしても気性《きじやう》[4]な所ありとて、武蔵《むさし》[5]へつき出しの太夫也《なり》。大《おほ》[6]よせにも名をとられけるが、近年はうそも[7]いよ〳〵しあげさんして、功者《こうしや》[8]に人[9]のはまる事をこしらへ、大分《だいぶん》よき身になられたり。まことの事[10]にはあらずとて、ほうばいしゆのつきあひはなし。

一万三千五百句前句付

なったこと。6多数の遊女を集めての遊興。「もくろく」に矢数俳諧のこととあり、一晶も天和元年(一六八一)に一万三千五百句の興行をした(『俳諧蔓付贅』)。7遊女が客をたらし込む手管。ここは前句付で多くの客を引き付けたこと。8たくみに。9人が熱中する興行の仕方。10正統な俳諧。11↓俳書「千句前集(せんくぜんしゅう)」「千句後集(せんくごしゅう)」。

73誰の猫なのか、棚から鍋をいくつも落とすほど、あちこちで妻恋いをしているのは。『沾徳随筆』によれば、近江の筑摩祭りの習俗(女が関係を結んだ男の数だけ鍋をかぶる)を踏まえたもの。内容的に、発情期の猫を意味する「猫の恋」を扱ったことになる。季猫の恋(春) 出『焦尾琴』。前書「思他恋」。12沾徳は実際に和歌を学んでいる。13内藤露沾の依頼で『俳林一字幽蘭集』を編集し、内藤家の禄を受けたらしい。14文稿が多く積もったの

72 白《しろ》妙《たへ》やうごけば見ゆる雪の人
○四《し》衆《しゆ》懸《けん》隔《かく》　丁《てい》卯《ぼう》集《しふ》　前《ぜん》後《ご》[11]千《せん》句《く》

▲太　夫　　沾《せん》徳《とく》

三味線は歌学

心だておとなしく、[12]三味線もひかんすゆへ、[13]身うけもなされたり。[14]つもれる文蓬萊《ふみよもぎ》より都にも聞《きき》およびしが、[15]好〈すき〉きらひのある風俗なり。[16]つとめの内ねむらんせずばよかろ。

73 たが猫ぞ棚《たな》から落《おと》す鍋《なべ》の数《かず》
○文蓬萊《ふみよもぎ》

意に、沾徳編の撰集名を掛ける。15好き嫌いの分かれる俳諧。16俳席で一座を捌くこと。沾徳には居眠り癖があったか。

74火鉢にあたる人は、ただじっとしておらず、ひっきりなしに手を動かすものだ。出未詳。季火鉢(冬)

1吉原京町三浦四郎左衛門抱えの二代目ないし三代目高尾。2二代目高尾の娘が父方に引き取られた後、島原の遊女「河内」となったか。ここは「二代のつとめ」の例。3「長者に二代なし」などを踏まえるか。4初世立志の没後、次男が二世を継いで活躍した。5小柄な女性。6江戸の他俳人には似ず、種々の俳席をこまめに回る。7初心の客は好感をもつ。

75栗の殻の中で貪るだけの栗虫よ、蚕は唐衣にも比すべき繭という殻を作るのに、お前が何もできないのも宿命なのだな。出未詳。季蚕(春)

▲太　夫　　立志《りふし》

むかし[1]三《み》うらのたか尾さまのはらに、さぶらひ衆《しゅ》の子をまうけさんしたを、こちへとつてやしなはれけるが、らう人のゝち京にて身上〈しん〉おとろへ、島《しま》ばらのつとめをなされたるは[2]河内《かはち》さま也。[3]女郎に二代なしといへど、[4]此君《この》も同じく二代のつとめ也。風俗は[5]小女房《こにょうばう》なれど、[6]江戸に似ぬ客衆によふまはらんすゆへ、[7]よはい客たちはおもひつく也《なり》。

句作のちいさきなるべし

74 人の手も只《ただ》はあそばぬ火鉢《ひばち》哉《かな》

○都《みやこ》のしおり　難波《なには》のしおり

▲太　夫　　山夕《さんせき》

[8]あくしよ[9]すてぼのさんせきといふ人あれど、そん

8 悪所。遊里。　9 捨坊・捨宝。吉原での女郎遊びの異称。　10 慎み深く上品な。　11 クリシギゾウムシの幼虫で、栗の実の中で食害する。　12 宿世。宿命。　13 公家の女性の衣服である「唐衣」に「殻」を掛ける。

76 七夕を逢瀬の日とする目細の織女はご存じなかろう、地上では七度飯の習俗もあることを。諺「目細はあれど口細なし」(食い意地の張った者の多いこと)を踏まえる。「目細(まぐわし)」は美人の形容。七夕には七度の水浴と食事をする習俗が各地にあった。【出】未詳。【季】七夕(秋)

14 不角は平松町南側で書肆を営んでいた。　15 不角の編著はすべて不角の自筆版下による。　16 通俗的で野暮な俳風ということ。　17 奥州筋の客をよく手なずける。不角の撰集・歳旦帖には奥州俳人の入集が多い。　18 前句題に応募してきた付句から秀逸作を選び出版したもの。

な御《お》かたではなし。おとなしい君にて、茶の湯などもよし。[10]しほらしい太夫也《なり》。

75 [11]栗《くり》虫《むし》や[12]すくせ蚕《かひこ》の[13]から衣《ごろも》

書林

▲太夫　不角《ふかく》

つねに[14]書物をすいて見さんすゆへ、かしこし。[15]手もよし。されど[16]みやこへはむかぬ風俗也《なり》。[17]奥すじの客をよふたらさんす。

76 七夕《たなばた》の目《め》細《ぼそ》はしらじ七《しち》度《ど》食《めし》

〇[18]前句《まえく》づけの本、数《かず》〳〵《かず》。

77 さまざまな草の花が咲き終った後、あでやかに咲く冬の牡丹だ。元稹の詩句「これ花の中に偏に菊を愛するにはあらず、此花開けて後更に花なければなり」(『和漢朗詠集』)を踏まえつつ、菊よりも後の冬牡丹に注目した。出未詳。季冬牡丹(冬)

1 漢字が書けず。 2 頭注によれば、「かな書きの無倫」などと呼ばれたか。 3 百草。種々の草。 4 千草。 5 冬に咲く牡丹の種類。寒牡丹。

78 水面には桜の花が筏のように広がり、泳いでいる獺の背中にもその花が付いて、はげているように見える。出『松かさ』。季はな筏(春)

6 他とは異なる独特の風趣。 7 渋さを含んでひきしまった感じ。 8 禿(ここは見習いの門弟)をよく叩く意に、通称の勘兵衛(未確認)を掛けたか。 9 イタチ科の水生動物。

79 願わしいことよなあ、雲雀の鳴く野中で昼の狐のようにぼんやり暮らすことが。出未詳。季雲雀(春)

▲太　夫　　無倫《むりん》

男[1]文字がならいで、文《ふみ》もかなで[2]〳〵かゝんす。

異名となる也

77 も[3]ゝ、草や千《ち》[4]種《くさ》のあとの冬《ふゆ》[5]牡《ぼ》丹《たん》

▲太　夫　　桃隣《たうりん》

一[6]風《〈ぷう〉》あるかたにて、人もそのにがみ[7]をすきて、ちよこ〳〵と客もあり。ようかぶろをたゝ[8]かん兵衛《べゑ》。

家来

78 獺《かはうそ》[9]の背《せなか》兀《はげ》たりはな筏《いかだ》

○むつちどり

▲こうし[10]　　東《とう》潮《てう》

一《ひと》たびぶ[11]はんじやうにて、尼[12]にならんしたが、い

10格子。吉原で太夫の下に位置する遊女。 11不繁盛。人気がなくなること。 12東潮は一時的に引退状態となっていたか。 13人日・上巳・端午・七夕・重陽の節句。 14遊廓における特定の日。ここは前句付興行で前句題を出す日のことで、題は一枚刷の募集チラシに載せた。 15遊女として客の相手をする。ここは点者として興行すること。 16場違いな人やぼんやりしている人。

80蚊柱がまっすぐに立っている、さてはこれほどに風がないのだなあ。 出未詳。季蚊柱（夏） 17気だて。 18人の心中を察するの意か。あるいは腹部の按摩をさすか。 19蚊が縦に長く柱のような状態で群がり飛ぶこと。

81二星が逢う七夕の夜、山谷にいるこの遊女は、天の河でいかだを流した織女がここにたどり着いたものではないか。 出未詳。季星合（秋）

20こまめに。 21毎日の日課として

この紋日一枚ずり也

まはまたよい客しゆがついて、[13]五節供《ごせつく》の[14]紋日《もんび》にも[15]見《まみ》えます。

79 願《ねがは》しや雲雀《ひばり》の中の[16]昼《ひる》狐《ぎつね》

▲こうし　素《そ》狄《てき》

[17]心だてのうつくしい御人《おひと》なり。ことに[18]腹をようとらんすとて、ほうばいしゆのためにも成也《なるなり》。

80 [19]蚊《か》柱《ばしら》やさて是《これ》ほどに風のなき

▲こうし　常《じやう》陽《やう》

[20]ちまく〵と[21]日《ひ》書《がき》をさんすゆへ、なじみもあり。[22]中むら七と[23]ねんごろしてじやげな。

書き物をすること。ここは作句であろう。　22歌舞伎俳優の中村七三郎(俳号は少長)。　23親しくしているらしいね。　1七夕の夜に牽牛・織女の二星が逢瀬をすること。　2いかだ。大きいのが「筏」、小さいのが「桴」だともいう。　3未詳。「女儀」(女性の丁寧語)に女が来た意を掛けたか。　4山谷。新吉原のこと。

82これから赴く東北には、もしや黄色い桜や赤い藤が咲いているかもしれない。桃隣が奥羽へ旅立つ際の餞別吟(以下二句同)で、珍しい経験をするあなたがうらやましいの意を込める。[出]『陸奥衢』。前書「餞別をうらやむのみ」。[季]桜・藤(春)　5散茶。吉原で太夫・格子の下に位置する遊女。　6ここは東北地方。　83花の咲く夕暮れ時、陸奥では盥の代わりに湯の入った鍋のまま洗足をすることであろう。[出]『陸奥衢』。前書「みちのくのふつ、かなるも言

81 星《ほし》[1]合《あひ》や桴《いかだ》[2]流《なが》せし女《によ》[3]来《ぎ》三《さん》[4]谷《や》

▲さんちや[5] 秀《しう》和《わ》

82 あ[6]づまにはもし黄《き》な桜《さくら》赤き藤《ふぢ》

▲おなじ 盤《ばん》谷《こく》

83 鍋《なべ》のま丶洗《せん》[7]足《そく》とらん花[8]のくれ

▲おなじ 一《いつ》蜂《ぽう》

84 旅《はた》籠《ご》さぞ花の上踏《ふむ》蜆《しじみ》汁《じる》

▲おなじ 艶《えん》士《し》

の葉の種」。季花のくれ(春)
7よごれた足を湯水で洗うこと。『日葡辞書』に「センソク」の読み。
8花の咲いている時期の夕暮。また花が終わろうとするころ。
84象潟の宿屋では、花が浮かぶ水中を踏んで採った蜆の汁を出すであろう。伝西行歌「象潟の桜はなみに埋れてはなの上こぐ蜑(あま)のつり船」(『継尾集』)を踏まえる。前書「象潟の眺望」。季花(春)出『陸奥衜』。
85西瓜が堅くて食べにくく、ゆっくり話もできずにお別れすることだ。出『小弓誹諧集』。前書「東鶩が江戸を立て故郷にかへるとき各餞別として」。季西瓜(秋)
9秀和・盤谷・一蜂・艶士が上方では無名ということ。10『陸奥衜』には右四名の肖像が載り、秀和・盤谷・一蜂の発句は『花見車』と同一。11御見。お目にかかることをいう遊里語。ここは御覧に入れるの意。
86蝸牛は雪の上でも這うつもりなの

其角
嵐雪

85 語《かた》るまもなくて西瓜《すいくわ》の堅《かた》さ哉《かな》

[9]このかたぐ〳〵、みやこのかたへはしれがたし。む[10]つちどりの姿絵にて、ちらりと御《ご》[11]げんに入《いれ》まいらせ候《さふらふ》。

▲こうし　神《しん》叔《しゆく》

晋《〈しん〉》[12]さまや雪さまのやり手なりしが、[13]よろづきやうな御人《おひと》にて、いまはこうしにならんした。さりながら、[14]ぶたごな御《お》かたじやげなほどに、立身《りつしん》[15]はあるまいと。

86 蝸牛《かたつぶり》雪を這《はは》ふか九《く》[16]月尽《ぐわつじん》

か、九月が終わる日まで生き残っている。出未詳。季九月尽(秋)
12其角・嵐雪の世話焼き役。13万事に器用な。14無単袴。略式の装束をいい、転じて不格好・不作法なさまをいう。15出世。ここは点者としての大成であろう。16旧暦九月の晦日。秋の最終日。

87雲の中を飛んで雁が北国へ帰る昨今、一緒にいて雌鳥も疲れはしないのか。出未詳。季雲に雁(春)
1筆跡。2ここは春に雁が北へ帰る様子。「鳥雲に入る」とも。

88立春を迎え、母鳥の羽の緑色も鮮やかになっている。鶯・目白などか。出未詳。季春たつ(春)
3禿。上級の遊女に仕える遊女見習いの少女。ここは点者に付き従う人。4→俳人「淡々」。5因角・渭北・淡々と号を変え、大坂から江戸を経て京に移った。6上方での私娼の異称。ここは点者でないこと。

▲こうし　　介《かい》我《が》

晋さまについていさんしたゆへ、手跡《しゆせき》[1]までよう似せさんす。

87 諸《もろ》ともに雌《め》もつかれずや雲《くも》[2]に雁《かり》　因角也

▲かぶろ[3]　　渭《ゐ》[4]北《ほく》

大坂[5]では白人《はくじん》[6]していさんしたが、いまは角さまに[7]ついていさんす。諸事《しよじ》[8]きやうな子じやほどに、つとめもよく[9]は太夫にも成《なり》かねぬ所あり。酒[10]ものみならはせたしと、てつさま[11]のうはさありし。

白人はつねの人不角

88 春たつやは、鳥の羽《は》の色みどり　轍士也

7 立羽不角。 8 器用にこなす人なので。 9 よくすれば太夫になりかねない。 10 渭北に「諸下戸も扞(ウテテツ)扨もほと〻ぎす」(『神の苗』)の句がある。 11 轍士自身のことをこう記した。

89 ほろと鳴く山鳥の長い尾羽のように、滝の近くの松も枝を長く垂らして氷っている。「山鳥のおろ(尾ろ)」は長いことの比喩に用いる歌語。出未詳。季氷る(冬)

12 太夫に従い、歌舞音曲で一座を盛り立てる遊女で、職位は囲。ここは点者とほぼ同等に一座する人。 13 尾ろ。尾羽。「ろ」は接尾語。

90 腰元が主人の所持する雛人形を、自分の物だというような顔で扱っている。主は幼い姫君なのであろう。出未詳。季雛(春)

14 腰元。侍女。 15 我が物顔。 16 専吟と湖月。 17 二人は其角門で、台所にも出入りするほど、宝井家に入り浸っていたのであろう。 18 芸に

▲[12]たいこ女郎《ぢよろう》　専《せん》吟《ぎん》

89 山《やま》鳥《どり》の[13]おろと氷《こほ》るや滝《たき》の松

▲おなじ　湖《こ》月《げつ》

90 [14]腰《こし》もとや主《あるじ》の雛《ひな》を[15]我《われ》が顔《かほ》

[16]おふたりともに[17]だい所まで、いつもきていさんす。たがひに[18]げいのあらそひたへぬよし。

▲[19]夜たか　吐《と》海《かい》

みやこの生《うま》れじやが、[20]月どのゝつれて下らんしたれども、[21]らちもあかず。[22]くつわ・[23]あげやと[24]まぶば

湖月也

関する争い。ここは俳諧の競争。 19夜鷹。街角で客を誘う私娼。ここは前句付などで素人を相手にする人。 20湖月が京から江戸に連れてきた。 21物事がうまく決着しない。ここは俳諧がぱっとせず点者になれないこと。 22轡。遊女を抱えている置屋。点者の家をさすか。 23揚屋。置屋から遊女を呼んで遊興する店。点者を招いての会席をさすか。 24間夫。情人。遊女が真情を込める相手。ここは点者とねんごろな仲で、他の連衆から疎まれる人。 1遊廓に住むこと。ここは通常の俳諧を行うこと。 2江戸の神田川南岸の柳原土手とその付近一帯の呼称。夜鷹が多く出没した。

3三都(京・大坂・江戸)の俳諧に注目して習おうとする。 4以下に記す各人のありよう。 5各地の有名俳人はほかにもいようが。 6歳旦三物に見えない人は記しようがない。

かりしていられしゆへ、[1]さとのすまひもならず、
いまはよ鷹《たか》と成《なり》て、[2]柳《やなぎ》はらをとび廻《まは》るといの。

諸国の部

国《くに》〳〵《ぐに》のかた〴〵はみな、[3]三ケ《さんが》の津《つ》の風俗をうかゞはるゝなれば、[4]ひだりにあらはす心ばへにてしるべし。[5]その所に名を得たる君たちも、いまだ有《ある》べけれど、[6]三物《みつもの》にも見ゑぬはぜひもなし。

▲堺の[7]ちもり　元順《げんじゅん》信女

91胴炭を中でつかんだら、微塵にくだけて灰になった。謡曲「いかなる天魔鬼神なりとも、宙につかんで微塵になし」を踏まえる。「中」は「宙」に通用して空中の意になり、ここは炉の中の意にもとれる。〔出〕未詳。〔季〕胴炭(冬)
7乳守。堺の南郊にあった遊廓で、津森ともいう。　8堺の俳壇も宗因流(談林)の影響を受けた。　9よく知られた。　10茶道で炉や風炉に最初に据えて芯にする炭。　11微塵灰。こなごなになった灰を表す造語。

92夏の夜に出かけた帰りがけ、流れ星が見られるかと思ったら見られなかった。〔出〕未詳。〔季〕夏の夜(夏)
12大坂で官許の遊廓である新町。　13堺の北郊にあった遊廓で、乳守より規模は小さい。　14掛持。青流(祇空)は元禄七年(一六九四)夏に大坂より堺へ移居。大坂の住吉にも家があった。　15夜這星。流れ星。

93母のない四歳の子が、秋の夕暮に

宗因時代の故人

[8]大坂の風俗に似ていやしからず、[9]かくれもなき君也《なり》。

91 胴《どう》[10]炭《ずみ》や中《ちう》につかんでみぢん[11]灰《ばひ》　　青《せい》流《りう》

[12]新《しん》まち・[13]高須《たかす》の[14]かけもち也《なり》。

92 夏《なつ》の夜《よ》やもどりざま見ず[15]流《よば》ひ星

○住《すみ》よし物《もの》がたり

▲近江[16]芝屋《しばや》町　　尚《しやう》白《はく》

[17]松尾やにいさんした時は、風俗もよし。

93 四《よつ》つ子《ご》のひとり食《めし》くう秋のくれ

一人で飯を食べている。出『あら野』。上五「おさな子や」、前書「母におくれける子の哀れを」。その哀れさをとらえた。季秋のくれ（秋）
16 柴屋町。滋賀県大津市の三井寺の下にあった遊廓で、馬場町ともいう。尚白は同町で医者をしていた。17 蕉門時代は句もよかった。『猿蓑』のころをさし、芭蕉晩年には離反したとされる。

94 桜の花に来て鳴いていた鳥は、麦の穂が出たら、次にまたそこで鳴いている。『白馬』の上五「日半は」だと、昼間は桜と並んで鳴く意になる。出『東華集』。季麦の穂（夏）
1 蕉門の出店・支店。洒堂は近江膳所の人。2 洒堂は元禄六年（一六九三）夏に大坂の住吉付近へ移住した。3 元禄十年（一六九七）冬に膳所に帰郷し、医を以て本多家に仕官したこと。4 次いで。その次に。
95 水面にさっと音がしたら、そこに

○ひとつ松《まつ》

▲松尾屋出見せ[1]　洒《しゃ》堂《だう》

一《ひと》たび大坂[2]へ出られし、程《ほど》なく身うけ[3]。

94 麦《むぎ》の穂《ほ》やさくらについで[4]鳴《なく》烏《からす》

○ひさご

▲おなじ[5]　惟《ゐ》然《ぜん》

ほうばい衆[6]の風俗が気にいらず、四枚・五枚づゝ[7]あたまに櫛《くし》をさし、べに・おしろい・きわずみ[8]など、おもはれたがましく[9]、もはや古《ふる》ひとて一風《いっ〈ぷう〉》[10]出《いだ》されたり。髪もかいつのぐり[11]、なわのやうなほ[12]

鳥がふわふわふわふわと浮かんでいる。出『きれ〴〵』。季水鳥(冬)　5同じく「松尾屋出見せ」ということ。惟然は美濃関の出身。　6同僚たちの身なり。ここは同門の人々の俳風。　7刃物になぞらえて櫛も枚と数える。ここから「もはや古ひ」までは、惟然から見た一般的な遊女のありかた(すなわち世間一般の俳風)への批判。　8際墨。髪の生え際を墨で化粧すること。　9いかにもよく思われようとするようで。　10口語体で俗語を駆使した独特の句ぶり。惟然は芭蕉句を念仏風に唱えて踊る風羅念仏も創始した。　11無造作に巻いて。　12風羅念仏で腰に縄を巻いて踊ったことを踏まえる。　13湯文字。女性が下半身を包む下着の腰巻。　14口を小さくすぼめるのも初心風でよくないとして。　15出る肴はすべて食べ尽くし。　16男女の共寝。このあたりは遊女としての無作法を列挙し、惟然が型破りであ

そい帯に、ゆ[13]もじもせず、つ[14]ぼ〳〵口もしよしんなとて、出[15]るほどのさかなをしてやられ、と[16]こ入《いり》に屁《〈へ〉》までこかんすとて、い[17]よの客ものがれければ、いまは[18]よし仲《なか》でらのあたりに引《ひき》こもり、湖《〈みづうみ〉》[19]の夜の波を琴の音にきゝなし、雪[20]のあしたは、いにしへの茶の湯をおもひ出《いで》て、冬の日のものがなしきに、

95 水《みづ》さつと鳥《とり》よふわ〳〵ふうわふわ

富小路のぜんせい

○藤《ふぢ》の実《み》　千句《せんく》の跡《あと》

▲伊[21]勢の古市　　団《だん》[22]友《いう》

か[23]ぶろどもが参宮してたづねたれば、「皃《かほ》もあらはずに、や[24]きめしに赤みそつけて、に[25]たく〳〵とく

ったことを強調する。17伊予松山藩士の淡斎。藩命で一時在京し、惟然の教えを受けた。頭注の「富小路」は惟然の住所か。18芭蕉の墓がある義仲寺内の無名庵に入ったこと。19琵琶湖の夜の波音を琴の音と聞きなし。謡曲「絃上」の「浦波の音通ふらし琴の音の〳〵」などを踏まえるか。20「雪」と「茶の湯」は付合語。このあたりは、落ちぶれて昔の風雅を懐かしむ姿を示す。

96長い袷をぞろっと着流して、人ごみの中へ出かけることだ。他人の目など気にしないでいるということ。出『誹諧草庵集』。季袷(夏)

21伊勢神宮の外宮から内宮に至る間《(あい)》の山の旧道沿いの集落で、旅籠や妓楼が軒を並べていた。22↓俳人「涼菟」。23遊女見習いの少女。ここは芭蕉の門弟たちか。24焼飯。味を付けて焼いた握り飯。25にちゃにちゃ。ここは音を立てて物を食べる形容。1身なり。ここは俳風

うてゐさんした」とかたる。[1]風俗は衣裳《いしやう》こそわるけれ、都にも江戸にもはづかしからず。

96 人《ひと》中《なか》へぞ[2]ろりと長《なが》き袷《あはせ》[3]哉《かな》

○一《ひと》[4]ふく半《はん》かわご摺《ずり》

▲美の　木《もく》因《いん》

[5]うつろふよはいなれど、さのみ白髪《しらが》も見ゑず。年より若きは、[6]かもじをたんと入《い》レさんすゆへなるべし。

97 途《と》中《ちう》から鳴《なき》出《だ》す空《そら》やほとゝぎす

▲尾張　荷《か》兮《けい》

をさし、華やかさはなくとも実力を備えていると指摘する。2衣服を着崩す形容。3裏地の付いた和服。旧暦四月一日より五月四日までと九月一日より八日まで着るのが通例。4→俳書「一幅半(ひとのはん)」。涼菟は序文を寄せる。

97時鳥の鳴き過ぎる空なのに、途中から雨が降ってきたことよ。「鳴出す」は「空」にも掛かり、「泣出す」で雨が降ることをいう。出『東華集』。季ほとゝぎす(夏)

5老い衰える年齢。元禄十五年に木因は五十七歳。6髢。頭髪の足りない女性が結髪の際に使う添え毛。新興俳人との交流をさすか。

98糸のような二日月は、木枯らしの風に吹き散らされてしまいそうだ。出『あら野』。季木がらし(冬)

7出世の願望。荷兮は連歌師の昌達となり、里村家を頼って上京し、法橋の位を得た。8動きがとれず途身[7]のねがひありてみやこにのぼり、太夫の位にならんしたけれど、今はあとへもさきへもゆかず[8]、松尾屋[9]のむかしこそなつかしけれ。

98 木《こ》[10]がらしに二日《ふつか》[11]の月のふきちるか
○冬《ふゆ》の日《ひ》　あら野《の》

▲同　露《ろ》川《せん》

ものだのもしき[12]人にて、ほうばいしゆの事といへば、珠数《じゆず》[13]を片手にかけ廻《まは》らんす。

99 藪《やぶ》[14]入《いり》のあとやそのまゝ馬《うま》の留《る》[15]主《す》
○流川集《ながれがはしふ》　かたみだい[16]　やはぎ[17]堤《づつみ》　まくらかけ[18]

珠数や

方に暮れ。9蕉門時代が懐かしい。荷兮は芭蕉に離反した門弟とされる。10冬の初めの強く冷たい風。11旧暦二日の、宵の内だけ出る糸のように細い月。
99馬の世話係だった奉公人が藪入りで実家に帰ったまま戻らず、主家では馬がその留守を守っている。出『東華集』。季藪入(春)
12頼りになる。露川は俳壇経営に積極的で、門弟らの面倒見がよかったらしい。13露川は数珠商を営んでいた。14奉公人が正月に主家から休暇を得て実家に帰ること。15留守。16→俳書「記念題(かたみのだい)」。編者は露川門。17露川の編ではない。18編者は露川門。

100桑名に上陸してからは、焼蛤の匂いとともに田植歌が聞こえ、歌が鼻から入る感じであるよ。尾張宮宿から海上七里の渡しで桑名に上陸した際の感慨。出未詳。季田植歌(夏)

▲同　東《とう》鷲《しう》

[1]京・江戸の風俗はたび〳〵見にのぼられけれど、[2]大《だい》こんの土《つち》けがはなれぬ。

100 桑《くは》名《な》から鼻《はな》へいるゝや田《た》植《うゑ》歌《うた》

○[3]小弓《こゆみ》　[4]乙矢《おとや》

▲同　如《じよ》行《かう》

[5]松尾屋の内ばかり、似せていさんすればよいに、[6]柴《しば》やまちにて名にたつ。

101 絵すだれや絵かとおもへば蝸牛《かたつぶり》

○[7]後《のち》の旅《たび》

---

1 東鷲は元禄九年(一六九六)に京・大坂、同十二年に江戸・京を訪問して諸家と交流。 2 田舎じみた雰囲気が抜けない。 3 ↓俳書「小弓誹諧集(こゆみはいかいしゅう)」。 4 ↓俳書「乙矢集(おとやしゅう)」。

101 絵のある簾を見て蝸牛の絵かと思ったら、本物の蝸牛が止まっていた。 出『東華集』。 季蝸牛(夏)

5 蕉門の中でその俳風を学んでいればよかったのに。 6 柴屋町。滋賀県大津市にあった遊郭。如行は大津の尚白と親しくした。 7 ↓俳書「後(のち)の旅集(たびしゅう)」。

102 西行堂を建立して、西行ゆかりの何代にも及ぶ鳴たちの魂祭りをすることだ。 出『小弓誹諧集』。前書「西行堂建立」。 季魂祭(秋)

8 仙台で延宝七年(一六七九)に興行した独吟三千句(『仙台大矢数』)。これより三千風の号を用いる。 9 三千風は天和三年(一六八三)から元禄二年(一六八九)まで、全国を行脚して『日本行脚文集』を出す。 10 出家した身にも。

三千句

▲相州　三千風《みちかぜ》

[8]みちのおくにて大《おほ》よせの沙《さ》たもあり。そののちは[9]くに〳〵をとびあるかれけるが、[10]心なき身にも、[11]いかぬ風俗はしれるにや、鴫《しぎ》[12]たつ沢に影をうつし、[13]心はゆきゝの人をおもふ。

102 堂[14]たて、幾《いく》世《よ》の鴫《しぎ》の魂《たま》[15]祭《まつり》

○[16]行脚文集《あんぎやぶんしふ》　[17]田鳥集《でんてうしふ》　[18]笈《おひ》さがし

▲越《ゑち》前《ぜん》　風《ふう》子《し》

[19]都の風俗にはうつらぬとて、今は金津《かなづ》[20]・今庄《いましやう》のつとめにて、[21]花の絵じまをうたはんす。

103 欲《よく》過《すぎ》て盛《さかり》をくれぬ帰《かへ》[22]り花《ばな》

西行歌「心なき身にもあはれは知られけり鴫立つ沢の秋の夕ぐれ」(『新古今集』)を踏まえる。 11流行に合わない身なり。ここは古い俳風をさす。 12右の西行歌に詠まれた沢。大磯の地がこれに比定されて庵ができ、後に三千風が再興して元禄八年に入庵。 13往来の人を気にかけ、自分が注目されることを願う。 14三千風は鴫立庵の地内に元禄十年二月、西行五百年忌を記念して西行堂を建立した。 15盂蘭盆に先祖の霊を祭る行事。 16→俳書「日本行脚文集(にほんあんぎやぶんしゅう)」。 17→俳書「倭漢田鳥集(わかんでんちょうしゅう)」。 18→俳書「三千風笛探(みちかぜおいさがし)」。

103季節はずれの帰り花は、いっぱい咲こうと欲ばり過ぎて、盛りから遅れてしまったのだな。出『誹諧京羽二重』。季帰り花(冬)

19京都の俳風には従わない。風子は京から北陸へ移居したと見られる。 20越前国坂井郡金津と越前国南条郡

○草刈籠《くさかりかご》　越前奉書《ゑちぜんほうしよ》　越《こし》の大高《おおだか》

▲加　賀　　友《いう》琴《きん》

所がらなるすげ笠[1]、つの出しのぼうし[2]の内も古く[3]、
ゆかたにかくしても腰[4]がかゞむ。

104 駕籠《かご》とめてしぐれの富士《ふじ》や三ケ一《さんがいち》[5]

○色杉原《いろすぎはら》　剣酒《つるぎざけ》　卯花山《うのはなやま》　八重葎《やへむぐら》[6]

▲阿　波　　律《りつ》友《いう》

一《ひと》[7]たび都にのぼられ、人〳〵[8]をなづまされし風俗、
いなかにはおしゝ[9]。

105 花《はな》[10]薄《すすき》ちょいとまねいた飛《ひ》脚《きやく》哉《かな》

今庄。いずれもかつての宿場町。21越前三国湊の遊里ではやった小歌の江島節。ここは土地の風習になじんでいることか。22花の時期を違えて返り咲いた花。

104駕籠を止めさせて眺めやる時雨の中の富士山は、まさに日本一の景観である。出未詳。季しぐれ(冬)

1菅で編んだ笠で、加賀産のものは一級品。2角帽子。一向宗信徒の老婆らが報恩講の折にかぶる黒の帽子。3頭が古く。新しい俳風に理解を示さない。4老体で腰が曲がっている。友琴は元禄十五年に七十歳。5京・大坂・江戸の三都で一番。すなわち日本一。6北空編か。

105薄の花穂がちょっと招くのに応じたという恰好で、飛脚が近くを通っていくことよ。薄が揺れて人を招くと詠む、和歌の伝統を踏まえる。出未詳。季花薄(秋)

7律友は元禄四年(一六九一)に大坂・京

○四国猿《しこくざる》

▲同　鉤寂《こうじやく》

[11]諸芸《しよげい》かしこし。[12]手もよくかゝるれど、たゞ[13]国風《くにぶり》ののかぬはなんとせうがの。

106 浦《うら》の春やあるが中にも[14]和歌《わか》の浦《うら》

○宝銭《たからぜに》

▲同　吟夕《ぎんせき》

[15]ことはり右に同じ、[16]無芸《むげい》。

107 手をとつて桜《さくら》ぞちぎる[17]歳《とし》の礼《れい》

○眉山《まゆやま》

で諸家と交流して、『四国猿』を出す。8人々を惚れさせた身なり。ここは俳風が人々を惹き付けたということ。9田舎に置いておくのは惜しい。10穂の出た薄。尾花。

106浦の春も多々ある中、最上なのは紀州和歌の浦の春である。[出]未詳。[季]浦の春(春)

11ここは和歌・漢詩などの素養。12筆跡もよい。13その国のなまりや風習が抜けないのはいかんともしがたい。俳風に都会的な洗練がないのであろう。14和歌山市南部の海岸で、歌枕として名高い景勝地。

107新年の挨拶をしながら互いに手をとり、今年は一緒に桜を見ようと約束をする。[出]未詳。[季]歳の礼(春)

15「国風」が鉤寂と同様ということ。16俳諧以外の素養はない。17年賀。新年を迎えての挨拶。

108五月五日に百草を採る際も、季を過ぎて延びた蕨は摘み残された。[出]

▲讃岐　芳《はう》水《すい》

1折〳〵《をりをり》大坂・京へ出られて、風俗をなおさるゝ。

108 2百《ひやく》草《さう》に摘《つみ》残《のこ》されつわらび草《ぐさ》
○さら山《やま》　あやの松《まつ》

▲備前　定《てい》直《ちょく》

3ことはり、さぬきにおなじ。

109 牛《うし》飼《かひ》の4むすべば濁《にご》る清《し》水《みず》哉《かな》
○5おぼろ月《づき》　鄙《ひな》の長路《ながぢ》

▲同　晩《ばん》翠《すい》

未詳。㊄百草(夏)

1芳水は兄紅雪の遺志を継ぎ、元禄六年(一六九三)に大坂へ渡って『佐郎山』を編集・刊行。同十三年(一七〇〇)にも寸木とともに大坂・京へ赴き、『金毘羅会』を出した。2百草摘・百草採。旧暦五月五日に薬草を採りに野外に出かける風習。

109牛飼の男が水を飲もうと手ですくったら、清水が濁ってしまったことだ。㊖未詳。㊄結ぶ清水(夏)

3道理・事情。ここは芳水の事例と類似する意か。4「結ぶ」は手で水をすくうこと。連歌以来、「清水」は無季で「清水結ぶ」で夏季とされるも、「清水」だけを詠んだ作例もある。5↓俳書「朧月夜《おぼろづきよ》」。

110旅人よ、わが宿屋は煮酒をしている造酒屋の隣にあるので、ぜひ泊ってください。㊖未詳。㊄酒煮る(夏)

6姿を現さない。実際には元禄二年(一六八九)に上京して諸家と交流し、『せみの小川』を出す。7その土地

都へはついに[6]見えず。[7]所ではやらんすげな。

110 旅《たび》人《びと》よ宿は酒[8]煮《に》る隣《となり》あり

○蟬《せみ》の小川《をがは》

▲備中　梅《ばい》員《ゐん》

[9]京にも出られし。

111 [10]ひゞき目もなくて散《ちり》けり白《はく》牡《ぼ》丹《たん》

○吉備《きび》の中山《なかやま》

▲同　除《ぢよ》風《ふう》

[11]右に同じ。

112 この花やちさゐやしろの有《ある》ところ

でもてはやされている。　8 旧暦四月に新酒の腐敗を防ぐため酒を煮ることで、この日は酒をふるまった。

110 割れ目など一つもない美しいままの姿で、白牡丹が散ったことだ。出 未詳。季 白牡丹(夏)

9 梅員は元禄五年に上京して諸家と交流し、『吉備中山』を出した。　10 割れ目・裂け目。

112 梅の花が小さな社のある場所で咲き、実によい風情だ。「この花」は梅の花の別称(桜をさす場合もある)。出『柴橋』。季 この花(春)

11 除風は諸国を行脚した。

113 今年最初の桜の花は、覆面をした乙女のそこだけ見える目のようで、もっとすべてを見たいという気にさせる。出『けふの昔』。季 初花(春)

1 朱拙は蕉門俳人との交流が密で、『けふの昔』には「各々文通の句」として蕉門諸家の発句を載せる。

2 ↓俳書「後(おくれ)ばせ集(しゅう)」。

○青《あを》むしろ

▲豊後　朱《しゆ》拙《せつ》

筆[1]まめなお人じやと。

113 初《はつ》花《はな》や覆《ふく》面《めん》したる女《をな》子《ご》の目《め》

○けふの昔《むかし》　おくれ[2]ばせ　梅《うめ》さくら　きくの道《みち》

▲出羽酒田　不《ふ》玉《ぎよく》

114 月[3]花の平《へい》生《ぜい》腹《はら》にちからあり

○続尾《つぎを》集《しふ》

▲長崎まる山　助《じよ》叟《そう》

114 月よ花よと風流韻事を楽しむために、日頃から腹に力を蓄えている。「腹力」は実力の意の成語。出『元禄拾遺』。季月花（雑ないし春）
3 自然界の美を代表する二つ。「月花」「月と花」などは雑（無季）に扱う一方、花で春とすることも多い。
115 風水害で山畑が崩れ、寒々とした風景になった折から、松に秋の風が吹き渡る。出未詳。季秋（秋）
4 池西言水。助叟は貞享三年(一六八六)頃に上京し、言水の指導を受けた。

5 大淀三千風。助叟は三千風を師と呼んでいる。
6 他人行儀で情が薄い。
7 →俳書「釿始（ちょうなはじめ）」。
116 木の枕に頭を当てるとまだ寒く感じるが、それでも旅寝を続けることだ。出『西華集』。季まだ寒し（冬）
8 正妻以外で男性に養われている女性。ここは誰かに経済的な支援を受けている俳諧師。
9 贔屓にされて。
10 ひたすら出かけている。支考は地方行脚時の俳席と夜話で門人を獲得

言水
三千風

はじめは言《ごん》[4]さまにしたがはれ、のちに三千《みち》[5]どのにつかれしは、水[6]くさい。

115 山《やま》畑《はた》の崩《くづ》れて寒《さむ》し松の秋

○京《きやう》の水《みづ》　三《み》とせ草《ぐさ》　釿《てう》[7]の初《はじめ》　遠帆集《ゑんぱんしふ》

▲妾《てかけ》[8]もの　支《し》考《かう》

国〳〵へか〻[9]へられてひた[10]といかんす。かづき着《き》[11]てあるかんす事もあり、衣《ころも》[12]着てとおらんす事もあり。京[13]・江戸・大坂のつき合《あひ》一度もなし。いなか[14]にて一ぱいづ〻くはさる〻やら、親かた[15]への手形《てがた》はたび〳〵。

庄兵衛

116 木《き》[16]枕《まくら》はまだ寒《さむ》けれど旅《たび》寐《ね》哉《かな》

○西花集《さいくわしふ》　東花集《とうくわしふ》　帰《かへ》り花《ばな》　葛《くず》の松原《まつばら》　笈日記《おひにつき》

した。11女性が外出時に顔を隠すためにかぶった単衣。他の俳人から見とがめられるのを避けたか。12僧衣。13三都で他俳人と俳席をもつことはない。14各地方の人々をうまく手なずける。15井筒屋庄兵衛を版元として出した俳書。支考の斡旋で地方の俳書もたびたび井筒屋から出ている。16木製で箱型に作った枕。1↓俳書「伊勢新百韻《いせしんひやくいん》」。2支考が後援。

117暑苦しい夏の床も、楊貴妃のような美女に惚れて共寝する際には、心地よく感じられることよ。「涼し」は心がさわやかで快いことにもいう。出未詳。季涼しさ(夏)　3生活苦などのために離婚した者。ここは一所に落ちつかない俳人のこと。4行脚癖があることで、雲鈴は武士から僧になって風雅に遊ぶ境涯を楽しみ、佐渡・越後などに二十四年を過ごした。5飯炊きなどの

[1]新百韻《しんひやくゐん》　梟日記《ふくろふにつき》　[2]桜山伏《さくらやまぶし》

▲[3]世帯《せたい》やぶり　　雲鈴《うんれい》

大坂でも京でも、[4]三日とながらへている事なし。[5]食《〈まゝ〉》をたかしては日本一。

117 [6]楊貴妃《やうきひ》にほれたる床《とこ》の涼《すず》しさよ

▲奥州須加川《すかがは》　　等躬《とうきゆう》

118 松しまの月や[7]雲居《うんご》の[8]自画自讃《じぐわじさん》

▲陸奥　　路通《ろつう》

[9]松尾屋にても二、三番ぎりの太夫なれども、[10]うき

家事が得意ということか。　6 唐の玄宗皇帝の寵愛を受けた妃。ここは美しい遊女などをさす。

118 松島の月は実にすばらしく、雲居禅師が自画自讃するだけのことはある。「月」と「雲」の連想関係を起点に、「雲」から松島にゆかりの「雲居」を導く。出 未詳。季 月(秋)

7 雲居禅師。江戸前期の臨済宗の僧で、松島の瑞巌寺を中興。　8 自分の絵に自分で詩歌類を書き付けること。転じて自らの行為をほめること。

119 今日は九月十三夜だけれども、その後の月という名称に、私の路通という名はふさわしくない。「後」には終わりや遅れの意があることから、行方も知れぬ旅の意を込めた「路通」とは不釣り合いということ。出『笈日記』。季 後の月(秋)

9 蕉門でも二位か三位にある点者。

10 悪い評判が立つできごと。元禄三年(一六九〇)に茶入紛失事件で疑われるなど、奔放不羈な性格で不評を買っ

名にたつ事ありて、あちこち[11]といたされしが、いまは心[12]もなおりまして、なこそ[13]といふ人もなし。

119 後《のち》[14]の月《つき》名《な》にも我名《わがな》は似《に》ざりけり

▲桜《さくら》[15]塚《づか》　西吟《さいぎん》

富田《とんだ》[16]・池田《いけだ》[17]のさはぎ[18]所《どころ》にて、はんじやう[19]也《なり》。

120 しら樫《がし》や媚《こび》ずさはらず花の春

○西吟《さいぎん》[20]ざくら　寐覚《ねざめ》廿日《はつか》　難波《なには》ざくら　弥生《やよひ》山
ゑんみ集《しふ》　菜《な》の花《はな》　橋《はし》[21]ばしら　ほの〴〵草《ぐさ》

▲伊丹　宗旦《そうたん》禅定尼

舟《〈しう〉》[22]さまの引舟なりしが、請出《うけだ》[23]されていかんして、

維舟

た。11放浪癖のある路通は右の嫌疑で奥州に逃れ、江戸に戻っても軽薄な行動は直らず、芭蕉から勘当された。12改心して。晩年の芭蕉から勘当を許されている。13な来そ。こっちに来るな。「いね〳〵と人にいはれつ年の暮」(『猿蓑』)の句もあり、人に疎まれていることは路通も自覚していた。14旧暦九月十三日に観賞する月。

120白樫の花は人に媚びず目障りにもならず、華やかな春にひっそりと咲いている。出未詳。季花の春(春)

15現在の大阪府豊中市中部の地区名。花の名所。西吟は延宝七年(一六七九)ごろ大坂から桜塚に移居した。16大阪府北東部の高槻市の一地区で、酒造業者も多かった。17大阪府北西部の地名。酒造業が盛んで、池田炭の集散地としても栄えた。18繁華街。19繁盛。点者として需要が高いこと。20→俳書「庵桜《いおざくら》」。21→俳書「橋柱集《はしばしらしゅう》」。

所[1]がよさにはんじやう[2]にてしなんした。風俗を所[3]にきわめられて、かくれもなき名をとられし。その、ち跡《あと》したふものもなし。ちかゐころ牛さま[4]と云《いふ》を、鬼さま[5]の引《ひい》[6]て出《で》さんしたが、いまだ風俗もしれず。

121 経《きやう》しらぬ人も覚《おぼ》ゆる涅《ね》[7]槃《はん》哉《かな》

○無分別《むふんべつ》　親仁異見《おやじいけん》　盆旦《ぼんたん》　古文祇園会《こぶんぎをんゑ》　無尽経《むじんきやう》[8]
薬喰《くすりぐひ》　西瓜三つ《すいくわみ》[9]　誹道盤石録《はいだうばんせきろく》　かやうに候者《さふらふもの》は[10]
生誹諧《きはいかい》[11]　食誹諧《めしはいかい》[12]　野梅集《やばいしふ》　三人蛸《さんにんだこ》　四人法師《よにんほふし》[13]　当《たう》
流籠《りうかご》ぬけ

鬼貫
知牛

121 経典など知らない人でも、涅槃像によって釈迦臨終の様子はよく知ることだ。出『橋柱集』。季涅槃（春）　22 維舟（重頼）の執筆。　23 延宝二年（一六七四）春、宗旦は重頼と伊丹に来遊し、そのまま伊丹に移り住む。　1 伊丹は酒造業などによって栄え、宗旦を支える旦那衆も多くいた。　2 繁盛したままで死んだ。　3 伊丹俳壇では異体の句が好まれ、放埒大胆な俳風で口語調の表現を多く用いた。　4 知牛。　5 伊丹出身の鬼貫。　6 売り出そうと肩入れした。　7 釈迦の入滅。二月十五日の涅槃会では、釈迦の最期の様子を描いた像が寺院に掲げられる。　8 宗旦編か蟻道編か。　9 宗旦の後援か。　10 ↓俳書「かように候（そうろう）ものは青人（あおんど）猿風（えんぷう）鬼貫（おにつら）にて候（そうろう）」。宗旦の後援か。　11 ↓俳書「伊丹生誹諧（いたみきはいかい）」。宗旦の後援か。　12 宗旦の後援か。　13 宗旦の編ではない。

花見車　四

勝名[1]幷編集之作者[2]

そも〳〵白人《はくじん》[3]といふ身は、[4]としたくるまで親のもとにあり、又はれき〳〵[5]の御《お》かたにまねかれて、たちかえりたるもあり。[6]さそふ水あらばと流れよる瀬《せ》をまちわび、[7]中だちをしていひよる男もきゝつたへて、[8]けしきある座敷《ざしき》をかまへてめぐりあふ。あながちに氏《〈うぢ〉》[9]をたづねず、[10]縁をたよりにこなたにむかへても、人しれずむすびあひたれば、うき名に出《いづ》る事もなし。また、遊女

1 高い評判を得た作者のことか。　2 俳諧撰集の編者。　3 遊里に勤めない私娼。ここは点者以外で実力のある俳諧作者。　4 成人後まで結婚せず実家にいた後に白人となる場合もあり。　5 家柄のしっかりした資産家に囲われた後、その関係を解消して白人となる者もいる。　6 誘う者があれば応じる準備はできているの意で、小野小町「わびぬれば身をうき草のねをたえてさそふ水あらばいなんとぞ思ふ」(『古今集』)を踏まえる。　7 仲介人を立てて女に言い寄る男。　8 風情のある座敷を用意して逢瀬をする。このあたりは、点者ではない俳諧愛好者が折々に俳席を重ねる事情を述べている。実際、元禄期前後の俳壇では非点者層が点者にも劣らない役割を果たし、俳書も多く出版していた。　9 相手の氏素性を詮索しない。　10 師弟関係や門流意識に縛られず、縁に導かれて俳席をもつような自由な関係をさす。

はおやかたに身をよせて、心[1]にそまぬかたをも、ふかくおもひ入《いり》たるよしにもてなせば、つねにかたち[2]をつくりて、人をまつ事にしてこゝろをつくす。その風俗の時[3]にしたがひて、あしかるべきやうなし。その[4]ありさまをこなたにきゝとり、まなぶすがたとなして、け[5]ふをすぐせば、俤《〈おもかげ〉に》[6]は似せて、心はゆくところのまゝなるべし。

京

春澄《はるずみ》　おはる

いよ〳〵めでたき身[7]にて、けつこう[8]なものをならべて、あけくれかぞへてゐさんすゆへ、かりにも

1 気に入らない客に対しても、深く思っているかのようにもてなすので。 2 姿を整え心配りを十分にして客を待つ。 3 時流に乗ったもので、悪かろうはずがない。 4 白人が遊女をまねる対象にしていること。ここは非点者が点者の俳諧のありようを学ぶこと。 5 毎日を過ごすので。 6 見た目は遊女に似せているが、心は自由で思いのままの行動ができる。ここは点者ではない俳諧作者の姿勢や立場について述べている。

122 暗闇の中を飛ぶ蛍には、親もなければ子もいない。藤原兼輔「人の親の心は闇にあらねども子を思ふ道にまどひぬるかな」(『後撰集』)を踏まえ、闇夜でも迷うことなく飛ぶ蛍には親子関係がないという理屈を述べる。出『小松原』。下五「闇を行蛍」。

季蛍(夏)

7 富み栄えた身。家業により裕福であったと見られる。 8 金銭。 9 客を取ることはない。ここは俳席に出

今は見《まみ》[9]ゑず。

122 親《おや》もなし子もなし闇《やみ》に飛《とぶ》蛍《ほたる》

おあき

秋風《しうふう》

なつかしき風俗[10]也《なり》とて、いまもしたふ。

123 僧《そう》ひとり辛《から》[11]崎《さき》へ乗《のる》しぐれ哉《かな》

おとく

重徳《ぢゆうとく》

124 ゑ[12]のころの乳《ちち》のむ春の日[13]かげ哉《かな》

○花見弁慶《はなみべんけい》　便船《びんせん》[14]　類船《るいせん》[15]

ないことで、春澄は元禄八年(一六九五)から十五年頃まで目立った俳諧活動をせず、その後にまた「貞徳嫡伝四世」を名乗り活動を再開する。

123 時雨の降る琵琶湖で、一人の僧が唐崎に向かうべく船に乗っていることだ。出『誹諧吐綬鶏』。前書「十月廿六日は長閑なる湖水の寒さにて」。句形「舟に坊主辛崎へ行時雨かな」。季しぐれ(冬)

10 秋風は談林俳諧を好み、高政らと親しくしていた。　11 唐崎。滋賀県大津市の琵琶湖西岸の一帯。唐崎の夜雨は近江八景の一で、唐崎の一つ松も著名。

124 春の日ざしの中、犬の子が母の乳を無心に飲んでいることだ。出『万歳楽』。季春の日かげ(春)

12 犬子・犬児・狗。犬の子。　13 日影。日の光。　14 ↓俳書「便船集(びんせんしゅう)」。　15 ↓俳書「類船集(るいせんしゅう)」。いずれも梅盛著で重徳の出版したもの。

千春《ちはる》

125 餅《もち》かびて二《に》月《ぐわつ》の柳《やなぎ》青かりし　おせん

○鬼《おに》がはら　新清水《しんきよみづ》

立吟《りふぎん》

三味線[1]・小歌《こうた》天下一、風俗はいせ[2]のおもうのちのひとり也《なり》。　おぎん

126 のがれても世にかしましき紙子《かみこ》[3]哉《かな》

○餞別五百韻《せんべつごひやくゐん》

和海《わかい》

127 ぼく〱[4]と百足《ひやくそく》[5]すぎて一《ひと》[6]葉《は》哉《かな》　おかい

125正月からの餅に青くかびが生え、気がつけば二月で柳も青々としている。黄山谷の詩句「煙雨に青かりしが已に黄なり」(『山谷詩集注』)を踏まえる。出『くやみ草』。季柳(春)

126世間を逃れて静かに暮らそうにも、着ている紙の衣服のがさついて実にうるさいことだ。「世に」はたいそうの意があり、これを「のがれる世」の「世」と掛ける。出未詳。季紙子(冬)

1和歌や仏教の知識は天下一品。2伊勢が「おもふことなくてやみけむなかをしもわがみの上になきなますらん」(『伊勢集』)と詠んだような、後になって恋しくなる一人。3紙で作られた着物。貧者・浪人のほか、隠者にも好まれた。

127ゆっくりと百足(むかで)が通り過ぎた後、桐の一葉が落ちて秋を知らせたことだ。「百」と「一」の対比が印象的。出『誹諧京羽二重』。季一葉(秋)

淵瀬《ゑんらい》

○鳥羽蓮花《とばれんげ》

金山《〈かな〉やま》[7]まぶにとりつかんして、のりものすがた。[8]

128 堂《だう》ふるしうしろは浅黄《あさぎ》[9]ざくら哉《かな》

おゑん

芝蘭《しらん》

○蓮《はす》の葉《は》

129 はつ雪《ゆき》におろしかねけりはねつるべ[10]

おらん

去来《きよらい》

130 手《て》[11]討《うち》した下《した》から笑ふ西瓜《すいくわ》哉《かな》

おらい

4 ゆっくり歩くさまを表す語。 5 節足動物のムカデで、『日葡辞書』にヒャクソクの読み。 6『淮南子』に由来する「一葉落ちて天下の秋を知る」はよく知られ、桐一葉をさす。

128 古色を帯びたお堂があり、その後ろでは浅黄桜が咲いていることだ。 出未詳。 季浅黄ざくら(春)

7 鉱山を所有する金持ちを情人にして。淵瀬に強力な後援者があったことをさす。 8 いつも駕籠に乗っていることで、裕福であることをいう。 9 サトザクラの一種。花が全体に淡い黄緑色をしている。

129 初雪がはね釣瓶(つるべ)に降り積もった風情を惜しみ、釣瓶桶をおろすことができないでいる。 出未詳。 季はつ雪(冬)

10 撥釣瓶(はねつるべ)。てこの原理を使い、横木をはね上げて井戸水を汲む装置。

130 西瓜を手討にしたところ、中から赤い身が出て笑っているかに見えることだ。血のような色から、西瓜を

風国《ふうこく》

○猿蓑《さるみの》

131 雨の間《ま》を鳴《なき》ふさぎけりほとゝぎす　おくに

○菊の香《か》　はつ蟬《せみ》　泊船集《はくせんしふ》

正武《せいぶ》

132 よい酒は東方朔《とうばうさく》[1]よ若《わか》[2]ゑびす　おまさ

○此大橋《このおほはし》

素雲《そうん》

133 鶉《うづら》[3]ずき親《おや》にしらせそ朝《あさ》もどり　おくも

切るのを手討と大げさに表現した。「笑ふ」には果実が熟して裂け開く意がある。出『小弓誹諧集』。季西瓜(秋)

11 自分の手で人を斬ること。

131 雨がやんでいる時、雨と雨の間をその鳴く音でふさぐかのように、時鳥が鳴くことだ。出『東華集』。季ほとゝぎす(夏)

132 よい酒は東方朔のような長寿を導くものだから、若夷の札を飾った部屋で屠蘇酒を酌むとしよう。出未詳。季若ゑびす(春)

1 中国前漢の文人。西王母の仙桃を盗んで寿命九千歳に及んだという。

2 若夷。恵比須神の像を印刷した札で、元日の早朝に売り歩いた。

133 鶉好きの息子が鶉合わせで夜を明かし、朝帰りしたことは親に知らせないでくれ。出未詳。季鶉(秋)

3 鶉は鳴き声がよいので愛好者が多く、飼う鶉を持ち寄りその優劣を競

134
梅が香《か》よしたふに我《われ》が行《ゆく》所《ところ》　如琴《じよきん》
おこと

135
世[4]のさまや我《わが》鉢《はち》[5]の子《こ》に山ざくら　烏玉《うぎよく》
おたま

136
撫子《なでしこ》[6]や鋏《はさみ》して切《き》る世のならひ　為文《ゐぶん》
おため

137
大《おほ》かたはしからられにけり県《あがた》[7]めし　竹亭《ちくてい》
おたけ

う鶉合わせの会は、夜を徹して行なわれることがあった。

134 すばらしい梅の香よ、私を慕うかのように、その香が行く所々についてくる。実際は行く先々に梅が咲いているのである。「闇の夜―梅が香」(『類船集』)は付合語で、これも闇夜の梅の香と考えられる。出未詳。季梅が香(春)

135 出家したわが身の生活は、鉄鉢に山桜の花びらを受けるといった按配である。仏と風雅に身を捧げているのである。出未詳。季山ざくら(春)

4 世様(よさま)。世渡りの状態。暮らしぶり。 5 托鉢の僧が施しを得るために持つ鉄鉢。

136 美しい撫子を鋏で切るように、いとしいわが子と別れの時がやって来るのも、世の習いというものだ。出未詳。季撫子(秋)

6 ナデシコ科の多年草。小さく可憐なその花はかわいい子の象徴として詠まれることが多く、『連珠合璧集』

○をだ巻《まき》[1]　丹野《たんや》

[2]くつわへほしがるほどの君なれど、大名[3]へののぞみありて見合《みあは》さるゝ。いまは乗《のり》かゝ[4]つた舟、とも[5]もりがしうしん、やめさせたし[6]とのとりさた。

おたん

138 正月《しやうぐわつ》もなじみのかゝる二日《ふつか》かな　一林《いちりん》

おいち

139 水無月《みなづき》や夕《ゆふべ》〳〵に生《いき》かへり　怪石《くわいせき》

おいし

に「撫子とアラバ…親の心」とある。137大部分の者は県召で希望する任に着けず、家でしかられることだ。出未詳。季県めし(春)　7県召の除目。正月十一日から三日間、地方官が任命される行事。『枕草子』二五段に「すさまじきもの。…除目に司得ぬ人」とある。　1↓俳書「誹諧(はいかい)をだまき」。

138正月も二日、なじみ客が正月買いをしてくれることよ。正月に遊女を買うのを正月買いといい、客は多額の費用がかかるのをかえって自慢とした。出未詳。季正月(春)　2轡。遊女を抱えて置く家。　3大名家へ抱えられたいという希望。丹野は大津の能役者である本馬主馬の俳号。　4途中で身を引くわけにはいかないことのたとえ。　5平知盛のような強い執着心。謡曲「船弁慶」では、知盛の幽霊が大物浦で義経主従の船を沈めようとする。　6

140 尻《しり》たゝく団《うちは》の音や更《ふけ》る月

里右《りう》

141 釈《しや》[7]迦《か》の目やわれて帰らぬ煎《いり》[8]がはら

おさと

松雨《しようう》

142 花《はな》[9]野《の》出《で》て煙《けむり》へ行《ゆく》や斎《とき》[10]坊《ばう》主《ず》

おまつ

賦山《ふざん》

143 涼《すず》しさや大《おほ》魚《うを》はねる沖《おき》[11]津《つ》舟《ふね》

おやま

大名家の件はあきらめさせ、俳諧点者として精進させたいという評判。

139 日中は暑くて生きた心地もしない六月、夕方はさすがに涼しく、そのたびに生き返った心地になる。出未詳。季水無月(夏)

140 月も更けゆく静寂の中、蚊を払うために団扇で尻をたたく音がする。雅と俗の取り合わせがおもしろく、十五夜の晩と見られる。出未詳。季更る月(秋)

141 涅槃像の閉じた釈迦の目は永遠に開くことがなく、それは割れて元に戻らない土鍋と同じだ。意外な二物の取り合わせ。出未詳。季釈迦の目(涅槃会を表して春)

7 涅槃像に描かれた臨終の釈迦。旧暦二月十五日の涅槃会には各寺院にその像が掲げられる。　8 煎瓦。火にかけて物を煎る土鍋。

142 檀家を訪ねる斎坊主が、秋草の咲く野を出て煙の上がる人家へ行く。野墓(火葬場)の煙に縁のある僧侶が、

吾仲《ごちゆう》
144 朝《あさ》めしの[1]きほひに着たる[2]袷《あはせ》哉《かな》
おなか

底元《ていげん》
145 [3]物《もの》見《み》より公《く》家《げ》の[4]柴《しば》呼《よぶ》さくら哉《かな》
おげん

政勝《せいしよう》
146 [5]けち〳〵と火をうつ音や麻《あさ》のはな
おまさ

竹条《ちくでう》
147 月《つき》花《はな》の手にさはる也《なり》水の肌《はだ》
おちく

今日は炊事の煙が出る檀家に向かうおもしろみ。出未詳。季花野(秋)
9 秋草の咲いている野。 10 法要などで檀家に来て食事をする僧。

143 舟で沖に出ると大きな魚が水面よりはねて、実に涼しいことだ。出未詳。季涼しさ(夏)
11 沖に出た舟。オキツブネとも。

---

144 朝飯を食べようと、勢いよく袷を着たことだ。初夏を迎えた感覚を表現。出未詳。季袷(夏)
1 気勢。意気込み。 2 裏地の付いた着物で、近世では旧暦四月一日～五月四日と九月一日～八日に着るのが習わしであった。

145 桜が咲き匂う中、公家が牛車の物見窓から柴刈りを呼んでいることだ。出『都曲』。季さくら(春)
3 牛車の左右にある窓。 4 ここは柴を刈る人。

146 夕暮に麻の花がほの白く見え、夕餉の支度なのか、火打石をかちかち

原水《げんすい》

148
家ごとに書《しょ》を置《おい》て出る花《はな》見《み》哉《かな》
おげん

定方《ていはう》

149
足洗《あら》ふ水もまれ也《なり》雲[6]のみね
おかた

紅残《こうざん》

150
男からまけてかゝりし夜《よ》[7]寒《さむ》哉《かな》
せんじゅ

金毛《きんもう》

151
山《さん》[8]王《わう》のさくらは白し帆《ほ》かけ舟《ぶね》
おきん

と打つ音が聞こえてくる。出未詳。
季麻のはな(夏)
5 石・鉄などがぶつかる音の形容。
147 水の表面に映ったことで、月や花を手にさわることができるのだ。「手」「さはる」「肌」は縁語。「月花」は月と花の意で、俳諧では春季とも雑ともされる(114を参照)。漢詩では「月花(かげつ)」を花に見立てた月光の意で用い、その応用であれば秋季。出未詳。季月花(春か)
148 どの家でも書物は持たず、置いて花見に出かけることだ。浮かれる場に学問は不要。出未詳。季花見(春)
149 峰のような入道雲がそびえるばかりで雨が降らず、足を洗うにも困るほど水が稀少になっている。出未詳。季雲のみね(夏)
6 峰のようにそびえる入道雲。
150 夜は寒く感じられる昨今、夫婦喧嘩は男の方から折れて負けてやったことだ。人恋しい晩秋の夜。出未詳。季夜寒(秋)

為有《ゐいう》
152 竹の子のつれにおくるゝ泊《とまり》かな　おため

都水《とすい》
153 くるゝ日に人は欲《よく》なき月見《つきみ》哉《かな》　おすゐ

円佐《ゑんさ》
154 花[1]の雨仁《に》王《わう》の作《さく》を聞《きく》ばかり　おゑん

常雪《じやうせつ》
155 出《で》[2]替《がは》りに虎杖《いたどり》[3]山のあれにけり　おつね

---

7 晩秋に感じる夜の寒さ。

151 日吉大社の桜が白々と美しく、琵琶湖では帆掛舟が白い帆を上げている。白のイメージを重ねて、近江の春を描く。[出]未詳。[季]さくら(春)

8 「山王権現」の略で、山王明神を祀る滋賀県大津市坂本の日吉大社。

152 筍のようにどんどん先へ行く連れに遅れながら、旅泊をすることだ。「竹の子(筍)」は勢いのよさを詠むもので、少年のイメージをも有する。[出]未詳。[季]竹の子(夏)

153 日が暮れると昼間のさまざまな欲など忘れて、人は無心に月見をすることだ。[出]未詳。[季]月見(秋)

154 花見の日が雨となり、寺でこの仁王像は誰の作だといった説明を聞くばかりだ。[出]未詳。[季]花の雨(春)

1 桜の花の咲くころ降る雨。

155 奉公期間を終えて戻った娘らが虎杖を採りに入り、山が荒れてしまった。[出]未詳。[季]出替り・虎杖(春)

壺中《こちゆう》

156 ひる[4]がほは日かげに成《なり》てくるしいか　　おつぼ

○霜月歌仙《しもつきかせん》　極月歌仙《しはすかせん》　弓《ゆみ》[5]　木《こ》がらし

芦角《ろかく》

157 脇《わき》[6]ざしや花のもどりに撫《なで》てみる　　おあし

定宗《ていそう》

158 ちろつくやけふも桜の二日《ふつか》酔《ゑひ》　　おむね

○新行事板《しんぎやうじいた》

2奉公人が雇用期間(一年ないし半年)を終えて入れ替わること。古くは旧暦二月二日と八月二日で、寛文九年(一六六九)の幕令などで三月五日と九月五日(ないし十日)に改められた。普通は春のものをさし、秋のものは「後の出替り」という。　3タデ科の多年草で、若い芽が食用となる。月経不順等の改善に薬効があり、妊娠を心配する未婚の女が飲むものともされた。

156日中元気な昼顔の花は、日がかげると苦しいのかしぼんでしまう。出『誹諧京羽二重』。季ひるがほ(夏)

4昼顔。ヒルガオ科の蔓性多年草。日盛りに咲いて夕方にしぼむ。　5↓俳書「俳風弓(はいふうゆみ)」。

157花見に出向いた帰り道、腰の脇差をそっと撫でてみる。腰の刀が何か頼もしく自慢なのである。出『誹諧京羽二重』。季花(春)

6脇差・脇指。外出や旅行の際に町人が護身用に差す刀。

編集之部

一 書籍目録《しよじやくもくろく》[1] 阿誰　一 十月歌仙《じふぐわつかせん》 漢和鮫《かんなさめ》 陽川

一 根無葛《ねなしかづら》 洞水　一 ふくと集《しふ》 万蝶

一 臍《ほぞ》の緒《を》 落水　一 流木集《りうぼくしふ》 一夜百韻《いちやひやくゐん》 浮芥

柳《やなぎ》の道《みち》

津の国[2]　おおに

[3]大名もどり也《なり》。[4]まだも一《ひと》かせぎのぞんでゐさんすゆへ、[5]流れの身ともなられず。[6]風俗は大夫にしても恥《はづ》かしからず。

鬼貫《おにつら》

159 [7]月しろやむかしに近《ちか》き須磨《すま》の浦《うら》

○有馬日書《ありまにつしよ》　[8]鬼《おに》の目《め》　犬居士《いぬこじ》　[9]大悟物語《たいごものがたり》　仏《ほとけ》の兄《あに》

---

158 花見酒で今日も二日酔となり、桜の花もちらちらと舞えば、眼の前もちらついて見える。出『新行事板』。季桜(春)

1 ↓俳書「誹諧書籍目録(はいかいしよじやくもくろく)」。

159 月の出に須磨の浦辺はほの白く、それは在原行平や光源氏が味わった昔の風情に近いと感じさせる。謡曲「松風」や『源氏物語』などによって共有された須磨の哀れ深いイメージに基づく。出『文蓬萊』。中七「昔の近き」。季月しろ(秋)

2 摂津国の古名。現在の大阪府。
3 大名家での仕官をやめたこと。鬼貫は貞享四年(一六八七)に筑後藩へ仕官し、元禄二年(一六八九)に致仕。同四年に大和郡山藩へ仕官し、同八年に致仕した。
4 再仕官の話は何度かあり、元禄十二年(一六九九)に伊丹領主近衛家の家臣となる。
5 流浪の身。

ここは行脚俳人をさす。 6 点者にしても恥ずかしくない立派なもの。

半隠《はんいん》[10]

一たび落《おち》[11]ていさんしたが、いまは、またはんじゃう。　おはん

定明《ていめい》

160 花《はな》すみれひとり[12]旅《りよ》人《じん》に宿《やど》かすや○縄《なは》すだれ　おさだ

季範《きはん》

161 よ[13]られつる一《ひと》すじ涼《すず》し草《くさ》の露《つゆ》

いき[14]霊〈れう〉がついて、狂《くる》はんすといの。　おはん

鬼貫の俳諧は「まことの俳諧」を唱えて独自なものがあった。「大夫」と「太夫」は通用。 7月白・月代。月が出る際、東の空が白く明るく見えること。 8鬼貫の編ではないらしい。 9→俳書「大悟物狂〈たいごものぐるい〉」。

160庭には菫の花だけが咲いて、その風情ともども旅人に宿を貸すことよ。宿の菫が旅人を慰めるというのであろう。読人不知「わが宿にすみれの花のおほかれば来宿る人やあると待つかな」(『後撰集』)を踏まえるか。㊥未詳。㊂花すみれ(春)

10→俳人「昨非」。 11評判が下がり、活動が停滞していた。 12「ひとりすみれの花咲きにけり」などの表現は和歌にまま見られる。「ひとり」を「旅人」にも掛かると見れば、一人旅の風流人を宿すとも解せる。

161露を置いた草は縒られた糸のように見え、その一筋が実に涼しげである。僧正遍昭「あさみどり糸よりかけて白露を玉にもぬける春の柳か」

162 あらかじめけふ咲得《さきえ》たり菊《きく》の品《しな》[1]

○如月集《きさらぎしふ》[2]

杏酔《きやうすい》 おすゐ

163 誰見《たがみ》よふ師走《しはす》のはての富士《ふじ》の山《やま》

○京《きやう》の曙《あけぼの》

瓠界《こかい》[3] おかい

164 ひるがほの花も咲《さき》けり鈴《すず》の音

○難波順礼《なにはじゆんれい》

文十《ぶんじふ》 お十

(『古今集』)が念頭にあろう。出未詳。季涼し(夏)

13 何本かの糸を一本に縒り合わせたような形状を表す。

162 前もって今日と決まっていたように咲いた菊の花は、品格を備えて美しい。出未詳。季菊(秋)

14 生霊が憑いて。そう感じられるほどの狂態を演じたのか。 1 風情・品格。 2 →俳書「きさらぎ」。

163 師走も末の富士山など、果たして誰が見るであろうか。いつもは感嘆して眺める富士も、収支決算等に忙しい師走ばかりはそれどころでないということ。出未詳。季師走(冬)

164 鈴の音を響かせながらの一人旅、昼顔の花も私を慰めるように咲いてくれた。出『難波順礼』。同書は作者名を金柳とし、下五「鉦の音」で前書「ひとり旅は心ぼそし」。季ひるがほの花(夏)

3 元禄七年(一六九四)から十年の間に江

165 あわぬ夜は鴛《をし》[4]に餌《ゑ》をかう川辺《かはべ》哉《かな》
○よるひる
如回《じよくわい》　おくわゐ

166 鬼百合《おにゆり》[5]は仏《ほとけ》のつけし名なるべし
○合類《がふるい》
三惟《さんゐ》　おさん

167 うぐひすやさしもの客に見ゐませぬ
○鳩《はと》の水《みづ》　梅《うめ》の嵯峨《さが》

戸へ移住し、号も瓠界から瓠海へ改めた。

165 好きな女と会えない夜は、川辺で夫婦仲がよい鴛鴦(おし)に餌を買って与えることだ。出未詳。季鴛(冬)

4 鴛鴦。カモ科の水鳥であるオシドリ。雌雄の仲がよいとされる。

166 鬼百合という恐ろしげな名は、花の色の毒々しさから仏様が命名したのであろう。邪鬼は仏法を犯す存在とされる。出未詳。季鬼百合(夏)

5 ユリ科の多年草で、橙色の花に黒紫色の点が散在する。

167 声を聞かせるほどの上客とは見えないのか、鶯は姿を見せてくれない。副詞「さ」を強めた「さしも」に鳥を捕える職業の「鳥刺」を掛けたと見ると、ならば鶯が避けるのも当然という、笑いの要素がある句になる。出未詳。季うぐひす(春)

芙雀《ふじやく》

168 念《ねん》入《いれ》て見れば垣《かき》ねのほたる哉《かな》　おじやく

○鳥《とり》おどし

三紀《さんき》

169 都《みやこ》には町《まち》ほとゝぎすばかり也《なり》　おさん

青人《あをんど》

170 腰《こし》ぬくな屋《や》ねの上まで飛《とぶ》蛍《ほたる》　おあを

鷺助《さぎすけ》

171 涼《すず》み〳〵門で留《る》守《す》する夕《ゆふべ》哉《かな》　おすけ

168 念を入れてよくよく見ると、垣根に蛍が止まっているのだった。水辺や夏草にではなく、垣に蛍を見いだしたもの。囲出未詳。季ほたる(夏)
169 山の中の激しい鳴き方を待っていたのに、都で聞くのは優雅で都会風の時鳥ばかりだ。「町ほとゝぎす」は「待ち時鳥」をひねった造語であろう。出未詳。季ほとゝぎす(夏)
170 蛍が屋根の上まで飛び舞っても、びっくりして腰を抜かすな。実際に蛍は高所に舞うことがあり、そのやや意外な事実に気づいたもの。出未詳。季蛍(夏)
171 家の中には暑くていられず、留守番も門口で涼みながらすることだ。出未詳。季涼み(夏)
172「鶏が鳴いて別れの朝になりました」「そんなことはかまわない」と、蚊帳の中で男女が話をする。百丸には破格で口語調(いわゆる伊丹風)の句が多い。出未詳。季蚊や(夏)
1「ような」の変化したもの。2ど

172 百丸《ひやくまる》
鶏《とり》がなき候《そろ》[1]よなことま[2]ゝよの蚊《か》や咄《ばな》し　おまる

173 春堂《しゆんだう》
旅なれは昼《ひる》ねして行《ゆく》あつさ哉《かな》　おしゆん

174 蟻道《ありみち》
蚊《か》のこゑに我《わが》つらくはす寐《ね》覚《ざめ》哉《かな》　おあり

175 人角《じんかく》
ま[3]くら蚊《が》や時《じ》分《ぶん》〳〵の寐《ね》覚《ざめ》哉《かな》　おかく

うとでもなれ。物事を成り行きに任せようとする際の発語。

173 旅に慣れた人は、暑い日中には昼寝をしてから出て行くことだ。「旅なれば」と濁って読むと、夏の旅には昼寝が必要であるの意になる。[出]未詳。[季]あつさ(夏)

174 蚊の飛ぶ音に寝覚め、喰われないよう自分の顔をたたいたことだ。「くはす」に打ちたたく意と血を喰わせる意を込めていよう。[出]未詳。[季]蚊のこゑ(夏)

175 一人ずつ枕蚊帳で寝ると、それぞれの時分に目を覚ますことだ。「枕蚊屋—昼寝」(『類船集』)は付合語で、これが小さな蚊帳であることから、子どもらの昼寝風景と見ることもできるか。[出]未詳。[季]まくら蚊や(夏)

3 枕蚊帳・枕蚊屋。子どもなどが寝る際に用いる小さな蚊帳。

濁水《だくすい》

176 みな月《づき》や昼の星みる空の色　おだく

馬桜《ばあう》

177 夕がほに預《あづか》[1]り手《て》形《がた》打《うち》[2]つけたり　おむま

酒粕《しゆはく》

178 風涼《すず》し願《ねが》ひ叶《かな》へばまた一つ　おはく

露碩《ろせき》

179 鶺《せき》[3]鴒《れい》の落葉誦《よみ》行《ゆく》ふもと哉《かな》　おせき

176 六月は晴天が続き、空の青さに昼間でも星が見えるかと思うほどだ。出未詳。季みな月(夏)

177 夕顔の花が咲く家で、預り手形を打ち付け書きにして投げつけた。『源氏物語』以来、夕顔には賤の家のイメージがあり、その古典的情趣と手形の現実味に取り合わせの妙がある。「夕顔」に夕べの顔の意を掛けるか。出未詳。季夕がほ(夏)

1 返済期日を示さない無利子の借用証書で、貸し主が請求したらすぐに返すのが約束。2 強く打つ意の「打ち付く」にいきなり書く意の「打ち付け書き」を重ねたか。ここには軍記物風の調子も感じられる。

178 風が涼しくて心地よい、願いが叶ったから、また一つ新たな願いを立ててみよう。出未詳。季風涼し(夏)

179 山麓の鶺鴒が長い尾で落葉に触れながら行く姿は、節を付けて落葉を数えているかのようだ。出未詳。季落葉(冬)

酒人《さかんど》　おさか

180 春の浪《なみ》や須《す》磨《ま》の風みる夷《えびす》じま[4]

おけい

いかい[5]いたづら[6]人なりしが、今は瀬《せ》川《がは》[7]でやゝ[8]をだいていさんす。

休計《きうけい》

181 板《いた》橋《ばし》のとぢめ〳〵[9]は杉《す》[10]岩《ぎ》木《な》哉《かな》

○難波置火燵《なにはおきごたつ》　正月事《むつきごと》[11]　今源氏《いまげんじ》　盃集《さかづきしふ》

3 セキレイ科の鳥の総称で、これ自体の季は秋。長い尾を上下に振る習性がある。水辺に多く住み、冬は陸地へ移る。

180 夷島に立つ春の浪は、須磨方面からの風で生じたのだから、須磨の風をそこに見るようなものだ。出未詳。季春の浪(春)

4 夷島。堺港にあった島で、現在は戎島の町名のみが残る。寛文四年(一六六四)の激浪で誕生したとされる。

181 橋の板と板をつなぐ綴目には、一様に杉菜が生えていることだ。それが綴目の役を果たすように見えるのである。出未詳。季杉岩木(春)

5 たいそう。　6 浮気な人。俳席をあちこちに設けることか。休計は箕面の半町村に住居をもちつつ、大坂にも家を作った。　7 箕面の地名で、郡山と昆陽の間にあった西国街道の宿駅。　8 赤ん坊を抱いている。休計が箕面で落ちついたことであろう。 9 綴目。綴じ合わせた箇所。

武州

素堂《そだう》　おだう

[1]はちす葉のにごりにはそまじと、[2]ながれの身とはなり給《たま》はず。[3]わかき時より髪をおろして、[4]深川の清き流れに[5]心の月をすませり。

182 [6]御手洗《みたらし》や[7]中葉《なかば》ながるゝ[8]とし忘れ

岩翁《がんをう》　おいわ

つねに、[9]にぎはしきまじはりをすかれて、[10]人〳〵のたよりとなり給ふ。

183 [11]かたびらの[12]相《あひ》身《み》やおもふ女むき

10杉菜。シダ植物の一種でトクサ科の多年草。「継菜」の異名をもち、ここに「綴目」との接点が認められる。　11可休の編ともされる。

182 葉が流れるように時も流れて六月末、御手洗川での無病息災の祈願は、年の半ばに行なう年忘れなのだなあ。 出『寄生』。季御手洗(夏)

1泥から生えてもその濁りに染まらない蓮の葉のように、清廉でありたい。僧正遍昭「はちす葉の濁りにしまぬ心もて何かは露を玉とあざむく」(『古今集』)を踏まえる。素堂には蓮を詠んだ句が多く、蓮池翁とも呼ばれた。　2遊女。ここは職業的点者をいう。　3延宝七年(一六七九)、素堂は三十八歳で官を辞し、上野不忍池の畔に退隠した。　4深川住の芭蕉と親交をもち、清流ともいうべきその俳風に従ったことをさす。素堂自身、上野から深川六間堀辺に移り住んでいた。　5仏教では悟った

一鉄《いつてつ》

風俗たぐひなくして名[13]にたかし。みやこに見えたるとき、御室《おむろ》[14]にて、

184 わすれては上野《うへの》のさくら咲《さき》にけり　おてつ

卜尺《ぼくせき》

185 わ[15]れ鍋《なべ》や薪《〈まき〉》の下《した》もる村[16]しぐれ　おぼく

枳風《きふう》

186 誰《たが》山《やま》ぞちゐさき門《もん》に山ざくら　おふう

心境を月にたとえて「心月」という。　6御手洗会。旧暦六月二十日から三十日まで、京の下鴨神社境内を流れる御手洗川に足をつけて無病息災を祈る行事。　7本来の読みはチュウヨウで、中頃・中期の意。ここは「半ば」に掛けてナカバと読ませ、「葉」の意も掛けるか。　8一年の苦労を忘れるための歳末の会。

183 左右が別になった見本で帷子(かたびら)を注文し、もう片方の女性向きはどんな人が着るのか気にかかる。【出】『雑談集』。【季】かたびら(夏)

9岩翁は『桃青門弟独吟二十歌仙』(延宝八年)以来の芭蕉門人。其角と親しく、露沾公らとの交流もあり、交際範囲は広かった。　10其角らと興行した十歌仙を『若葉合』(元禄九年)と題して刊行するなど、其角門の人々の頼りとなっていた。　11帷子。裏地を付けない夏用の着物。　12合身。染帷子などの見本として、左右を別々に仕立てること。

杉風《さんぷう》　おさん

187 いかにしても寐《ね》耳《みみ》に鹿《しか》の不《ふ》[1]便《びん》也《なり》

○冬《ふゆ》かつら

曽良《そら》　おそら

188 むかしとや二《に》人《にん》行《あん》脚《ぎや》の盆《ぼん》せしか

一十竹《いそたけ》　おいそ

189 ひ[2]つかりとい[3]なづまひとつうしろから

尺草《しやくさう》　おくさ

190 青《あを》[4]のりやうしほにさらす磯《そ》[5]なれ松

184 御室の花盛りは夢のように美しく、京にいるという現実さえ忘れて、江戸は上野の桜が咲いたのかと思った。在原業平「わすれては夢かとぞ思ふおもひきや雪ふみわけて君を見むとは」(『古今集』)を踏まえるか。「御室―花見」(『類船集』)は付合語。出未詳。季さくら(春)

13 一鉄は延宝期の江戸俳壇で活躍が目立った。　14 京都市右京区御室にある仁和寺。

185 村時雨が槙の上葉から下葉に漏れるように、破鍋から汁が漏れて薪の下まで濡らしている。後鳥羽天皇「我が恋は槙の下葉にもる時雨ぬるとも袖の色にいでめや」(『新古今集』)を踏まえ、「槙」を「薪」に取りなす。出未詳。季村しぐれ(冬)

15 割鍋・破鍋。割れたりひびが入るなどした鍋。　16 群時雨・村時雨。ひとしきり降って通り過ぎる初冬のにわか雨。

186 誰の山庵なのだろうか、小さな門

百里《ひやくり》

191 海をみぬ山人《やまびと》[6]あらんけふの月

お百《ひやく》

氷花《ひようくわ》

192 すご〳〵[7]と手をひろげけり夏《なつ》蕨《わらび》

おはな

仙化《せんくわ》

193 山ざくら行《ゆき》つくまでの匂《にほ》ひ哉《かな》

おせん

鋤立《じよりふ》

194 生《いき》て居《ゐ》る人見て秋のあはれ也《なり》

おりう

があって山桜が風情ありげに咲いている。[出]未詳。[季]山ざくら(春)

187 妻を恋う鹿の鳴き声が寝耳に入り、何とも不憫である。諺「寝耳に水」(思いがけない突然のできごと)をもじる。[出]『続別座敷』。[季]鹿(秋)

1 不憫。気の毒。かわいそう。

188 今は昔のことだなあ、師との二人行脚で盂蘭盆の供養をしたこともあったか。元禄二年(一六八九)の『奥の細道』の旅で、芭蕉と曾良は盆を金沢で迎えている。[出]『続別座敷』。[季]盆(秋)

189 ぴかっと一閃、稲妻が自分の背後から光った。[出]『誹諧曽我』。[季]いなづま(秋)

2 ぴっかり。光のひらめき輝くさまを表す。 3 稲妻。雷光。

190 青海苔は潮にさらされても青さを保ち、まるで海辺の磯馴松のようだなあ。[出]未詳。[季]青のり(春)

4 青海苔。アオサ科アオノリ属の海

○六歌仙《ろっかせん》[1]

琴風《きんぷう》

195 紅葉《もみぢ》[2]見《み》や村の用意《ようい》は藁《わら》ざうり　　おこと

秋色《しうしき》　　おあき

大坂にその[3]女《ぢょ》、むさしに此君也《このきみなり》。されども、みな[4]つながれたる身とて、人はかなしむ。

196 簾《すだれ》さげて誰《た》がつまならん涼《すず》み舟《ぶね》

横几《わうき》　　およこ

197 ひつさげておもへば重《おも》し衣《ころも》[5]がへ

藻の総称。5潮風のため枝や幹が低く傾いて生えている松。

191海を見ることなく過ごす山の民もいるだろうが、今日の名月はどんな所からも見られる。西鶴「鯛は花は見ぬ里も有けふの月」(『阿蘭陀丸二番船』)と同様の発想。出未詳。季けふの月(秋)

6木を切るなど山で暮らす人。

192すごすごと力なく手を広げた恰好で、夏の蕨がだらしなく伸びている。「蕨―手」(『類船集』)は付合語。「蕨」の季は春で、夏は伸び切ってしまう。それを擬人的に表現した。出未詳。季夏蕨(夏)

7元気のないさまを表す。

193目的地へ到着するまでの山道に、山桜が美しく咲き匂っていることだ。「匂ひ」は色彩的な面にもいう。宴が始まれば、花もそっちのけということか。出未詳。季山ざくら(春)

194生きて暮らす人を見て、どんな風景よりも秋のあわれがしみじみ感じ

子珊《しさん》　おさん

198 蓑《みの》虫《むし》や萩《はぎ》のたはみのよきほどに

○別座敷《べつざしき》　続別座敷《ぞくべつざしき》

史邦《ふみくに》　おほう

199 昼《ひる》がすみ膾《なます》[6]くうべき腹《はら》[7]ごゝろ

○小文庫《こぶんこ》[8]

旭志《きよくし》　おきよく

200 あてなきもあらん月見の人《ひと》通《どほ》り

られる。三夕歌に代表される『新古今集』的な感受性への、一つの問いかけ。出末詳。季秋(秋)

1↓俳書「誹諧六歌仙(はいかいろっかせん)」。

195 紅葉見物の町の人々に対し、村では歩きやすい藁の草履を用意している。出『焦尾琴』。季紅葉見(秋)

2 紅葉狩。紅葉見物。

196 簾を下ろして川面を行く涼み舟の客は、どんな男の妻だろうか。簾から乗客を女性と判断し、その正体を知りたがる男に成り代わって詠んだものか。「簾」はミス(御簾・翠簾)とも読める。出末詳。季涼み舟(夏)

3 蕉門の女流俳人として著名な園女。ソノメとも。　4 夫のある身。園女の夫は蕉門俳人の一有。秋色の夫は寒玉で、夫妻ともに其角門。

197 四月一日の衣替えを終え、脱いだ冬の着物を手に提げてみたが、思えば何と重いものを今まで着ていたことか。出末詳。季衣がへ(夏)

朝叟《てうそう》　おてう

今の世の風俗也《なり》とて、都[1]にもまちかねるよし。

201 ぼたん見や掃部《かもん》[2]の咳《せき》の明《あけ》はなれ

諸国之部

▲江州大津

尼智《ち》月《げつ》

202 月日《つきひ》をもうくるばかりの枯野《かれの》哉《かな》

木節《ぼくせつ》　おせつ

203 たなばたやむ[3]かひどのにも瓜《うり》[4]鱠《なます》

○へちま

5 旧暦四月一日に冬用の綿入れから夏用の袷に着替えること。

198 萩の枝がよい感じでたわんだ所に、蓑虫がぶら下がっているなあ。「蓑虫―ぶらめく」(『類船集』)は付合語。出『続別座敷』。季蓑虫・萩(秋)

199 霞が立ち込めた昼日中、今はさっぱりした膾でも食べたい腹具合だ。出『けふの昔』。季昼がすみ(春)

6 魚介や野菜を酢などで調理した和え物。 7 腹心。胃腸の調子。 8↓俳書「芭蕉庵小文庫(ばしょうあんこぶんこ)」。

200 月見のために人通りが多い中には、そういう目的もなくただ歩くだけの人もいるだろうなあ。ふと頭をよぎった感慨。出未詳。季月見(秋)

201 掃除役が咳ばらいをし、それを合図に牡丹園の入口が見物人に開け放たれた。「開け放れ」に夜が明け切る意の「明け離れ」を掛けるか。出『焦尾琴』。季ぼたん見(夏)

1 京の人も上洛を待ち望んでいる。

乙州《おとくに》

204 親《おや》[5]仁《ぢ》さへ起《おき》ざるさきに鷦《みそ》[6]鷯《さざい》 乙女

正秀《まさひで》

205 まさかりで柿むく杣《そま》[7]が休《やす》み哉《かな》 おひで

丈草《ぢやうさう》

206 片《かた》[8]やねの梅ひらきけり煙出《けむりだ》[9]し おでう

曲翠《きよくすい》

207 うぐひすや弁《べん》の唖《おふし》をせかせける おきよく

2 宮中の掃除や儀式の設営などをつかさどる官司。ここは貴顕の家の掃除係をさすか。

202 日光をも月光をもただ受けるばかりの、何らさえぎるものがない枯野原であることよ。出『草の道』。上五「日の影を」。季枯野(冬)

203 七夕のお祝いに、お向かいの家にも瓜の膾をお裾分けしよう。瓜自体は夏の季語で、瓜膾はそのさっぱりした涼感が喜ばれる。出『けふの昔』。季たなばた(秋)

3 向殿。向かい隣の家。 4 瓜膾。瓜を切って塩・酢などで和えた料理。

204 早起きの親爺すら起きない内に、活発な鷦鷯はもう鳴いて動き回っている。出『けふの昔』。季鷦鷯(冬)

5 親父・親爺。父親や中・老年の男性を呼ぶ呼称。 6 スズメ目ミソサザイ科の小さなこげ茶色の鳥。

205 仕事に使う鉞(まさかり)で柿の実の皮をむき、木を切る杣人が休憩していることだ。出『北之箟』。季柿(秋)

芥舟《かいしう》 ▲水《みな》口《くち》 おふね

208 水《みづ》[1]鉢《ばち》にちどりを覗《のぞ》く寐《ね》覚《ざめ》哉《かな》

○あくた舟《ぶね》 二木《ふたき》の梅《うめ》

許六《きよりく》 ▲彦根 おろく

209 百《ひやっ》石《こく》[2]の小村《こむら》をうづむさくら哉《かな》

○韻《ゐん》ふたぎ へんつき 宇陀《うだ》の法師《ほふし》

江水《かうすい》 ▲柏《かしわ》ばら おごう

210 冷《ひや》[3]食《めし》になるまで梅のながめ哉《かな》

○百人一句《ひやくにんいつく》 柏原集《かしわばらしふ》 道中《だうちゆう》[4]ぶり

---

7 杣人。木樵。山で木を切る人。

206 粗末な片屋根の家でも傍らには梅花が開き、煙突からは生活の煙が流れている。質素ながらも充実感のある暮らし。出『東華集』。季梅(春)

8 片屋根。一方にだけ傾斜をもつ屋根。 9 煙の出口である窓や煙突。

207 鶯がしきりに鳴き、おし黙って開かない状態の梅に早く咲けとせかすようだ。「弁の唖」は花弁が開かないさまを発話できない人になぞらえたもので、弁内侍(べんのないし)のもじりか。鶯との関連から梅をさすと見られる。出『俳諧勧進牒』。中七「弁の吃(どもり)を」。季うぐひす(春)

208 冬の夜の寝覚め、水が入った鉢を使おうとして千鳥の声を聞き、千鳥がいるのかと思わず鉢を覗いたことだ。出『あくた舟』。季ちどり(冬)

1 水を入れた鉢。手水鉢であろう。

209 百石の米しかとれない小さな村を埋めつくすように、満開の桜である

荊口《けいこう》

▲美濃大垣　おけい

211 紺《こう》[5]屋《や》めとしかりながらや衣《ころも》[6]がへ

己百《きはく》

▲岐阜　お百

212 陽炎《かげろふ》にもの丶姿《すがた》や田[7]うち蟹《がに》

白雪《はくせつ》

▲三河　おゆき

213 古いとは絵にてこそあれ蓮《はす》の鷺《さぎ》

○茶《ちゃ》の草紙《さうし》　曽我《そが》[8]　きれ〴〵

梅可《ばいか》

▲三河国府《こふ》　おむめ

ことだ。『風俗文選犬註解』には彦根城南の原村をさす旨の前書がある。出『東華集』。季さくら(春)

2 穀物をはかる単位。一石は十斗(一斗は十升)で約一八〇リットル。

210 食べるのを忘れて飯が冷えるまで、梅の花を一心に眺めてしまったことだ。出未詳。季梅(春)

3 冷飯。冷たくなったご飯。　4 江水の編ではないらしい。

211「あの下手な染物屋めが」などと小言を言いながら、今日の衣替えをすることだ。出『けふの昔』。季衣がへ(夏)

5 衣類の染物を業とする家。コンヤが本来の発音。　6 四月一日に冬の綿入れから袷に着替えること。

212 潮の引いた海岸に陽炎が立ち、何か物の姿があると見たら田打蟹であった。出未詳。季田うち蟹(春)

7 田打蟹。スナガニ科のカニで、海辺に生息する潮招(しおまねき)の異名。

213 古く感じるのは絵だからで、蓮に

狸々《りり》

214 ほと丶ぎす茶[1]のこもなふて山路《やまぢ》哉《かな》

○彼岸《ひがん》[2]の月《つき》

▲伊勢松坂　おりり

215 あつさりとすまし[3]の汁《しる》やとし[4]忘《わす》れ

○反古《ほご》[5]ざらへ

編集[6]のかた〴〵は、書籍《しよじやく》[7]もくろくにて見出《みいだ》しけるゆへ、京[8]より外《ほか》にあるはしりがたし。書の名は聞《きき》ても、句[9]のさがしにくきは是非《ぜひ》なく、せめての事に題号《だいがう》[10]をあらはしける。

鷺が並ぶ実際の景は新鮮で趣深い。「蓮—鷺」(『類船集』)は付合語で、いずれも狩野派の障壁画に多い題材。絵画と実景の違いに着目した。出『誹諧曽我』。下五「蓮に鷺」。季鷺(夏)

8 ↓俳書「誹諧曽我(はいかいそが)」。

214 時鳥の声を愛でつつ茶を飲みたくなったけれど、山路ゆえ茶受けの菓子もないことだ。出未詳。季ほとゝぎす(夏)

1 茶の子。茶を飲む際の菓子。　2 ↓俳書「ひがむの月(きつ)」。

215 年忘れの会にはあっさりした澄まし汁を飲み、苦労のあれこれをあっさり忘れてすましたい。「すまし」に「澄まし」と「済まし」を掛ける。出未詳。季とし忘れ(冬)

3 出汁(だし)に塩・醤油などで薄い味付にした汁。　4 一年の苦労を忘れるための宴会。　5 狸々の編ではないらしい。

一　紀州順水《じゅんすい》　わたし舟《ぶね》　破《は》暁集《げうしふ》　[11]童子経《どうじきやう》

一　灯外《とうぐわい》　[12]生駒堂《いこまだう》

一　[13]遊林《ゆうりん》　反古集《ほうぐしふ》

一　玄梅《げんばい》　[14]鳥《とり》の跡《あと》

一　一吟《いちぎん》　雪《ゆき》の葉《は》

一　重道《ぢゅうだう》　湖東千句《ことうせんく》

一　尾州白支《はくし》　[15]春草日記

一　三十六《みそむ》　[16]猿丸《さるまる》の宮《みや》

一　北枝《ほくし》　喪《も》の名残《なごり》

一　能州提要《ていえう》　能登《のと》がま

一　摂津蘭風《らんぷう》　椎柴《しひしば》

一　河州幸賢《こうけん》　河内羽二重《かはちはぶたへ》

一　和州天弓《てんきゆう》　大和狐《やまとぎつね》

一　勢州文代《ぶんだい》　麓《ふもと》の旅寐《たびね》

一　江州吐竜《とりゆう》　車路《くるまぢ》

一　湖翁《こをう》　寐物《ねもの》がたり

一　加州ノ松《べつしよう》　西《にし》の雲《くも》

一　句空《くくう》　北《きた》の山《やま》は丶[17]　そ原　[18]草庵集《そうあんしふ》

一　巴水《はすい》　[19]孤師子《こもじし》

一　勤文《きんぶん》　洲珠《すず》の海《うみ》

6俳書を編集した人々。　7当時出版された書物の情報に関しては、目録がしばしば作成・刊行されており、俳書では阿誰軒の『誹諧書籍目録』(元禄五年)がよく知られる。　8京以外に住む編者についてはよくわからない。　9誰のどういう句が入っているかまで、探索しづらいのはしかたがなく。　10記しておく。以下に列挙される書名がそれに当たる。

11↓俳書「誹諧童子教（はいかいどうじきよう）」。　12↓俳書「誹諧生駒堂（はいかいいこまどう）」。　13↓俳人「詠嘉（えいか）」。　14↓俳書「鳥（とり）のみち」。　15↓俳書「春草（はるくさ）の日記（にっき）」。　16↓俳書「猿丸宮集（さるまるみやしゅう）」。　17↓俳書「柞原集（そははらしゅう）」。　18↓俳書「誹諧草庵集（はいかいそうあんしゅう）」。　19↓俳書「鳶獅子集（こもじししゅう）」。

一　越中十丈《じふじやうい》　射水川《みづがは》
一　越前三柳《さんりゆう》　みじか夜《よ》
一　羽州清風《せいふう》　[1]一橋《ひとつばし》
一　備中露堂《ろだう》　追鳥狩《おひとがり》
一　草也《さうや》　備後砂《びんごずな》
一　助然《じよぜん》　蝶姿《てふすがた》
一　肥後長水《ちやうすい》　白川集《しらかはしふ》
一　曽米《そまい》　裸麦《はだかむぎ》
一　予州鈍子《どんし》　月《つき》の跡《あと》
一　大坂[5]発句翁《ほつくをう》　鏡幕《かがみまく》　二見箱《ふたみばこ》

一　路健《ろけん》　旅袋《たびぶくろ》
一　若州去留《きよりう》　青葉山《あをばやま》
一　備前兀峰《こつぽう》　桃《もも》の実《み》
一　備後如交《じよかう》　[2]ちどり足《あし》
一　[3]筑前晩柳《ばんりう》　[4]はなし鳥《どり》
一　晡扇《ほせん》　染川集《そめかはしふ》
一　肥前橋泉《けうせん》　西海集《さいかいしふ》
一　讃州寸木《すんぼく》　金毘羅会《こんぴらゑ》
一　羨鳥《せんてう》　簾《すだれ》

1↓俳書「誹諧一橋（はいかいひとつばし）」。2↓俳書「俳諧衢足（はいかいちどりあし）」。3正しくは肥前田代。4↓俳書「放鳥集（はなしどりしゆう）」。5↓俳人「三楽（さんらく）」。

誹諧請状《うけじやう》[6]之事

一　[7]此何《このなに》と申《まうす》点者、誹道《はいだう》に身をくだき、何のとし何ヶ月日の出《で》の宗匠、[8]いづくの雲すけ、[9]親の勘当《かんだう》、[10]金銀手どりの身にてもなし。[11]巻《まき》のかさなるその間は、一足《ひとあし》も机《つくへ》の外へ出不申《いでまふさず》。古来の[12]掟《おきて》すこしもそむかず、[13]点をさせもが露ほども、[14]脇書《わきがき》にぢよさいなく、連衆《れんじゆ》を大事に[15]心にかけて廻《めぐ》る会日《くわいじつ》を、いつとてもおこたらせ申《まうす》まじ。第一には[16]茶屋ぐるひ、大酒のんで

6 奉公人や借家人の身元保証書。　7 本書の著者をさすとも、一般論としてこれを書いているとも、両様に解される。前者ならば、本書には著者名の記載がどこにもないことを受け、「何」とぼかして書いたのかもしれない。なお、本書への難書である団水著『鳴弦之書』(元禄十五年)によって、本書の著者は轍士であることが明らかにされている。　8 住所不定の人足。　9 親から縁を切られた者。　10 金銭の窃盗。　11 点を依頼された俳諧作品の巻物。　12 式目。　13 藤原基俊「契りおきしさせもが露を命にてあはれ今年の秋もいぬめり」(『千載集』『百人一首』)の詞を取り、少しも手抜かりなく点を付けさせる、と述べている。　14 句の脇に書き入れる評言。　15「心に懸けて」と「駆けて廻る」の言い掛け。　16 茶屋で酒色におぼれること。

朝《あさ》ねをし、[1]つとめそまつにいたすにおゐては、[2]きのまゝながら行脚《〈あんぎや〉》においやり、または[3]筆耕《〈ひつこう〉》・[4]執筆《〈しゆひつ〉》になされ、かまの火をたき、湯《ゆ》どのゝ水くみ、せどはき、かどはき、庭のそうじのちりやあくたや、[5]かみくずのはのうら見と存候《ぞんじさふらふ》まじ。万一《まんいち》、此人《このひと》点者のうち、はいかいやめて[6]たいこもち、[7]水をへらし、[8]やいとをせず、[9]じんきよして死《しに》したりとも、[10]御《ご》なんはかけず。いづかたまでも庄兵衛出《いで》て[11]さばき髪、油や・酒屋・米・屋《や》ちん・とうふ・八百《やほ》やにいたるまで、[12]相《あひ》さばくとの定め也《なり》。若《もし》

1点者業。　2着のみ着のままで。　3出版物の版下を書く者。　4連句会で作品の記録をする者。　5「紙屑」に「葛の葉」、「葛の葉の裏見」に「恨み」を掛ける。　6幇間。宴席を盛り上げる男の芸人。　7腎水。精液。腎臓で作られると考えられていたことによる。　8灸。治療や養生。　9腎虚。過度の性交で腎水が涸渇し、心身が衰弱すること。　10御難。ご迷惑。　11捌き髪。髷を解き散らしたざんばら髪。これに「裁き」を掛ける。　12始末を付ける。ここは借金も自分が払うということ。　13優秀な作品。　14学問。漢詩文・和歌などの学識・教養。　15風流韻事の師匠として招いてくれる。　16得分。利益。　17椋梨一雪(一六三一―一七〇八?)。貞徳門で、西武や梅盛に師事した。貞室の『正章千句』(慶安元年)に対して『俳諧茶杓竹』(寛文三年)を刊行して論難した。　18加賀田可休(生没年未詳)。わざと難点の

又《また》[13]ふかき作もあり、学文《がくもん》[14]つもりて、月雪[15]にまねかるゝ大名あらば、それはその身の徳分《とくぶん》[16]たるべし。若一雪《〈もし〉いつ〈セツ〉》[17]や可休《かきう》[18]めが非言《ひごん》[19]をうつて、さまたげの[20]さしでのいそのもがりぶね、おして点者を[21]はまらすならば、伝受《でんじゆ》[22]のこらず荻《〈おぎ〉》[23]薄《すすき》、宗匠[24]をかまひ給《たま》ふべし。惣《そう》じて点者のその間、上戸《じやうご》なりとも酒をやめさせ、板行《はんかう》[25]ものをずい分出《ぶんいだ》させ、会にも人をそだてつゝ、ねぶたくともいねぶらず、ほめともなくとも、それ〲に句をばほめさせ申《まうす》べし。一[26]じゆん懐紙《くわいし》のそのうちに、句どころかまはせ

ある自作の歌仙一巻を諸国の点者二十五名に送って点を求め、各点者の誤判や点の付け方の相違を『物見車』(元禄三年)として刊行した。19非難の言。20海・川に突き出た磯の藻を刈りとる舟。ここは「もがり(強請・虎落)」を掛け、差し出がましく言いがかりをするの意を表す。21陥れる。22伝授。奥義や秘伝を伝えること。23荻と薄は形状も風に靡くさまも類似する。ここは「押し戴き」などと言い掛け、伝授事を受けた者たちが点者に引き寄せられるさまを表すか。24宗匠としてお引き立てなさるがよい。25出版物。26会席以前に用意する最初の一順の懐紙。正式の百韻興行などでは、あらかじめ一順(一巡)箱を回し、連衆が一句ずつ付けておくのがしきたりであった。連衆によっては、この初一順の句だけを寄せて、会席には参加しない場合もあった。

申《まうす》まじ。さしあひ[1]はさばきぞん、見おと[2]しはぜひもなし。その外《ほか》、身もちのよし[3]あしにつき、後日《ごにち》のための誹諧請状《うけじやう》の趣《おもむき》、件《くだん》[4]のごとし。京や大坂や江戸・いなか、点者[5]ひゞけとよみ上《あげ》たり。

請《うけ》人《にん》[6]
寺町二条上ル町
いづゝや庄兵衛

元禄十五年三月日

1指合。同字や同種の語が近接することの禁制。その指摘が点者の任務ながら、連衆が指摘をいやがるので、指導するだけ損だとしている。　2指合の見落とし。　3平生の行ない。所業。　4以上の通りだ。　5点者の名よ天まで響け。謡曲「安宅」に「敬って白(うま)すと、天も響けと読み上げたり」とあるように、勧進帳などの結びの文句で、その「天」を「点者」に代えたもの。　6保証人。

〔大意〕
この何某という点者は、俳諧の道に打ち込み、某年某月某日に宗匠となった者で、住所不定の人足でも、親から勘当された者でも、窃盗犯でもない。点を依頼された巻がある間は机の前から離れず、古来の式目に違反することなく、点を付けさせては如才なく評言を書き、連衆を大切にして会日を無下にするようなことはない。茶屋での遊興におぼれ、大酒を飲んで朝寝をし、点者の務めを粗末にするような場合には、着のみ着のまま行脚に出すか、筆耕や執筆にするか、火焚き・水汲み・掃除といった雑用をさせても、恨むことはない。万一、この者が俳諧をせずに太鼓持ちとなり、腎水を減らしても養生せず、腎虚で死ぬようなことがあっても、迷惑はかけない。どこであれこの井筒屋が捌き髪のまま出張って裁き、諸方への借金なども私が始末を付けることを約束する。秀逸な句を作り、学問を積み、風流韻事の師匠として招く大名でも現れれば、それはその身の福徳というべきもの。もしも一雪や可休が非難の言を吐き、差し出がましく妨害して、この点者を陥れようとするならば、伝授事を残らず受けて傾倒するようになった方々が、宗匠であるこの者をお庇いになるがよい。点者である間は、上戸であっても禁酒させ、俳書を次々に出版させ、会では門人の育成に励んで、居眠りさせず、各句をほめさせることにする。一順懐紙の句を直すようなことはさせない。指合は指摘するだけ損であるし、なまじ見落としをしたらいたしかたがないというもの。そのほか、所業の善し悪しについて、後日のための俳諧請状の趣は、以上の通りである。京・大坂・江戸から各地方まで、点者の名よ天まで響け、と読み上げる。

元禄百人一句

百人一句、世に行《おこなは》れん事を願ふは、にほ[1]てる東《ひがし》の江[2]水子、道[3]をさゞ[4]浪の海に弘《ひろ》め、あまざかる[5]あづまの果《はて》、松浦《まつら》[6]の果しまで、風月の人[7]を筆に[8]招《まねき》て、ことし元禄かのと[9]の未《ひつじ》春三月、此《この》一部なれり。われに此《この》ぞ[10]をこふ。男人《をとこびと》[11]の集めにちなみて、まんな[12]に書《かか》んもざえ[13]ありげにたど〳〵し[14]。いで[15]や心をうごかす四節[16]の始《はじめ》は、早春の霞《かすみ》[17]に鳥の声こぼれしより、弥生《やよひ》・卯月《うづき》の里[18]の蚕《かひこ》の幾莚《いくむしろ》養《やしなは》れけんも、いづれ[19]の山荘のあとを忍ばれん。所はいぶき[20]の山かづら[21]、葉《は》守《もり》[22]の神の花[23]しづめに、榊《さかき》[24]をりもてる女《をんな》[25]

1 琵琶湖の東。「にほてる」は枕詞。本書を編んだ江水は近江国柏原(現在の滋賀県米原市の地区名)の住。
2 俳人。近江国柏原の人。生没年未詳。別号は華山叟・流木堂。伊藤信徳門。編著は本書のほかに『柏原集』(元禄四年)など。「子」は敬称。
3 ここは俳諧をさす。
4 近江国の古名。これに小さな波の意を掛け、琵琶湖の地から俳諧が全国に広まるイメージを表す。
5 枕詞で、遠く離れているの意。
6 九州西北地方。
7 風流人。俳諧に興ずる人。
8 筆によって参加するように求め。
9 元禄辛未で元禄四年(一六九一)。
10 序。序文。
11 漢詩文の集。漢字を「男手(おとこで)」と呼ぶ習慣による。
12 真名。漢文。
13 才。学問・教養。とくに漢詩文等の学識をいう。
14 おぼつかない。しっくりしない。
15 いやもう。さてさて。
16 四季。
17 早春の景の一例として挙げたもの。
18 俳諧が扱うさまざまな題材の一つとして挙げたもの。
19 どなたの山荘。藤原定家が『百人一首』を選んだと

文字《もじ》をかりて、[26]再拝のことぶき[27]をいふ。

[28]白桜下《はくあうか》[29]木因子《もくいんし》

〔大意〕

この『百人一句』が世間に流行することを願う者は、近江の江水子。俳諧をさらに普及させようと、遠く東国の果て、九州の果てまで、愛好者に投句を求め、今年元禄四年の三月、この一冊が成就した。私に序文を書けという。男の漢詩文集にちなみ、漢文体で書くのも学識ぶったことでしっくりしない。心もはずむ四季の始まりとして、早春の霞に鳥が鳴き出すころより、三月・四月には里の蚕がどれほど育ったことかなどと、四季それぞれの趣ある句を集めるのは、どなたの山荘の跡を偲んでのことか(定家卿の小倉山荘に違いない)。所は伊吹山を望む地にあって、時は鎮花祭のころ、女文字のかなを用いて、再拝して寿詞を申し述べる。

される小倉山の山荘を念頭に置いての表現。

20 伊吹山。滋賀県と岐阜県の境にある伊吹山地の主峰で、木因の住む大垣から見ることができる。

21 日陰蔓。シダ類ヒカゲノカズラ科の常緑多年草。ここは文飾で、文意にはあまり関わらない。

22 樹木に宿って葉を茂らせ守る神。ここは「かづら」「葉」「花」「榊」と縁語によった行文で、いずれも文意に直接は関わらない。

23 鎮花祭。旧暦三月の落花時、活発に動くとされる疫病神を鎮めるために行なう祭。

24 神事に用いる常緑樹の総称。「榊をりもてる」は「花しづめ」を受け、祭礼で榊を折り持つ女をイメージさせつつ、「女」の語を導いた修辞法。

25 平仮名。

26 手紙の終わりで相手への敬意を示して用いる語。

27 寿詞。祝意を込めた言葉や文章。

28 木因の別号。

29 俳人。美濃国大垣の人。正保三年(一六四六)～享保十年(一七二五)。谷氏。通称は九太夫。別号に白桜下・観水軒・呂音堂・杭川翁。北村季吟門。編著に『桜下文集』『おきなぐさ』『桃下一日千句』など。従来の読みはボクイン。自分の名に添えた「子」は謙遜の意を表す。

1 [1]またの年の睦月《むつき》もいはへ千代の江戸
江戸 季吟《きぎん》

2 蓮池《はすいけ》に生《うま》れてもとの蛙《かはづ》かな
京 言水《ごんすい》

3 枯野哉《かな》蔞《3つばな》の時の女櫛《をんなぐし》
大坂 西《2さい》鵬《ほう》

4 星祭《4ほしまつり》嬉《うれ》しや桃の苦《にが》からず
美濃 木因《もくいん》

5 七草《ななくさ》や何《なに》をちなみに仏《5ほとけ》の座《ざ》
江戸 路通《ろつう》

1今年と同様、来年の正月も千代に繁栄が続く江戸の春を祝福しよう。季吟が江戸幕府歌学方として江戸に移住したのは元禄二年(一六八九)で、六十六歳の時。よって、これは元禄三、四年の作と推定される。出未詳。季睦月(春)／1翌年の一月。『伊勢物語』四段に「又の年のむ月に、むめの花ざかりに」とある。

2「一蓮托生」(死後に仏菩薩と同じ極楽の蓮華台に往生すること)というけれど、蓮池に生まれた蛙は、極楽と無縁に元の姿であることだ。言水自選の『初心もと柏』(享保二年)に「一蓮托生」の前書。出『雀の森』。季蛙(春)

3枯野に女の櫛があるのは、春の野遊びで茅花《つばな》を摘みにきた時の落とし物か。出『誹諧生駒堂』。季枯野(冬)／2→俳人「西鶴」。3茅花(出典に「つばな」と仮名表記)。イネ科の多年草である茅《ちがや》の花。

4牽牛・織女の二星が出合う七夕のころは、嬉しいことに桃の実もよく熟れて苦くない。出『百人一句』。季星祭(秋)／4五節句の一である七夕の祭り。

5芹・薺などの七草の中に、どうした因縁からか、仏の字をもつホトケノザが入っている。これも仏の引き合わせであろうか、との発想。出『百人一句』。季七草・仏の座(春)／5キク科の越年草であるタビラコの異名で、春の七草の一。

6
都出《みやこいで》てもはやかなしき6碪《きぬた》かな　　京　和《わ》及《ぎふ》

7
名月を捨《すて》ぬ言葉や7花曇《はなぐもり》　　江戸　駒《く》角《かく》

8
根はたゞに8蘂《しべ》よりうへをぼたんかな　　同　挙《きょ》白《はく》

9
9碓《からうす》は年の暮《くれ》程《ほど》音高し　　京　舟《しう》露《ろ》

10
つけてゆけ10草花売《くさばなうり》がかへるかた　　京　如《じょ》泉《せん》

6都を出て砧の音を耳にすると、早くも妻を思い出して悲しくなることだ。出『前後園』。季碪（秋）／6砧。布を木槌で打って柔らかくすること。恋しい男を思って打つものと詠まれることが多い。

7花曇とは、人の関心を花だけでなく月にも向けさせるのだから、名月を切り捨てない言葉なのだなあ。この「名月」は、旧暦の八月十五夜とは限らないみごとな月の意で、曇天がかえって月への期待を高めるという発想。謡曲「墨染桜」の「木の間の月の影闇（らく）く花曇して失せにけり」を踏まえるか。出未詳。季花曇（春）／7桜が咲くころの曇った空模様。

8根の方はただ普通の植物と変わりないのに、蘂より上が実に立派な牡丹であることだ。花の王と呼ばれるのも、その堂々とした花があってのことだという発想。出『続の原』。季ぼたん（夏）／8花の中心にある雄蘂・雌蘂。

9唐臼は年の暮れになるほど新年の準備に多く使われ、大きな音を響かせる。出未詳。季年の暮（冬）／9唐臼。足で踏んで穀類などを搗く臼。

10草花を売り歩く商人がどちらに帰るか、後をつけて行くがよい。そこには花畑があるはず、という発想か。出『都曲』。季草花売（秋）／10秋の野山などに咲く草の花。

同　信《しん》徳《とく》

11 名月はとうふ売夜《うるよ》のはじめかな

膳所　[1]珍《ちん》碩《せき》

12 いろ〳〵の名もまぎらはし春の草

尾州　越《えつ》人《じん》

13 二月《きさらぎ》やまだ柿の木は其《その》通り

京　湖《こ》外《ぐわい》

14 [2]岡見《をかみ》する人に[3]欠《あくび》はなかりけり

江戸　不《ふ》卜《ぼく》

15 [4]筏士《いかだし》の裸《はだか》をやすき[5]相撲《スマヒ》かな

11 豆腐の行商人が夜も売り歩くのは、名月の晩を始めとするのだなあ。『類船集』の「行灯」の項に「夜のふくる迄ほのめかすは豆腐うり也」とある。少し肌寒くなれば湯豆腐が恋しい季節で、白い月から豆腐への連想もあるか。【出】『前後園』。【季】名月(秋)

12 一時に萌え出た春の草には、種々の名があるのだとしても、どれがどれやらまぎらわしい。「種々」はクサグサともイロイロとも読み、多種類の意にも多種の植物の意にもなる。一句はそうした言葉の多義性も利用していよう。【出】『ひさご』(五吟歌仙の立句)。【季】春の草(春)／1↓俳人「洒堂」。

13 春の二月になっても、柿の木はまだ新しい芽も出さず葉を落としたままだ。【出】未詳。【季】二月(春)。

14 大晦日に岡見をする時は誰も真剣で、あくびをする人など一人もいない。【出】未詳。【季】岡見(冬)／2大晦日の晩、蓑を逆さに着て岡の上に登り、自分の家を見て明年の運勢などを占うこと。3欠伸(あくび)。

15 いつも裸で仕事をする筏師は、相撲を取るのも簡単であることだ。【出】未詳。【季】相撲(秋)／4筏師。材木を組んだ筏に乗り、その材木を川下に運ぶ人。5宮中の相撲の節が七月に行なわれたことから、相撲は秋の季語として扱う。

16 半日分は明日にとっておくといった様子で、山桜が

16
日《ひ》[6]半《ハシタ》は明日《あす》のためなり山桜
京　我《が》黒《こく》

17
山ふかみそれにうき[8]名よ姫《ひめ》[9]くるみ
伊勢女　そ[7]の

18
蛛《くも》の巣はあつきものなり夏木立《なつこだち》
伊丹　鬼《おに》貫《つら》

19
す[11]ゝはきや餅《もち》の次手《ついで》になでゝ置《おく》
京　加《か》[10]生《せい》

20
呂《りよ》[12]の調《しらべ》啞《ヲシ》の口にもそなわれり
同　定《てい》宗《そう》

半ば咲いている。出『都曲』。季山桜(春)／6半日。ヒナカラとも。半分の意の「半」を掛けている。

17山深いところに生まれ、さらに姫などと浮いた名を付けられて、つらい姫胡桃であるよ。出『其袋』。季姫くるみ(秋)／7→俳人「園女」。　8浮名・憂名。いやな評判や呼称。　9姫胡桃。鬼胡桃の変種で小さく、実は皺が少なく割りやすい。「姫」には遊女の意がある。

18夏木立の中、蜘蛛の巣が張られてあるのは暑苦しいものだ。出『誹諧生駒堂』。季夏木立(夏)

19正月用の餅を搗いたついでに、煤掃もなでるような具合にささっとやっておく。出『誹諧ひこばえ』。季すゝはき(冬)／10→俳人「凡兆」。　11煤掃。旧暦十二月十三日ころに行なう大掃除。餅搗きとともに、新年を迎えるための準備であり、炉や竈から出た煤を払い落とし、室内の清掃をした。

20呂の調べは低いものなので、話のできない啞者にも備わっている。出未詳。季ナシ／12中国や日本の音楽で声や楽器の低い音域のこと。「呂調」は雅楽の調子の一つでもある。

21 山里や頭巾《づきん》とるべき人もなし　同　観《くわん》水《すい》

22 鑓持《やりもち》[1]はかたげて走る花野[2]哉《かな》　京　団《だん》水《すい》

23 豊国《とよくに》[3]やよるの椿の落《おつ》る音　同　良《りやう》佺《せん》

24 草[4]の実の飛《とぶ》に動かぬ胡《こ》蝶《てふ》哉《かな》　出雲　風《ふう》水《すい》

25 雪月《ゆきづき》[5]や我《われ》人《ひと》ともに気にいらず　江戸　一《いつ》晶《しやう》

21 山里で会うのは武骨な者ばかりで、寒いせいもあってか、頭巾を取って挨拶するような人は誰もいない。頭巾を取る主体は、山里で遭遇する相手とも、その人に挨拶する自分とも、両様に解される。出『続の原』。季頭巾(冬)

22 従者は鑓を傾けて必死で花野を走って行くことだ。主人が鷹狩をしている場と想定される。出未詳。季花野(秋)／1 武士の外出時に槍を持って供をする従者。2 花が咲いている秋の野辺。

23 夜に椿の花の落ちる音がして、その重量感は日本国の豊かさをしみじみと感得させる。出『都曲』。季椿(春)／3 豊かに治まっている国。

24 秋になって熟した草の実が飛んでも、弱った胡蝶はじっと動かないことだ。出未詳。季草の実(秋)／4 秋に草が実を結ぶことで、はじけて実が飛ぶものも少なくない。

25 収支を総決算する大晦日を控えた十二月は、自分も他人も誰だって愉快ではいられない。文字面の上では、雪や月も気に入ることがないと読むことができ、そうした風雅の世界に対するアンチテーゼの一句と見ることも可能。出未詳。季雪月(冬)／5 旧暦十二月の異称。

26 考えてみれば他と変わらない雨なのに、誰がそれを聞き分けて夕時雨と言うようになったのだろうか。出

26
常《つね》の雨を誰《たが》聞《きき》分《わけ》て夕[6]しぐれ
伊丹　宗《そう》旦《たん》

27
よるの花蝶《てふ》の壁《かべ》吸《すふ》うつゝかな
京　高《たか》政《まさ》

28
ゆく水や何にとゞまる海苔《のり》の味
江戸　其《き》角《かく》

29
野の[7]様《ため》シ野《の》芹《ぜり》[8]ほこえて[9]今《け》朝《さ》にあり
京　貞《てい》木《ぼく》

30
うつくしき人猶《なほ》結《むす》ぶ清水哉《かな》
備前　晩《ばん》翠《すい》

未詳。季夕しぐれ(冬)／6冬の夕暮れに降るにわか雨。「夕」に「言ふ」を掛けている。

27夜にぼんやり花かと見ていたら、現実には壁に吸いつくように止まっている蝶であったことよ。出『ひとつ松』。季花(春)

28瞬時も絶えることがない水の流れにあって、海苔はどうやってこの味をとどめ形にしたのだろうか。『方丈記』の冒頭「ゆく河の流れは絶えずして…」を踏まえる。出『花摘』。季海苔(春)

29野生の習いとして野の芹がよく育ち、今朝の粥となって食膳に出ている。出未詳。季野芹(春)／7例(ためし)。習慣。　8生育して。　9ここは正月七日の朝をさし、芹・薺など七草の粥を食べると万病を除くとされた。

30ただでさえ美しい人が清水を手ですくい、それがまたさらに麗しく感じられることだ。出未詳。季結ぶ清水(夏)

31 道場《だうぢやう》[1]は薺《なづな》[2]たゝくかたゝかぬか　京 好《かう》春《しゆん》

32 峒《ほら》[3]熊《ぐま》の先《まづ》覗《のぞく》らん春の艶《つや》　京 丈《ぢやう》草《さう》

33 いはねども色[4]に吉《きつ》[5]書《しよ》の花桜　〔京〕常《じやう》春《しゆん》

34 遊[6]ぶ日に菊《キク》いそがしき匂《にほ》ひかな　京 似《じ》船《せん》

35 腹赤《はらか》[7]より先《さき》に九条の水菜《みづな》[8]かな　同 定《てい》之《し》

31 物をたたき慣れている寺では、同じように七草の薺もたたくのか、あるいはたたかないのか、どちらであろう。㊤『元禄四年歳旦集』。㊡薺たゝく（春）／1寺院。寺では鐘・鉦・木魚などを日常的にたたく。 2正月六日の夜や七日の早朝、まな板の上の薺などを包丁や擂粉木（すりこぎ）でたたき、七草粥の準備をした。

32 冬眠から覚めて洞穴を出る熊は、真っ先に春のつややかな美しさを覗き見ることになろう。㊤『百人一句』。㊡春の艶（春）／3洞。岩などにできた穴。

33 口では言わずとも、この御代のめでたさは花桜に現れるものだし、まずはその祝意を込めて書きぞめをする。大江匡房「いはねども色にぞしるき桜花きみがちとせの春のはじめは」（『続後撰集』）を踏まえる。㊤未詳。㊡吉書（春）／4物事の表面に現れて人に何か感得させるものをいう。 5吉書始め。年初に行なう書きぞめ。暦では元日などがその吉日とされる。

34 人々がのんびりと遊ぶ日に、菊は人々を楽しませるべく芳香を放つのに忙しいことだ。㊤『雀の森』。㊡菊（秋）／6仕事や学業を離れて自由に過ごす日。

35 元日の腹赤の奏にあたり、大宰府から送られる腹赤より先に、洛南九条の水菜が届いたことだ。㊤未詳。㊡腹赤（春）／7鯇（にべ）・鱒（ます）など腹部が赤い魚の異名。毎年正月一日に大宰府から朝廷に献上され、腹赤の奏

36
晦[9]日《つごもり》の暮《くれ》にもしろき蓮《はちす》かな
大坂　由《いう》平《へい》

37
何《なん》の木ととふ迄《まで》もなし[10]帰り花
同　来《らい》山《ざん》

38
[11]若菜《わかな》摘《つむ》けふはづかしき手の太《ふと》サ
伊勢　又《いう》玄《げん》

39
西[12]の岡鰤《ぶり》ことづかる坊主かな
京　苑《えん》扇《せん》

40
日ざかりの岩よりしぼる清[13]水哉《かな》
京　常《つね》牧《まき》

という儀式が行なわれた。 8 京菜の別名で、洛南九条のものが最上とされ、宮中や公方家などへも献上された。

36 晦日の夕暮の暗がりにあっても、蓮の花は白く浮かび上がっていることだ。出未詳。季蓮(夏)／9 旧暦の晦日は月のない闇夜になる。

37 帰り花はただ帰り花と言えばよいのだし、咲けばわかるのだから、何の木かと問うまでもない。出『誹諧生駒堂』。季帰り花(冬)／10 季節はずれに返り咲きする花。

38 若菜を摘むにあたって、今日は自分の手の太さが恥ずかしく思われる。平安朝以来の伝統をもつ若菜摘(わかなつみ)の、優美なイメージに比しての恥じらい。出未詳。季若菜摘(春)／11 主として女性が春の野に新菜を摘むことで、七草粥に用いる。

39 西の岡で僧侶が鰤を買うよう頼まれたことだ。不釣り合いの組み合わせ。出未詳。季鰤(冬)／12 京都盆地の西を限る西山の別称であり、その山麓一帯を占める旧乙訓(おとくに)郡の別称。

40 日の照りつける岩間からしぼり出すように清水が流れていることだ。出『物見車』。季日ざかり・清水(夏)／13 一般に「清水」だけでは季語にならず、「結ぶ清水」などとして夏季になるとされる。

41 佐《さ》[1]保《ほ》姫《ひめ》の轅《ながえ》[2]たつらむけさ[3]の松
同 松《しよう》笛《てき》

42 卯《う》の花や里の見えすく朝朗《あさぼらけ》
江戸 露《ろ》沾《せん》

43 杜若《かきつばた》石菖《せきしやう》[4]ひくゝ見えてよし
加賀 一《いつ》笑《せう》

44 夕顔《ゆふがほ》[6]や名を落《おと》したる花の形《なり》
江戸[5] 去《きよ》来《らい》

45 立《たて》るより倒《たふれ》てすご[7]きかゞ[8]し哉《かな》
京 如《じよ》琴《きん》

41正月の朝の門松は、佐保姫を迎える乗物の轅(ながえ)として立っているのであろうか。出未詳。季けさの松(春)／1春をつかさどる女神。2轅(ながえ)。輿・牛車などの乗物に付いている二本の長い棒。これに横木を付け、牛に引かせたり、人が持つなどする。3新年を迎えた朝の門に飾る松。

42夜明け方の陽光によって、卯の花の白く咲く里がよく見えるようになった。出『続の原』。季卯の花(夏)

43杜若が咲く傍らで、低い位置に石菖の花が見えるのも、風情があってよい。出『百人一句』。季杜若・石菖(夏)／4サトイモ科の多年草。菖蒲に似るも小型で、黄色の細花が咲く。

44古典的なイメージをもつ夕顔も、その花の形で評価を落としている。他の園芸植物に比べると、可憐とも華麗とも言いがたいのであろう。出『続の原』。季夕顔(夏)／5去来は長崎出身で、万治元年(一六五八)から一貫して京住。江戸への東下はあるにしても、肩書を江戸とするのは不審。6ウリ科の一年草で、夏の夕方に白い花を開く。『源氏物語』の巻名としても知られ、貧賤な家のイメージがある。

45立っている時より倒れて荒涼とした姿の方が恐ろしげな、案山子(かかし)であることよ。出未詳。季かゞし(秋)／7強い戦慄や衝撃を感じさせるありさまについ

46
草庵《さうあん》と捨《すて》しも秋や花の庵《いほ》
江戸　嵐《らん》雪《せつ》

47
ゆがみ木の[9]鏑《かぶら》の裔《すゑ》や老《おい》の春
京　随《ずい》流《りふ》

48
長閑《のどか》さや眠らぬ迄《まで》も目の細き
尾張　横《よこ》船《ふね》

49
春近し寝て見る雪をはしる人
京　只《し》丸《ぐわん》

50
成《なり》ぬらむ鮎《あゆ》の行衛《ゆくゑ》とほとゝぎす
同　琢《たく》石《せき》

ていう。　8案山子。鳥獣の害を防ぐため田畑に立てる人形。本来の発音はカガシ。

46こんな草の庵はいらぬと捨てたのは秋であったなあ、これが今のように爛漫たる花に囲まれた春の庵ならそうはいかない。出『百人一句』。季花(春)

47老いて迎えた新年は、ゆがんだ木による鏑(かぶら)のなれの果てのようなものだ。めでたいながらも年をまた一つ重ね、身体も曲がって虚ろな自分を感じるのであろう。矢を直情の比喩とし、年とともにその衰えを自覚しているのかもしれない。出未詳。季老の春(春)／9鏑矢(かぶらや)をさす字で、ここはその鏑のことらしく、矢の先に付けて音を出す、球形で空洞のある作り物をさす。

48のどかなことだなあ、眠らないまでもまぶたが重く目が細くなってしまう。出未詳。季長閑さ(春)

49自分は寝ながら見ている雪を走って見に行く人がいる、春も間近なのだなあ。久々の降雪に冬の終わりを感じての作。出『小松原』。季春近し(冬)

50そうなってしまうだろう、逃した鮎の行衛はわからないし、時鳥も一声を聞かせ飛び去っていく。一声を耳にしてもっと聞きたいと願うのが、時鳥を詠む際の伝統的なあり方。そこに鮎を並べたのが新しい。出未詳。季鮎・ほとゝぎす(夏)

51 世話[1]もなし朧《おぼろ》[2]〳〵と年のくれ　同　竹《ちく》翁《をう》

52 元朝《ぐわんてう》を伊勢[3]や熊野の冬の人　京　晩《ばん》山《ざん》

53 弁慶《べんけい》[4]は花見る迄《まで》も具足《ぐそく》[5]かな　同　重《ぢゆう》徳《とく》

54 梅が枝に誰《たが》絹《きぬ》[6]張《ばり》し年の暮　讃岐　芳《はう》水《すい》

55 我《わが》軒《のき》に長柄《ながら》[7]の菖蒲《しやうぶ》[8]ふきにけり　桜塚　西《さい》吟《ぎん》

51世間は忙しい年の暮に、自分はぼうっと過ごして手のかからないことだ。出未詳。季年のくれ(冬)／1手数がかからない。2ぼんやりと。

52晴れやかな元日の朝を迎えるため、伊勢や熊野の人々は冬からその準備に忙しい。「元朝」を季語とし、伊勢や熊野で元日を迎えられたのも、冬の間の準備あってのことだ、と解することもできる。出『百人一句』。季冬の人(冬)／3三重県の伊勢神宮と和歌山県の熊野権現三社。

53弁慶は花見の際にまで具足を身に付け畏まっていることだ。出『秋津島』。季花見る(春)／4源義経の家来であった武蔵坊弁慶。勇猛で無骨な者の代表格。5武具・甲冑。「弁慶の七つ道具」は成句としてよく知られ、絵画に描かれた弁慶は、ほぼ例外なく具足姿になっている。

54忙しい年の暮とはいえ、誰が無粋にも梅の枝に絹を張る板をくくったのか。出未詳。季年の暮(冬)／6絹布を洗い張りしたことで、ここはその板ごと梅枝に付けたことをさす。

55命を長らえるという長柄の菖蒲を採ってきて、わが家の軒に葺いたことだ。出未詳。季菖蒲(夏)／7現在の大阪市北区の地名で、歌枕。「長らふ」の意を掛ける。8端午の節句に無病息災を願って菖蒲の葉を軒

56 夏《なつ》冬《ふゆ》と元日《ぐわんじつ》やよき有所《ありどころ》　京　定《てい》武《ぶ》

57 夫《それ》見《み》舞《まへ》[9]高瀬は遅き茶《ちや》摘《つみ》哉《かな》　同　烏《う》玉《ぎよく》

58 冬木《ふゆこ》立《だち》いかめしや山のたゝずまゐ　大坂　才《さい》麿《まろ》

59 蓬莱《[10]ほうらい》や霞《[11]かすみ》をながすしだの島[12]　京　重《ぢゆう》栄《えい》

60 みやえ[13]方《はう》氷《こほり》飛《とび》ぬく鯉《こひ》のい[14]を　大坂　素《そ》竜《りゆう》

先に結ぶこと。

56 春夏秋冬と季節がめぐって迎える元日が、夏や冬でなく春の初めにあるのは実によい位置だ。出未詳。季元日（春）

57 それ見舞って手伝うとしよう、高瀬は茶摘みが遅いことだからなあ。出未詳。季茶摘（春）／[9]茶所として知られる讃岐国高瀬（現在の香川県三豊市高瀬町）か。京・大坂などにもこの地名はある。

58 落葉した冬の木々ばかりとなって、山のたたずまいが何だかいかめしく感じられる。出『寝ざめ廿日』。季冬木立（冬）

59 仙境の蓬莱山に霞が立ち込めるように、蓬莱飾りでは歯朶の島に酒の湯気が漂っている。出未詳。季蓬莱（春）／[10]東海にあるとされる蓬莱山になぞらえた新年の飾り物。台の上に歯朶の葉を敷いて山海の産物を盛る。[11]酒の異称であり、燗酒の湯気をもいう。[12]島台。蓬莱山を模した飾り物。これに蓬莱島（蓬莱山に同じ）の「島」を掛ける。

60 恵方を見るがよい、氷の張った水面から鯉という魚が飛び出ていく。鯉は出世魚とも呼ばれ、立身出世の象徴ともされる。出『百人一句』。季え方（春）／[13]恵方。歳徳神がいるその年の縁起がよい方角。[14]魚。

61 [1]ぬしは誰《たれ》[2]木《き》綿《わた》なだるゝ秋の雨
大津 尚《しやう》白《はく》

62 [3]芦《あし》の屋の灯《あかり》[4]ゆりこむきぬたかな
江戸 立《りふ》志《し》

63 中に此《この》蕗《ふき》の花咲《さく》[5]八《や》重《へ》むぐら
大坂 灯《とう》外《ぐわい》

64 [6]煤掃《すすはき》の寝《ね》起《おき》に拝《をが》む[7]竈《かまど》かな
京 友《いう》扇《せん》

65 [8]能因《のういん》が車おりけむ[9]門の松
美濃 落《らく》梧《ご》

61秋の雨に打たれて割れた綿の実のように、綻びから綿のくずれ出た衣で平然と雨の中にいるあなたは誰なのか。〔出〕『花摘』。〔季〕秋の雨（秋）／1素性法師「山吹の花色衣ぬしや誰とへど答へずくちなしにして」（『古今集』）を踏まえるか。 2綿の実が熟して割れ、中の繊維が外へくずれ出ること。ここでは破れた綿入れの衣装をこれに見立てた。

62芦の屋で砧を打つたびに、灯がゆらゆらと消え入るようだ。〔出〕未詳。〔季〕きぬた（秋）／3葦で屋根を葺いた粗末な小屋。 4揺り込む。炎がゆらめいて消える。

63八重葎の中にこの蕗の花が咲いている。蕗の生命力を詠んだものか。〔出〕未詳。〔季〕蕗の花（春）／5八重葎。うっそうと繁茂している雑草。荒れた屋敷や庭をさすことが多い。

64煤掃をする朝、寝起きにはまず竈を拝むことだ。〔出〕未詳。〔季〕煤掃（冬）／6旧暦十二月十三日ころに行なう大掃除。竈などから出る煤を払って室内を清掃する。7煮炊きをする装置。そこには竈の神がいると考えられていた。

65松を飾った門口の神聖さは、能因が車を降りたとされる伊勢宅にも匹敵する。眼前の景物を故事に結び付けたもの。〔出〕『百人一句』。〔季〕門の松（春）／8『袋草紙』等によると、能因は歌人の伊勢を尊敬し、その旧

66
渋柿《しぶがき》のとりのこされし冬木[10]哉《かな》
伊丹　鷺《さぎ》助《すけ》

67
日は西に我《われ》ふとりけん簟[11]《たかむしろ》
京　幸《かう》佐《さ》

68
四[12]《し》方《はう》拝《はい》内裏[13]《だいり》拝《をが》みにいざゆかむ
同　鞭《べん》石《せき》

69
星仏[14]《ほしぼとけ》売《うる》声さむし尽《つき》にけり
同　都《と》水《すい》

70
てれば桃[15]《もも》ふれば柳《やなぎ》の節《せつ》句《く》かな
京　方《はう》山《ざん》

宅の前で車から降りたとされる。　9歳神を迎えるために正月の門口に立てる松。

66冬木となった柿の木に、渋柿だけが取り残されていることだ。出未詳。季冬木(冬)／10冬になって葉を落とした木。

67日が西に沈もうとしているが、私は簟の上で一日ゆっくり過ごし、肥えたことだろう。出『秋津島』。季簟(夏)／11竹などで編んだ夏用の敷物。

68四方拝が行なわれる内裏を拝みに、さあ出かけよう。出未詳。季四方拝(春)／12元日の早朝、天皇が天地四方を拝して一年の安全を祈る行事。　13宮中。

69星仏を売る声がいかにも寒げに聞こえ、やがてそれも尽きていった。出未詳。季星仏売・さむし(冬)／14九曜星を仏像のように彫刻したもので、その一つが毎年の属星と定められる。新年にはその年の星仏を祀る行事が宮中であり、民間でも歳末に自分の本命星などを記した紙を星仏売りから買い求めた。

70日が照ると輝いて美しい桃の花と、雨が降ったら煙った風情がすばらしい柳と、その二つを飾る上巳の節句であることだ。出未詳。季桃・柳(春)／15雛祭には柳と桃を交えて飾る習慣があった。

71 起初《おきそめ》[1]て今年は和歌[2]のうらを見ん　伏見 問《もん》随《ずい》

72 棹《さを》添《そへ》て置《おか》ぬ船あり杜若《かきつばた》　京 助《じよ》叟《そう》

73 行《ゆく》先《さき》も覚《おぼ》[3]束《つか》なしや蝸牛《かたつぶり》　大坂 盤《ばん》水《すい》

74 梅が香《か》に袖《そで》[4]ぶり直す師走《しはす》かな　備前 定《てい》直《ちよく》

75 山万歳《やまばんぜい》[5]よぶことぶきや御代《みよ》の春　京 貞《てい》兼《けん》

71 今年は起き初めてすぐに和歌の浦を見ることにしよう。歌や句の上達を念じるわけである。出未詳。季起初て(春)／1正月二日(元日もか)の朝に目覚め起きること。2和歌浦。和歌山市南部の海岸。景勝地であり、和歌の神として信仰される玉津島神社がある。

72 杜若に船で近づきたいと思っても、棹を添え置かずに取りはずしてあるのでかなわない。出『都曲』。季杜若(夏)

73 蝸牛の遅々と進むさまは、どこへ行くのかもわからずじれったい。出未詳。季蝸牛(夏)／3対象の様子がはっきりせず、つかみどころのないあり方であることをいう。

74 身なりへの注意も忘れがちな忙しい師走、梅の香に気づいて袖のさまを直したことだ。忙中の余裕が大切なことの気づき。出未詳。季師走(冬)／4袖の具合。あるいは「袖振り直す」であれば、袖を振って身なりを整えたの意になる。

75 この聖代の新春に、山も恒久の平安を願って万歳を唱えている。出未詳。季春(春)／5山の木々が音を立てるのを、山の神の祝意の声と見なしたもの。『漢書』「武帝紀」などに見える祥瑞の故事。

76 寒月の下、葭の囲いの中で居合を教える声がする。出『百人一句』。季寒月(冬)／6寒い夜に光の冴えわ

76 [6]寒月《かんげつ》や[7]居《ゐ》合《あひ》をしへの[8]葭《よし》がこひ　尾張　荷《か》兮《けい》

77 君は千代ぞといふ春におさまりける　京　梅《ばい》盛《せい》

78 [9]物の文《アヤ》今《いま》松《まつ》歯《し》朶《だ》と明《あけ》にけり　同　遊《いう》園《ゑん》

79 [10]躍見《をどりみ》に踏《フム》らん夜《よ》るの[11]花野哉《かな》　同　友《いう》静《せい》

80 水《みづ》鳥《とり》やかたまりかぬる[12]山颪《やまおろし》　大坂　瓠《こ》界《かい》

たる月。7居合い抜き。座った姿勢から瞬時に刀を抜き対象を斬る剣技。8葭(アシともヨシとも発音する)の茎で編んだ簀(す)で囲うこと。

77わが君の御代は永遠に栄えてめでたい、とはよく言うけれど、その通りによく治まった春である。『類船集』に「千代」と「いはふ初春・君をいはふ」が付合語として登載される。出未詳。季春(春)

78年が明けた今、物事の分別も明瞭になり、正月飾りの松や歯朶がはっきり見えている。出未詳。季歯朶・明にけり(春)/9物事の条理や模様・趣。

79踊りを見に行けば、夜の花野を踏むことになるだろうなあ。踊りも見たいけれど、花野を荒らすのは本意でない、という思い。出『都曲』。季躍・花野(秋)/10集団で踊る盆踊りの類。11秋の花々が咲き乱れる野。

80山颪がはげしく吹くので、水鳥が一つにかたまりかねている。出未詳。季水鳥(冬)/12山から吹きおろす風。これだけでは季をもたず、「北颪」とすると冬の季語になる。

81 年の暮《くれ》おなじ歩《あゆみ》や米車《こめぐるま》　京 水《すい》雲《うん》

82 晩《いり》鐘《あひ》の姿を見する柳かな　江戸 調《てう》和《わ》

83 2うらなる物こそ見ゆれ海の底《そこ》　伊勢 1団《だん》友《いう》

84 雪吹《ふぶき》3だつ我《われ》に笠《かさ》なし山ざくら　若狭 去《きよ》留《りう》

85 4みやま路《ぢ》や何《なに》とらまへて5呼子《よぶこ》鳥《どり》　大坂 万《ばん》海《かい》

81人々があわただしく動き回る年の暮も、米を運ぶ車はいつもと同じ進み具合であるなあ。時が移りゆく中でも変わらないもの。〔出〕未詳。〔季〕年の暮(冬)

82晩鐘が鳴るころになると、柳がその姿をはっきりと見せることだ。明るい間はとくに意識することもなかったのであろう。〔出〕未詳。〔季〕柳(春)

83海の底に何かうららかな物が見えている。春の日が海を照らすさまか。〔出〕『眉山』。〔季〕うらら(春)／1↓俳人「涼菟」。2春の日などの明るくのどかなさま。

84吹雪のように激しく散りかかる山桜の花を、笠を持たない私は全身で受けている。〔出〕未詳。〔季〕山ざくら(春)／3そのような様子を帯びる。

85人っ子一人いない深山路で、呼子鳥は何をとらえて呼びかけるのだろうか。〔出〕未詳。〔季〕呼子鳥(夏)／4深山路。深い山の道。5古今伝授の三鳥の一。鳴き声が人を呼ぶようであるとされ、どの鳥かについては郭公(かっこう)ほか諸説がある。

86温鳥(ぬくめどり)の飛ぶ方向やいかにと見れば、朝日を背に飛び去って行く。〔出〕未詳。〔季〕ぬくめ鳥(冬)／6温鳥。寒夜に鷹が脚を暖めるためにつかむ小鳥。鷹は翌朝この鳥を放つと、一日その飛んだ方へは行かないとされる。

87今宵は雨の名月となったから、雨具を持たない月見

86 飛《とぶ》かたや旭《あさひ》をそむくぬ[6]くめ鳥
同　虚《きよ》風《ふう》

87 傘《かさ》かしに出《いで》ばや今《こ》宵《よひ》月の雨
美濃　如《じよ》行《かう》

88 夏《なつ》中《ぢう》の身《み》[7]持《もち》やよろづ御《み》[8]祓《そぎ》川《がは》
大坂　六《りく》翁《をう》

89 歯固《はがため》[9]や伊勢[10]の太夫の鰹《かつを》ぶし
尾張　露《ろ》川《せん》

90 白雨《ゆふだち》[11]の隈《くま》[12]しる蟻《あり》のいそぎかな
京　秋《しう》風《ふう》

の人に傘を貸しに出かけるとしよう。風雅の友を思いやったものか。出『西の雲』。季月の雨(秋)

88 夏の間の悪い所行はすべて、夏越(なごし)の祓(はらえ)をする川に流して清めよう。出未詳。季御祓川(夏)／7品行・行い。ここは悪い素行。8禊川。旧暦六月晦日に夏越の祓をする川。

89 歯固の祝事には伊勢の御師(おし)がくれた鰹節を用いるとしようか。出『百人一句』。季歯固(春)／9正月の三が日に堅い物を食べて長寿を願う行事。10伊勢神宮の下級神職である御師。各地の信者との関係を密にとり、『類船集』に「伊勢の御師の音信は鰹ぶしを送る」とある。

90 夕立が降る雲行きと察知してか、蟻が物陰めざして急いでいることだ。出『前後園』。季白雨(夏)／11夕立。12暗がり。曇り。ここは空に雲が広がり、あたりが暗くなってきたさま。

91 年の暮に聞こえる琴の音は、何か我々をせかしているようにも感じられることよ。優雅な音色も、時節柄、テンポの速い曲では忙しげに感じられるのであろう。出未詳。季年くれて(冬)

92 老いて哀れを誘う鉢叩(はちたたき)よ、妻は付き添って出てはくれないのか。出未詳。季鉢たゝき(冬)／1鉢叩。

同　風《ふう》子《し》

91 年くれてせかする物よ琴《こと》の音

同　淵《えん》瀬《らい》

92 付《つき》そひて妻は出《いで》ぬか鉢《はち》[1]たゝき

越前　洞《とう》哉《さい》

93 虫[2]ひとつある[3]甲斐《かひ》もなき今宵《こよひ》哉《かな》

江戸　素《そ》堂《だう》

94 朏《みかづき》[4]にかならず近き星[5]ひとつ

出羽　清《せい》風《ふう》

95 時鳥《ほととぎす》覓《かけひ》[6]はふ[7]とき寝《ね》覚《ざめ》かな

十一月十三日の空也忌から除夜までの毎夜半、鉄鉢・鉦・瓢箪などをたたきながら念仏をとなえ、洛の内外を勧進して巡った有髪妻帯の僧で、京の空也堂(極楽院光勝寺)に属した。

93 命はかない一匹の虫があるかなきかの消え入るような声で鳴く今宵、生きる甲斐などないと思われることだなあ。出未詳。季虫(秋)／2 和歌や俳諧では一般に秋の鳴く虫をさす。 3 生きていてもしかたがない。和歌で述懐や恋の歌に用いられる表現。

94 三日月には必ず星が一つ近くに付いている。出『百人一句』。季朏(秋)／4『書言字考節用集』等にミカヅキの読み。三日月。5 宵の明星と呼ばれる金星か。

95 時鳥がカケ(覓)と鳴く声は大きく、寝覚めてしまったよ。夜も寝ずに待ちこがれるとする、一般的な時鳥の詠み方からは異色。さらに、「鳴く音は…」などとせず「覓は…」としたため、謎めく句になった。出『百人一句』。季時鳥(夏)／6 地上に懸け渡して水を導く樋。時鳥の鳴き声をテッペンカケタカと聞きなす、その「カケ」からこの語を導いた。 7 音量が豊かな。

96 まだ旅の途中で迎えた衣替えなので、帯までは用意がなく古いままだ。出『其袋』。季衣更(夏)／8 四月一日に綿入れから袷に着替えること。

97 御忌よりも涅槃会の方が暖かくなったせいか、榁売

96
帯《おび》古《ふる》しいまだ旅なる衣更《コロモガヘ》[8]
伊勢　一《いち》有《いう》

97
御忌《ぎよき》[9]よりも多し涅《ね》[10]槃《はん》の樒売《しきみうり》[11]
京　春《はる》澄《ずみ》

98
梅[12]一《ひと》重《へ》達《だる》[13]磨《ま》に恥《はぢ》ぬ匂《にほ》ひ哉《かな》
江戸　湖《こ》春《しゅん》

99
次《つぎ》の夜は唯《ただ》ひとりゆくすゞみ[14]哉《かな》
あふみ　江《かう》水《すい》

100
先《まづ》たのむ椎《しひ》の木もあり夏木立《なつこだち》
芭《ば》蕉《せう》

りが多く出ている。出『前後園』。季御忌・涅槃(春)／9正月十九日から二十五日まで、法然上人の忌日にちなんで行なう浄土宗の法会。京の知恩院のものが著名。　10釈迦入滅の二月十五日に各寺院で行なわれる涅槃会。　11モクレン(あるいはシキミ)科の常緑小高木で、仏前に供える。

98面壁九年で歩けなくなってもその徳が人々を惹き付けた達磨大師に劣らず、居ながらにして人々を招き寄せる一重梅の匂いであることだ。出未詳。季梅(春)／12花びらが重ならない単弁の梅。盤珪禅師が梅の香で忽然と大悟を得て、達磨の骨髄を会得したとされるなど、「梅香」は禅話にしばしば取り上げられる。　13中国禅宗の祖とされる僧。壁に向かい九年の座禅をして手足を失ったという伝説が著名。

99前夜は集団で出かけ、次の今夜はただ一人で涼みに行くことだ。出未詳。季すゞみ(夏)／14涼み。納涼。

100夏木立に囲まれた庵の傍らで、椎の木が何よりも頼もしく感じられる。『猿蓑』所収の俳文「幻住庵記」の末尾に置かれた句。『源氏物語』「椎本」の「立ち寄らむ陰とたのみし椎が本むなしき床となりにけるかな」を踏まえ、変転する人生の中で一時の安寧を得た感慨を示す。出『卯辰集』『猿蓑』。季夏木立(夏)

誹諧作者目録　次第不同

京

貞恕　林鴻　千之　千春　周也　涼風　如雲　正由　松春　未達　兼豊
尹具　柳水　浮草　信房　鉄硯　令富　真嶺　示右　蟻想　通容　丁常
朋水　竹亭　由卜　烏水　如帆　為文　正業　貞道　芝蘭　原水　天竜
水仙　鶩風　柳燕　薄椿　嘯琴　残石　命政　流滴　蠡海　児水　一至
立吟　吟睡　芝峰　空礫　仙渓　元清　貞隆　如翠　随友　貞真　荷翠
軒柳　底元　二休　其諺　流水　柳子　私言

江戸

三翁　鋤立　八橋　仙化　百里　風瀑　文鱗　李下　山川　枳風　舟竹
虚洞　渓石　沾蓬　氷花　楊水　粛山　桐雨　銀鉤　亀翁　破笠　コ斎
嵐雪妻　杉風　彫棠　柴雫　かしく　松濤　勇招　岩翁　蚊足　全峰
琴蔵

大坂

一時軒　昨非　文丸　川柳　春堂　之道　椿子　定明　釣水　遠舟

豊流　一礼　文十　堺元順

伏見

扇計　秋澄　民也　可笑　露吹

伊丹

貞喜　蟻道　三紀　青人　人角　鉄面　月扇　鉄卵　笠置百丸

近江

膳所淡水―蘭妃―曲水―正秀―野径　大津千那―乙州

―李由　竹生島常之　長沢利国　彦根如桃―笑山―不障―袁弓

―三珍　日野白賁―彩霞　八幡資清―貞治　多和田東柳　長浜笑奥

―松路　柏原林卜―可卜―宜仲　柏原如誰―桜三―暮山

水口寸庵　愚酔

尾　張

名古屋東鷲　野水　亀洞　冬松　傘下　鼠弾　胡及

美　濃

岐阜湖翁－草々－李雨　府中一歩　樽井木雁　大垣小蝶－芦本
－斑牛－耕雪　木麟　牧田葉船－春船　タラ如枯　室原仙木

伊　勢

桑名司桂－一伴－風子－可則　山田近正　白子義重　富田好永

若　狭

小浜参俊－可心－味両－一焉－初及

〔諸　国〕

岡山茂門－雲鹿－兀峰　八浜覗雲　備中西阿知重賢－倉シキ芦竿

安芸広島一之 ― イツク島仲品　讃岐丸亀鉄丸 ― 幽吟　肥前平戸寛茂
― 長崎つま丸　丹後宮津正信 ― 切畑近水　但馬生野如風 ― 竹田楽酔
伊賀住幸吟 ― 重葉　志摩戸羽蝙蛔 ― 雪堂　伊与松浦随友 ― 古川県草
播磨姫路弥生 ― 風芦　大和郡山一露 ― 兵庫正広　美作津山茨木軒
― 笑草　加賀一水 ― 北枝　越後新潟一酔 ― 柏崎郁翁　越前ツルガ嘯雲
― 府中一顕 ― 卜琴　常陸養仙　出羽風仙 ― 松山浮水 ― 山形思晴
紀伊若山順水　丹波綾部随思　亀山長以　佐治定昌　阿波律友
三河岡崎霰艇　茢谷如嬰　周防岩国常之　備後鞆鉄声 ― 福山一友
― 三原草也　信濃松本一歩　佐渡相川順水 ― 常之　肥後熊本水翁
ヒゴ熊本水狐　河内八尾風喬　甲府一昳　能登七尾勤文　越中独幽
― 富山柑雪　和泉住三水　豊前西小倉松踞　豊後西国　陸奥三千風

〔注〕以下の四名は、矢印の後の号で俳人索引を検索されたい。
舟竹→周竹　沾蓬→沾圃　一時軒→惟中　之道→諷竹

此外《このほか》[1]しらぬひのつくし人、雪にふられ、ほとゝぎすにまよひ、桜[2]を好む八重《やへ》ひとへ、毎々九重《まいまいここのへ》[3]の都[4]まいり迄《まで》、徳[5]をかくし名をつゝむ好士《かうし》[6]、いか程《ほど》かあらむ。猶《なほ》期後集之時候《こうしうのときをごしさふらふ》[7]。恐惶謹言《きようくわうきんげん》[8]

流木堂江水[9]

寺町通二条上ル町
井筒屋庄兵衛板[10]

〔大意〕
このほかにも私が知らないだけで、雪の中に身を置き、時鳥にこがれ、桜を好んで、たびたび都に通うほどでありながら、名を売ろうなどとは考えない俳諧愛好者が、数多くいることであろう。なお続編を期するものである。

1「筑紫」に掛かる枕詞。「筑紫」は九州地方の古称。ここは「知らぬ」の意を言い掛け、句を挙げた百人や「目録」に掲げた人々のほかに、私の知らない俳人が地方には多数いるはずだと述べている。

2「桜を好む」は「雪にふられ」「ほとゝぎすにまよひ」とともに、風雅を愛して俳諧に熱中することをさす。その一方で、文飾として「桜」から「八重ひとへ(八重桜と一重桜)」の語を引き出し、「九重」につなげている。

3「都」に掛かる詞で、「九重」は宮中の意。
4 地方から都を訪ねること。京都は貞門以来の俳諧の中心地で、地方の俳人が都の宗匠と交流をしに来ることが多くあった。
5 能力を隠し、売名的なことをしない。
6 風雅の道を好む人。ここは俳人。クシとも。
7『百人一句』の続篇。「猶期後集之時候」は手紙に多用される「猶期後便候」のもじり。
8 書状の末尾に記す語。畏まり謹んで申し上げるの意。
9 江水の堂号。
10 出版書肆。京の人。宝永六年(一七〇九)か七年没、八十九ないし九十歳。筒井氏。重勝。俳諧は松永貞徳門。俳諧三物所として歳旦三物を刊行。元禄期に蕉門をはじめ多くの俳書を出版し、俳諧書肆として名をなした。

解　説

佐藤勝明

『花見車』について

まず、底本の書誌的な事項から記すと、半紙《はんし》本《ぼん》四冊で、全七十八丁。各題簽《だいせん》(外《げ》題《だい》)は「花見車　花」「花見車　鳥」「はな見車　風」「花見車　月」、柱刻は「花見車一　一(〜十九)」「花見車二　一(〜廿五終)」「花見車三　一(〜十七終)」「花見車四　一(〜十七終)」。

序文はなく、執筆のいきさつを示した巻一がその役を兼ねている。『花見車』巻四末の「誹諧請状之事」は跋文の役割も果たし、「元禄十五年三月日／寺町二条上ル町／いづゝや庄兵衛」の記述が刊記の代用をなすので、元禄十五年(一七〇二)の刊行と考えられる。巻一の終わり近くには「花の春は清水《きよみづ》の花見車をたてならべて」とあり、花(遊女の比喩)を訪ねる人々を念頭に置いた書名と知られる。著者に関する記述はなく、著者名の明示を憚ったものと見られる。ただし、時をおかず、団水《だんすい》が本書を論難する『鳴弦之書《めいげんのしょ》』(元禄十五年九月成)を刊行して、轍士《てつし》の作であることを明かしている。

底本のほかにも伝本はいくつかあり、四年後の宝永三年(一七〇六)には『誹諧諸国咄《はいかいしょこくばなし》』という改題本も出されるなど、一定の需要はあったようである。日本俳書大系『俳諧系譜逸話集』(春秋社、昭和二年刊)など、すでにいくつかの翻刻もある。

この『花見車』は、京・大坂(大阪)・江戸および諸国の俳諧点者二百十五名を遊女に見立てて論評したという点で、数ある俳書の中でも格段のユニークさを誇っている。ただし、その分野で活躍する人々の評判を記すという発想自体は、遊女評判記・役者評判記などの流行を襲うもので、江戸時代が評判の時代であることを背景に成った一点とも言える。

遊女評判記とは、各遊廓の遊女について容姿・技芸・性格などを記し、遊興案内の役を務めたもので、寛永元年(一六二四)頃成立の『露殿物語《つゆどのものがたり》』などに古形が見られ、宝暦年間(一七五一〜六四)までに二百点ほどが刊行されて、浮世草子の成立にも大きな影響を及ぼした。この影響下に生まれた役者評判記は、歌舞伎役者の容貌・芸事などを記したもので、万治・寛文年間(一六五八〜七三)に現れ、元禄十二年(一六九九)の『役者口三味線《やくしゃくちじゃみせん》』で定型が確立されて以来、明治二十年代まで刊行が続けられた。

同時に、これらを模した各種の名物評判記類が江戸時代を通して出版され、学者・評判娘・有名人や戯作類から食物や社寺の開帳に至るまで、ほとんどあらゆる分野がその対象となっていた。言うならば、現代の情報誌の先駆けをなすものと位置づけることもでき、江戸時代の諸事を知る情報源として、その資料的な価値には多大なものがある。この『花見車』も、遊女評判記に倣い、遊里の用語を活用して諸俳人を論じた俳人評判記にほかならず、俳諧という新興文芸の隆盛と評判記の普及という二つの交点に成立した、その意味できわめて近世的な出版物ということになる。

巻一は、上京した著者が稲荷神から得たお告げを旅宿で書き留めたという体裁をとるもので、そもそも、俳諧のすばらしさを信じるこの著者は、各宗匠の実力が地方にまでは正しく伝わっていないことを苦々しく思っていたのだという。そして、それを察した神が、以前と現在の違いを中心に俳諧の歴史を説き、方便として俳人を遊女になぞらえる意義を強調して、出版を勧めたのだとする。

言うまでもなく、それは著者轍士が採用した枠組みに過ぎないのだけれど、巻二以下の各評判もその神が語ったという体裁なのか、それは神の意を受けて著者が長年の見聞から書いたことにしているのかは、曖昧な書き方になっていて見極められない（文脈上は後者とするのが妥当であろう）。神勅という設定をとったこと自体、一種の朧化と見なせるもので、わざとそこは明確にしなかったのかもしれない。それはさておき、ここで神が語った（ということにしている)俳諧の歴史や当時の状況は、おおむね首肯できるものと言ってよく、轍士の認識に一定の公正さが備わっていたことを知りうる。

もちろん、誇張と見られる記述はあるにせよ、当代の宗匠たちが権威や品位を失い、俳諧の会席《かいせき》のあり方も、新春の祝意を表わす歳旦帖《さいたんちょう》(一門による年初や歳末の三物《みつもの》・発句などを集めた摺物《すりもの》)の様相も、地方行脚の際に受ける扱いも、総じて荒れたものになっているという指摘は、実態をよく反映しているに違いない。行事の多い京では俳諧一筋に励む人が少ないこと、最近の江戸では「唐人の寝言」のような難解句がめだつこと、大坂では連衆が次々に点者《てんじゃ》となってしまっていることなどの指摘も、同じく事実に基づくのであろう。

そうした中でも、宗因風《そういんふう》(大胆で奇抜な作風を誇る、いわゆる談林俳諧。宗因流とも)の流行とその後の無法な状態の中から、桃青《とうせい》(芭蕉)が新たな俳風を携えて現れたという記述は、ことに貴重な証言と言わねばならない。「意味深長なる事」を詠んで俳諧を「うるはしくした」というのは、平明でありながら含意と余情に富み、読む者の共感を呼び覚ましてやまないという、蕉風俳諧の本質的な部分をうまく言い当てているし、「前句にあらはになじむ事をさけて、一句の曲あるやうに成たる」というのも、芭蕉流の付合《つけあい》(前句に付句を詠み合わせること。また、そうしてできた二句のこと)が疎句《そく》(二句の関係を言語上は明示しない付句のあり方)であると同時に、一句の表現をどこまでも大事にするものであったことを、端的に指摘したことになる。

しかも、それらが今では「誰《た》が家の風俗」でもないというのであるから、この言をそのまま受け取れば、芭蕉が開発した作句《さっく》や付合の新風は数年後に俳壇を覆うようになっていたことになる。果たしてその実態はどうなのか。元禄期の俳壇は、本当に蕉風化していたと言えるのか。おそらく、元禄俳諧をめぐる最大の問題がここにある。というのも、轍士自身、右のような付け方を「六《むつ》かしき風体《ふうてい》」と述べるように、それが誰でも簡単にマスタ—できるものではなく、蕉門内でも芭蕉の真意が容易には伝わらなかったからである。

巻二～四は、当時の代表的な俳人に関する評判であり、巻二では京と大坂の点者、巻三では江戸と諸国の点者、巻四では点者以外の俳人を扱っている。

そもそも、点者とは、連歌や俳諧で作品の優劣を判定し、評点を付けることを業とする人をいい、これが職業として成り立っていたことから、江戸時代の俳諧のいかに普及・浸透していたかが察知される。点者の業務には、会席に出て一座を捌く場合と、届けられた作品(多くは百韻《ひゃくいん》・歌仙《かせん》などの連句)に加点をする場合とがあり、さらには、前句付《まえくづけ》(前句題を出して広く付句を募集し、優秀作に賞品を出す興行。発句を募ることもあった)や雑俳《ざっぱい》(前句付に端を発して開発され広範囲に普及した、柳風狂句《りゅうふうきょうく》・笠付《かさづけ》・折句《おりく》など雑体な俳諧の総称)で募集に応じて寄せられる大量の句から優秀作を選ぶことも、点業《てんぎょう》の一つとなっていく。

いずれも、顧客や依頼・投句の数がそのまま点者の収入を左右するのであるから、巻一で描かれたように、点者が客におもねるような態度をとることも、当然と言えば当然なのであった。なお、点者と類似した呼称に宗匠《そうしょう》があり、これは会席で一座を指導する師匠のことで、その会も師弟関係に基づいて行なわれるのが本来であった。しかし、俳諧人口の増加とともに、師弟関係にとらわれず、安直に俳諧を楽しみたい人々が現れると、宗匠も従来の形にこだわっていられなくなる。その結果、宗匠と点者がほぼ同意で使われるようになり、おそらく『花見車』でも明確な使い分けはされていない。

宗匠であれ点者であれ、俳諧が経済生活に密着したものになれば、純粋な文芸意識ばかりを優先してはいられず、幇間《ほうかん》的な側面も必要であると同時に、他の宗匠・点者との差異化が常に意識されるようになる。俳壇にしばしば見られた論戦には、この要素が少なからずあったに相違なく、彼らが歳旦帖や撰集の刊行に熱心なことも、この問題と切り離しては十分な理解が得られない。『花見車』のような俳書が企図されたこと自体、右のような俳壇の空気と無関係であるはずがなく、点者評判記を出せば一定の購買が見込めるという判断が、轍士にはあったのであろう。

それでも、悪意の元に執筆した形跡はなく、賛辞・批判を含め、事実に即して各俳人を位置づけようとの意識が察知される。何よりも、その筆致により、句によって知られるのみであった人々が、血肉を備えた生身の人間として浮かび上がってくるところに、大きな意義がある。また、ここでの記述から初めて知られることも多く、同書の存在価値はその点にも認められなければならない。

たとえば、巻四で最後に名の上がる伊勢松坂の狸々《りり》は、現存する俳書の中にはまったく見られない名（名古屋に狸理《りり》はいるが）で、同書がなければ忘れ去られた人物と言える。また、やはり巻四の「京」に見られる丹野《たんや》は、近江大津住の能役者で芭蕉とも関係のあったことは知られるものの、世間から期待されるほど俳諧の技量も高かったということは、同書ならではの情報と言ってよい。こうした人々を含めて元禄俳壇があったということを、この『花見車』はたしかに伝えてくれるのである。

なお、各記述を読むに当たっては、それが表面上は遊女評判の体裁を採るゆえ、俳人評判と読み換えて理解する必要があり、一抹の煩わしさが伴うのも事実ながら、むしろそこに本書を読む楽しさがあるとも言える。

最後に著者の轍士（室賀氏で、別号は東鮒巷・仏狸斎など）について触れると、大坂で俳諧を始め、元禄六年（一六九三）に京に移住し、宝永四年（一七〇七）に死去（生年は不明）。芭蕉に倣って各地を行脚し、幅広い交流の成果を『わだち』（現存未詳、元禄五年の『白眼』に「わだち第二」とある）以下の撰集として出版した。三千風《みちかぜ》編『日本行脚文集《にほんあんぎゃぶんしゅう》』（元禄三年）に三千風・来山《らいざん》・西鶴《さいかく》らとの連句が入集するのが、知られる最初の俳事。以後の入集書は広汎にわたり、西鶴や団水との親交も報告されている。宗因風の流行とその後の混乱の中から蕉風を含めた元禄俳諧が生まれる、その俳諧の一大動乱期とも言うべき延宝・天和期(一六七三〜八四)を経験しないまま、元禄期の俳壇に登場した一人と位置づけられる。

『元禄百人一句』について

こちらも底本の書誌的な事項から記すと、半紙本一冊で、全二十二丁。題簽は欠落しているために不明、柱刻は「百人　一(〜廿二)」とある。木因《もくいん》の序文には「ことし元禄かの未《ひつじ》春三月」とあり、「白桜下木因子」の署名がある。跋文は「流木堂江水」の署名で編者自身が記し、刊記は「寺町通二条上ル町／井筒屋庄兵衛板」。序文と合わせ、元禄四年(一六九一)の刊行であったことは間違いなく、それは阿誰軒《あすいけん》『誹諧書籍目録《はいかいしょじゃくもくろく》』(元禄五年)の記載からも確認される。

伝本はほかにいくつかあるも、やはり題簽は不明で、序文の冒頭に「百人一句」と書かれ、書籍目録類にも「百人一句」とあることから、これが正式な書名と判断される。日本俳書大系『蕉門俳諧前集』(春秋社、大正十五年刊)にも翻刻があり、これを編集した勝峰晋《かつみねしん》風《ぷう》が同名書との混同を避けるために「元禄」を冠して以来、「元禄百人一句」の名で通行しているため、本書でもこれに従った。なお、跋文には「期後集之時《こうしゅうのときをごし》」の文言が見られるものの、後集が刊行された形跡は認められない。

この俳書は、当代の俳人から百人を選び、その発句を一つずつ紹介するというもので、半丁(現在の一ページ)ごとに三句(巻軸の芭蕉のみは一句)を掲載する。言うまでもなく、この「百人一句」という形態は、和歌の「百人一首」に倣うもので、源流は藤原定家撰の『百人一首』にある。江戸時代、『百人一首』は最も基本的な教養書として流布し、注釈書も含め、絵入りなど多様な形で出版が続けられたほか、その形態や方法を踏襲し、足利義尚《あしかがよしひさ》による室町時代の『新百人一首《しんひゃくにんいっしゅ》』などを嚆矢《こうし》とする、「○○百人一首」といった類書も陸続と制作されていた。こうした「百人一首」ブームに便乗し、新興文芸である俳諧の存在をアピールしようとしたところに、「百人一句」の発想が生まれたわけであろう。

その第一弾が、万治三年(一六六〇)の重以《じゅうい》編『百人一句』という絵俳書で、貞門の主要俳人を揃え、半丁に各一句とその句意にかなう絵を配している。また、延宝二年(一六七四)の清勝《せいしょう》編『百人一句』には「本歌取/絵入」の角書があり、大坂の宗因門下を中心に、『百人一首』の本歌取りによる各一句を絵入りで半丁ごとに収めている。重以には続編として寛文十一年(一六七一)の『新百人一句』もあり、天和二年(一六八二)の春林《しゅんりん》編『俳諧《はいかい》

と見られる（元禄以後も後続の書が複数ある）。

元禄の世になると、俳書の刊行点数が飛躍的に増加する。私に計算したところ、貞享期（一六八四〜八八）は年間十数点といった程度であったのが、元禄三年（一六九〇）には四十点ほど、同四年には六十点ほどになるのであって、俳諧がこうしてたしかに隆盛期を迎える中で、この時代に見合った「百人一句」を作ろうという発想が生まれるのも、しごく当然のことと言ってよいだろう。

この『元禄百人一句』に選ばれた百人の内訳は、京が四十八名（肩書を欠く常春《じょうしゅん》と肩書に江戸とある去来《きょらい》も加える）、大坂が十一名、江戸が十四名（肩書のない芭蕉も加える）、尾張と伊勢が各四名、美濃・伊丹・近江（膳所・大津を含む）が各三名、備前が二名、出羽・越前・加賀・若狭・伏見・桜塚・出雲・讃岐が各一名。去来の肩書が京でなく江戸となっているのは不審ながら、これは単純な誤記と見てよいだろう。

京の俳人が半数に近く、地方俳人が少ないなど、ある種の偏りは見られるにしても、この段階で存命の有力俳人はおおよそ網羅されている。なお、付載された「誹諧作者目録」には二百五十名の名が記され、ここには三都以外の俳人名も多く、編者江水《こうすい》は俳書などを丹念にチェックしていたであろうことが推察される。芭蕉門の俳人は百人中の二割ほどであり、少なくとも数の面で言えば、元禄期の俳壇に占める蕉門俳人の割合はこの程度であったと見て誤らない。

百人の最初に配される季吟《きぎん》は、貞門《ていもん》七俳仙（貞徳門で重要な七俳人）の一人で、数多の古典注釈によっても名高く、元禄二年（一六八九）には幕府歌学方（将軍らに和歌を教授する役目）となって京から江戸に出ていた。すでに俳諧活動から離れていたとはいえ、俳諧史を代表する大御所的な人物として、巻頭を飾るに最適の人選であることは疑いえない。

対する巻軸が季吟を師と呼ぶ芭蕉である点も興味深く、『花見車』巻一での記述と合わせ、元禄俳壇における芭蕉の評価・声望を知る上でも貴重な一事と言える。その句、

先《まづ》たのむ椎《しひ》の木もあり夏木立《なつこだち》

は俳文「幻住庵記《げんじゅうあんのき》」（『猿蓑《さるみの》』所収）の末尾に置かれた句で、『猿蓑』の刊行は元禄四年（一六九一）七月。やはり同句を収める北枝《ほくし》編『卯辰集《うたつしゅう》』の刊行は同年五月。序文によれば、『元禄百人一句』の成立は同年三月であるから、江水がどういう経路でこの句を知ったのかが問題になる。「幻住庵記」は、元禄三年四月六日から七月二十三日までの庵住生活に基づき、何度も推敲されて八月に定稿の成ったことが知られている。推察するに、去来らを源として、この句はしばしば話題になることがあり、広く当代の句を求める江水の元にその

情報が届いたということかもしれない。

そもそも、江水が百人の各一句を選ぶに際しては、撰集一般がそうであるように、他の俳書から選んで転載する、本人に依頼して句を寄せてもらう、人づてに聞いた句を載せる、といった数パターンがあったと考えられる。現段階でどの句がどうと断定はできないものの、必ずしも各俳人の代表句が選ばれているわけではなく、いくつか特定の俳書を出典にする句がまま見られることからも、句の選定が厳正かつ確固たる基準のもとになされたわけではなさそうである。それでも、ここで元禄の「百人一句」が誕生したことの意義は、決して小さくない。後世の読者にとっては、季吟から芭蕉に至る百人百様の句を味わいつつ、元禄俳諧の広大な世界に思いを馳せることができるからであり、好みに合う作者を探し、興味深い撰集と向かい合う、その端緒が得られるからである。

最後に編者の江水(本名は未詳で、別号は流木堂・華山叟)について触れると、近江国柏原の人で、生没年は未詳。信徳《しんとく》門とされている。言水《ごんすい》編『都曲《みやこぶり》』や団水編『秋津《あきつ》島《しま》』など元禄三年(一六九〇)の撰集に初めて名を見せ、翌四年には早くも歳旦帖を編み、同年に『柏原《かしわばら》集《しゅう》』も出している。種々の撰集に句を採られる一方、雑俳点者としての活動が目立つようにもなり、轍士と同様、やはり延宝・天和期を経験せず元禄俳壇に登場した一人と位置づけることができる。

元禄俳諧について

近世前期(十七世紀)の俳諧史を把握するのに、〈貞門時代→談林時代→蕉風時代〉という見方は不正確で、〈貞門時代→談林流行の時代→蕉風を含む元禄俳諧の時代〉とするのが実状に合っていること、また、「元禄俳諧」という術語が元禄期前後の俳諧を広くとらえるために有効であることなど、少なくとも学界では定着して久しい。貞享元年(一六八四)から宝永四年(一七〇七)までの伝存する全俳書を対象に、入集者と入集句数を一覧できるようにした雲英末雄監修『元禄時代俳人大観』(八木書店、平成二十三・二十四年刊)も備わって、この時期の俳諧を研究する基礎はたしかに固まっている。それでも、元禄俳諧の研究が格段に進んだとは言いがたい。それは、ほとんどの俳書が未翻刻で、注釈に至ってはごくわずかなものに限られるからである。そうした現状ゆえ、元禄俳諧について確たることは言いがたいのだけれど、以下、いくつかの論点を用意して私見を示すこととする。

初期俳諧と蕉風俳諧

貞門・談林の初期俳諧は、言語遊戯を旨とする〈詞《ことば》の俳諧〉と言ってよく、笑い(「俳諧」

は「俳諧連歌」の略で、俳諧という語は本来的に滑稽の意をもつ)を生むための発想や手法を分析すると、掛詞《かけことば》・見立《みたて》・頓知《とんち》(もじり・茶化《ちゃか》しなどを含む)にほぼ大別される。

近世で最初に出版された俳諧撰集、貞門の重頼《しげより》編『犬子集《えのこしゅう》』(寛永十年(一六三三))から例示すれば、

春《はる》立《たつ》やにほんめでたき門《かど》の松　徳元《とくげん》

は掛詞(二本と日本)の作。また、

むかひ見る餅は白みのかゞみ哉　親重《ちかしげ》

は見立(鏡餅→白銅製の鏡)の作である。さらに、

霞さへまだらにたつやとらの年　貞徳

は掛詞(虎と寅)や見立(霞がまだらに立つ様子→虎の模様)を含みつつ頓知的発想(寅年だから山の霞も虎のようにまだらだ)を利かせた作と言える。初期俳諧が〈詞の俳諧〉であるのは、付合にも言えることで、やはり『犬子集』に収められる(作者名の記載はない)、

いはひのうちにうき事もあり

正月の来るより老《おい》のかさなりて

で見ると、「いはひ(祝ひ)」に「正月」、「うき(憂き)」に「老」を対応させ、めでたい中にもつらいことがあるという前句の謎に、また一つ歳を重ねる正月がそうだと応じている。前句の問いに付句が答えたのだから、二句のつながりは緊密で一目瞭然。こうした関連性の明瞭な二句の関係は「親句《しんく》」と呼ばれている。そして、「祝ひ―正月」「憂き―老」という詞の対応がこれを支えており、こうした付け方を詞付《ことばづけ》(物付《ものづけ》)という。

談林も、基本的に〈詞の俳諧〉であることは貞門と変わらず、一句の仕立てでは掛詞・見立・頓知、付合では詞付が重用されている。たとえば、宗因の発句、

ながむとて花にもいたし頸《くび》の骨　(『牛飼』)

は西行《さいぎょう》の次の和歌、

眺むとて花にもいたく慣れぬれば散る別れこそ悲しかりけれ　(『新古今集』)

をもじったもので、とてもの意の「いたし」を「痛し」に取りなし、花を愛して落花を惜しむという和歌の本意とは別に、花もいいけど長く見ていると首が痛くなると洒落のめす。また、西鶴独吟の『大句数《おおくかず》』(延宝五年〈一六七七〉)から、

釈迦既《すで》に人にすぐれて肥《こえ》られて
嵯峨の駕籠《かご》かきましやとるらん

を付合の例に挙げれば、「釈迦」と「嵯峨」が付合語《つけあいご》(二句を緊密に結び付ける関連の深い語と語)で、これは京都郊外の嵯峨に釈迦堂の別名をもつ清涼寺があることにちなむ。さらに、「肥られて」に「ましやとる」と応じた結果、釈迦が人並みはずれた太り方であるため、嵯峨で駕籠に乗ったら増し料金を取られた、ということになり、これは荒唐無稽な絵空事にほかならない。貞門ではこうした非道理の句を禁忌としたのに対し、談林はその非道理にこそ俳諧の俳諧たる所以《ゆえん》があると考えたのであった。結局、基本的な手法は貞門と同じまま、突飛な発想を強力に推し進めたところに、談林の行き方があったことになる。

西鶴と同様、貞門に発して宗因流の談林に傾倒した人は多く、その人たちがやがて元禄俳諧を担うようになる。京では信徳・春澄《はるずみ》・似船《じせん》らがそれに当たり、江戸の桃青(芭蕉)も

またその一人であった。談林推進派であったその芭蕉は、延宝八年（一六八〇）の深川移居を機に、従来の俳諧を大きく変えていく。

伊賀蕉門の土芳《どほう》は俳論書『三冊子《さんぞうし》』で、芭蕉が俳諧を一変させたことを指摘するに際し、「師の俳諧は、名むかしの名にして、むかしの俳諧に非《あら》ず。誠《まこと》の俳諧也」と述べている。つまり、芭蕉師の俳諧も俳諧の名で呼ばれはするけれど、かつての俳諧（貞門・談林の〈詞の俳諧〉）とは別種の〈誠の俳諧〉だというのであり、貞門・談林と蕉風の違いをこれほど端的に明示した指摘も珍しい。〈誠の俳諧〉とは、誠実に対象と向き合い、その作品によって物事の本質的な部分にまで迫ろうとする、そのような俳諧と解すればよいであろう。

たしかに、芭蕉の代表句からいくつか、たとえば、

古池や蛙《かはづ》飛《とび》こむ水のおと　（『蛙合《かわずあわせ》』）

荒海や佐渡によこたふ天河《あまのがは》　（『奥《おく》の細道《ほそみち》』）

などを思い浮かべただけで、それが掛詞・見立・頓知による笑いの追究とは別種であることが了解されよう。付合にしても、

ゆふめしにかますご喰へば風薫《かぜかをる》　凡兆《ぼんちょう》

蛭《ひる》の口処《くひど》をかきて気味よき　芭蕉（『猿蓑《さるみの》』「灰汁桶《あくをけ》の」歌仙）

などを見れば、日常生活の断面をとらえていきいきとした場面を構築していることが知られる。これは、凡兆が「かますご」（イカナゴ）をおかずとする質素な食事風景を描いたのを受け、芭蕉はそれを農民と見て食後のくつろぐ姿を想像し、田仕事で「蛭」に食われた箇所を掻いて心地よいとしたもの。かますごや蛭といった卑近な素材を使って低俗に流れず、むしろ庶民詩とも言うべき言語空間を作っている。しかも、蛭は人を食い、その人は小魚を食うという、ややシニカルな笑いの要素まであって、やはりこれは俳諧なのだと合点もいく。単純な詞の付けはなく、二句は別のことがらを述べつつ、合わせて一つの光景を浮かび上がらせると同時に、一日の労働を終えた農家の安逸の気分までを伝えている。〈誠の俳諧〉とはよく言ったものと納得されるところであろう。

こうした俳諧の大変革は、決して偶然に成ったものではない。それは天和期の芭蕉が意識的に模索を重ねた結果なのであり、そのころの芭蕉には目ざす俳諧のあり方が明らかになりつつあった（拙著『芭蕉と京都俳壇』（八木書店、平成十八年刊）参照）。具体的には、「親句」

と「細工《さいく》」(言語遊戯のための言語遊戯)を排除し、「疎句」と「深切《しんせつ》」(深い思い入れをもって対象に接し、その細部を豊かな想像力で描こうとすること)を希求していたのであり、芭蕉はそのことを九月に天和と改元される延宝九年(一六八一)五月の麋塒《びじ》宛書簡などで明示している。

この書簡は、三、四年前の俳諧(芭蕉自身も関与していた談林俳諧)を古風と断じ、世間の俳諧はみなその当時のままだと喝破した点で意味深く、その中で「前句に全体はまる事」や「一句細工に仕立《したて》候《さふらふ》事」は古風なので無用だと言っていることが注目される。前者は詞付による「親句」の否定で、後者は作為的なこしらえごとである「細工」の否定。この時期の句や付合を見ると、理念に実作が追いついていない面はあるものの、理想の実現に向け実践を重ねているのもたしかで、それが貞享・元禄期(一六八四〜一七〇四)のいわゆる「蕉風俳諧」へ昇華していくのだと理解できる。

芭蕉流と他門の違い

元禄期の俳論書を見ると、当時の俳壇では「心付《こころづけ》」(句意による付け)と「景気」(情景句)が主流になっているとあり、それ自体は芭蕉がめざす方向と大きく異ならない。言うならば、俳壇全体が初期俳諧の古風から抜け出ていたわけであり、それは他俳人たちが芭蕉に倣った結果なのか、偶然の一致なのかが問われなければならないことになる。

そもそも、元禄期の俳壇を支える人々の中には、貞門や談林を経験してきた者とそれがない者とがおり、後者には江水や轍士も含まれる。前者の代表格には信徳・春澄・言水・才麿《さいまろ》らがおり、彼らはすべて、延宝・天和期(一六七三〜八四)までは芭蕉と交流をもちながら、その後はほぼ没交渉に終わる人々である。延宝九年の段階で、芭蕉のほか、俳諧変革の意志と具体的な方法をもつ者は皆無であったことからして、彼らと芭蕉が手を取り合ってこの動乱期を乗り越え、元禄俳諧の基盤を作ったと考えることはできない。

おそらく、彼らにあったのは何かが変わりつつあるという感触だけで、その本質的な意味はわからないまま、何となくその風潮に乗じたというのが、実状なのであろう。『花見車』巻一に「武州深川松尾桃青出《いで》て、意味深長なる事をのべてうるはしくなしたるより、国〳〵おもひつきて、四、五年跡までは用ひたる也」とあるのは、まさにこの点に関する遅れてやって来た者(轍士)の理解ということになる。

これに続けて、轍士が「今は誰《た》が家の風俗ともなく、前句にあらはになじむ事をさけて、一句の曲あるやうに成《なり》たるは、六《むつ》かしき風体なり」と記したことは、さらに注目に値する。なぜならば、芭蕉の開発した俳風が今や誰のものということもなく広まっているという指摘は、元禄十五年(一七〇二)の段階で轍士が抱く認識であると同時に、芭蕉生前の実態でもあった可能性があるからであり、疎句にしておもしろみのある付け方は難しいという言及も、芭蕉晩年の付け方を知ればよく納得できることだからである。この二つのことから帰納的に考えていくと、およそ次のような見通しが立ってくる。

すなわち、巨視的には元禄俳壇全体が蕉風化したとも見られる一方、芭蕉と元禄諸家の間には越えがたい溝があったのではないか、と。これを確実な説とするためには、手つかずになっている多くの元禄俳書を読み、作品の比較的分析を進めていくしかない。今後の大きな課題としつつ、ここでは、芭蕉晩年の付合が「六かしき風体」である所以を示し、他門の作品例も挙げることで、問題の一端を浮かび上がらせることにしたい。

芭蕉が没する元禄七年(一六九四)の刊行である、野坡《やば》ら編『すみだはら(炭俵)』所収の「梅が香に」歌仙から、

東風《こちかぜ》々に糞《コヘ》のいきれを吹《ふき》まはし　芭蕉
　たゞ居るまゝに肱《かひな》わづらふ　野坡
江戸の左右《さう》むかひの亭主登《のぼ》られて　芭蕉

を取り上げてみよう。春風が肥料の匂いをまき散らすという田園風景を描いた前句を受け、野坡は、その景の中には農夫がいるものと考え、作業にいそしむその人とは対照的に、働

きたくても働けない病人だっているだろうと想像を進め、腕を患って所在なく過ごしている人がいる、と一句をまとめる。景気（情景句）に人情（人事句）を起こす起情《きじょう》の付けであると同時に、対照的な人を出す向付《むかいづけ》の要素もあり、その病で春先の変わりやすい気候はつらかろうと、読者に共感を抱かせもする。作者は前句を理解し、想像につぐ想像をめぐらせた上で、断片的な一事のみを提示していたのである。続く芭蕉句は、その人の退屈を思い、それを慰めるには珍しい話が何よりと考え、その提供者（「左右」は情報の意）として江戸から帰ってきたお向かいさんを登場させたもの。

一見すると関係のない句が並んでいるように見えるのは、作者がめぐらせた想像の過程を句に残していないからであり、読者がそこに思いを致した時、はじめて二句間には興味深い場面が広がるという次第なのである。誰にでも容易に実践できるような付け方ではなく、たしかに「六かしき風体」に違いない。

比較のため、三年後の元禄十年（一六九七）、江戸で出版された無倫《むりん》編『紙文夾《かみばさみ》』という俳書を取り上げてみたい。編者無倫が調和《ちょうわ》・山夕《さんせき》・立志《りゅうし》・不角《ふかく》・和英《わえい》ら江戸を代表する点者と共同制作した連句作品などをまとめたもので、中の一巻には蕉門の嵐雪《らんせつ》も参加している。不角一座の「浦紅葉」歌仙（この巻全体の評釈は『和洋女子大学紀要』61、令和二年三月に掲載予定）から、

鶚《みさご》のかけるあたら鯐《すばしり》　里風《りふう》
安《あん》徳《とく》の入《じゅ》水《すい》滓《ミクヅ》の綾《あや》錦《にしき》　不角

の付合を見てみよう。水鳥のミサゴが鯐（ボラの稚魚）を捕えたことを描く前句と、安徳天皇が入水して海の水屑になったことを述べる付句。ここに単純な詞の対応はなく、二句の間に直接的な関係もない。これを私なりに解すると、前句が海辺における生命の争いであることから、同じく海浜でくり広げられた源平の合戦を想起したのであり、ともに幼い生命が失われる点も呼応する。

その発想自体はおもしろく、これが親句の付合でないことも確実ながら、だから芭蕉がめざした疎句と同質なのだとも言えない。なぜならば、作者はその発想からさらに想像を進めることをせず、『平家物語《へいけものがたり》』「先帝身投」の「いまだ十歳のうちにして、底の水屑とならせ給ふ」を用いて、故事そのままの一句に終わらせているからである。つまり、芭蕉流の想像につぐ想像をここに求めることはできないのであり、故事を取り上げる際にそのまま用いることを避けた芭蕉流の俤付《おもかげづけ》（故事・古歌などをそれとなく匂わせる付け方）とも合致しない（むろん、芭蕉流だけに価値があるわけではないのだけれど……）。

同じ「浦紅葉」歌仙からもう一例、

雪獅子《ゆきじし》の風にをのれを吹破《ふきやぶ》リ　和英

酒の諫《いさめ》を生《なま》酔《ゑひ》のいふ　我笑《がしょう》

を見ても、雪で作った獅子の像（雪ダルマと同類のもの）が風に吹かれ崩れているという前句と、酒の忠告をする者も実は酔っていたという付句と、二句の間はたしかに離れている。これも私解を示せば、「雪」と「酒」の類縁関係（『類船集《るいせんしゅう》』に「雪」と「酌酒」が付合語として載る）を使い、「をのれを吹破リ」から酒で我を失うさまを連想し、その失態への諫言を句にしたものと考えられる。

たしかに疎句ではあるものの、芭蕉流の二句で一場面を構築する意図は見られず、ありがちな世事を観相《かんそう》風に表し、柳風狂句（いわゆる川柳）の先蹤《せんしょう》とも言うべき一句となっている。言い換えれば、付合よりも一句としてのおもしろさを優先させているのであり、よいか悪いかの問題ではなく、こうした点に芭蕉流の付け方との違いが指摘されるわけである。

点取俳諧の実例

本書所収の『元禄百人一句』『花見車』から得られる情報の一つに、元禄四年(一六九一)の段階でも同十五年の段階でも、蕉門の勢力はさほど大きなものでなく、実際は蕉門以外の宗匠・点者の方が数多く活動していた、ということがある。そして、彼らはほとんど例外なく、前句付などに関わっていた。対面の連句興行にこだわる芭蕉周辺とは異なり、点者と大衆素人作者の顔も知らない関係が一般化していたわけであり、その作者たちが「意味深長なる事」や「六かしき風体」を歓迎しなかったであろうことは、容易に推測が立つ。晩年の芭蕉が点取《てんとり》(点の多寡を競う俳諧で、前句付の興行を含む)への批判をしばしば門人への書簡に記すのも、そうした現実が目に余るほど顕著になっていたからにほかならない。点取俳諧に関しても、芭蕉の忌避ということが取り沙汰される割に、その内実についての検討はほとんどない。百聞は一見にしかず。手元にある数点の資料から、いくつかの付合や発句を抜き出し、その傾向を見ることにしよう。

まず、一蜂《いっぽう》が点を付けた元禄十五年の点取百韻《てんとりひゃくいん》の中から、

　　乱《らん》酒《しゅ》にかくす宿の土器《かはらけ》　竹翁《ちくおう》
　猿に似た小坊主直《ぢき》に坊《ぼう》主《ず》猿《ざる》　文峰《ぶんぽう》

の付合を見ると、酒乱の者に対して酒器を隠すという前句を受け、猿みたいな小僧のお前は今に本当の子猿になるぞと、付句ではその酒好きな者からの悪態を付けている。

あな醜賢《みにくさか》しらをすと酒飲まぬ人をよく見れば猿にかも似る　大伴旅人《おおとものたびと》（『万葉集』）

を踏まえ、だから酒を飲ませない小坊主（年少者）は坊主猿だとしたのであり、これはこれで興味深い浮世の一場面を描いていると言えよう。もう一例、

祭《まつり》へ出《いづ》る獅子は近づき　青洋《せいよう》

催促《セガメ》共《ども》紺屋《こうや》の明後日《アサテ》又明後日　一之《いっし》

の付合では、祭礼で獅子舞をする人は知り合いだという前句に、それを近所の染物屋と特定し、いくら催促してもあそこの返事はいつも「明後日《あさって》には……」だと付けており、当てにならないことをいう俚諺《りげん》「紺屋の明後日」を使い、これもありがちな世事の一端を二句から浮かび上がらせている。ほぼこうした調子に終始するこの一巻に対して、当世のありようを伝えておもしろいと感じるも、芭蕉の想像力には遠く及ばず低調だと切り捨てるも、見方次第と言うべきであろう。ともかくも、元禄時代の俳諧を好む一般作者の間では、こ

うした作品が恒常的に作られていたのである。

次に、調和が点を付けた元禄八年(一六九五)の発句点取帖《ほっくてんとりちょう》(題に応じて投句された中から優秀作を抜粋したもの)から高点を得た句を見ると、

水《みづ》鏡《かがみ》空に植《うゑ》たる早苗かな　花丸《はなまる》

田植して村に一《ひと》まづ秋の暮　蘂蟻《ずいぎ》

大仏の片《かた》耳《みみ》濡れぬ白《ヨ》雨《ダチ》哉　吟水《ぎんすい》

などが目に入る。花丸の句は、空が映る田に苗を植えるのを「空に植たる」としたもの。蘂蟻の句は、田植えの喧噪が過ぎて村に戻ってきた静けさを、和歌で閑寂の代名詞ともなった「秋の暮」のようだとしたもの。これらは点者が出す「田植」の題に応じたもので、作者は一般の俳書にはあまり名の見えない人ながら、調和編『夕紅《ゆうくれない》』(元禄十年)に花丸は伊勢の人として、蘂蟻は羽州左沢の人として入集するので、点者調和は点取興行で関係を結んだ作者の句を公刊の俳書にも採っていたことが判明する。どちらの句も、田植え時の実景や実感に基づいており、初期俳諧の言語遊戯からは一線を画すこと、それでも一種の

理屈が見え隠れすることが指摘できる。吟水(この人も『夕紅』に入集)の句は、夕立が通り過ぎて見れば大仏の片耳が濡れていなかったというもので、現代の鑑賞にも堪えそうな、なかなかの佳作と感じられる。ところが、同じ吟水の、

夫婦して植《うう》る早苗や水入らず

の場合、夫婦仲よく水入らずの田植えなのに田の水に入っているという、理屈に終始した作であり、ここにこの作者の本分がありそうである。おそらく、前の句も、大きな耳なのに濡れていないという点に興じ、その発見を誇ったものなのであろう。

もう一つ、無倫が点を付けた元禄十一年(一六九八)の発句点取帖を取り上げる。これはすべて「木芽《このめ》」の題に応じた句を点の順に並べたもので、最高点の作は、

捨《すて》人《びと》の行脚催《もよほ》す木芽かな　芳株《ほうしゅ》

である。木々の芽が萌え出る自然の息吹に、世捨て人も行脚の意志を誘われるというので、たしかにこの題がもつ期待感や向上性をとらえた作になっている。なお、この帖に載る百七十七句は千九百余吟から選ばれたものだとあり、こうした興行(各点者が毎月のように行なっていた)における投句の広汎性が知られる。選ばれた句はどうかと通観するに、発想の

類同性をあちらこちらで知ることになる。たとえば、

生壁《なまかべ》に哀れ一夜の木芽哉　倫逸《りんいつ》

哀れさは薪《たきぎ》の中の木芽哉　花蝶《かちょう》

の両句は、それぞれ塗り立ての壁の中の木芽と薪に混じって燃やされる運命の木芽を取り上げ、この先の長くないことを率直に「哀れ」と述べている。また、

木芽見《み》よ児《ちご》の初歯《はつは》の肉離れ　登鯉《とり》

嬰子《みどりご》の歯《は》痒《がゆき》顔や木芽立《だち》　海栗《かいりつ》

の二句は、ともに木芽を赤子の生え初める歯と取り合わせ、そのういういしい生命感を表現する。初期俳諧の見立が、生活の実感を得て一段すり上げられ、こうした句を生んだと見てもよいだろう。いずれも見所があり、こうした句が各地で日夜量産されていたことを、否定的に見てはなるまい(むしろ俳諧本来の性格を残すとも言える)。それらが「深切」の追究とは別であるにしても、芭蕉が天和期に刻苦して切り開いた新しい俳諧の姿は、こうした

無名の人々が作り続ける句の中にも息づいているはずなのである。

『花見車』『元禄百人一句』の価値

翻って、『花見車』や『元禄百人一句』に載る、宗匠・点者やそれに準ずる人々の句はどうだろうか。それこそ百人百様であり、たまたま採られた一句から単純にその作者への評価を下すことはできない。『元禄名家句集略注』（新典社、平成二十六年刊～、田中善信による伊藤信徳篇・池西言水篇・山口素堂《そどう》篇と佐藤勝明による小西来山篇が既刊）のような、各作者の全句注釈が切に望まれるところであり、既刊分を見ても、芭蕉の場合と同様、同じ作者の中にさまざまな詠風があると知ることができる。しかも、通見すれば、その作者らしさといったものも浮かんでくる（来山の場合で言えば、着眼点のユニークさと想像力の豊かさと、何よりたくまぬユーモアの感じられる句が多い）のであって、全句注釈のもつ意義がしみじみと痛感される。蕉門の代表的俳家にしても、全句注釈はほとんどないのだし、新出の俳書や句稿などの紹介・翻刻に評釈が加わることも少ない。まずは手に触れた資料について、その句意や付合の関係を考えるところから始める必要があるだろう。

本書に収めた二つの俳書は、その際の一つの指標にもなると同時に、読み方によりさまざまな利用価値も生まれるはずである。たとえば、『花見車』で江戸の不角の項を見ると、

「奥すじの客をよふたらさんす」とある。実際、奥州須賀川の等躬《とうきゅう》が編んだ俳書は、書肆《しょし》として俳書の刊行も手がけていた不角の版下・出版と見られているし、前掲の『元禄時代俳人大観』で不角系の俳書や歳旦帖を調べると、奥羽・北陸などの地名を肩書にもつ俳人が多く入集すると知られる。

言うまでもなく、この等躬は『奥の細道』で主人公の〝予《よ》〟を迎えもてなす「等窮」にほかならず、やはり〝予〟を歓待する尾花沢の清風《せいふう》も、俳諧を通して等躬と相知る仲であるほか、早く貞享三年(一六八六)の『俳諧一橋《はいかいひとつばし》』では芭蕉や調和・立志・信徳・言水・才麿らと交流している。等躬はとくに調和と親しく、二人は延宝期(一六七三〜八一)の芭蕉が宗匠となる際に後援したのであったし、先の発句点取帖や『夕紅』などから知られる通り、調和にも奥羽方面の門弟が多くいた。元禄期、俳諧は各地にこうしたネットワークを結び、隆盛を続けていたのであり、芭蕉の奥羽・北陸行脚もその基盤あってのものであったことを忘れるわけにはいかない。

話を二俳書所収の句に戻せば、実景や実感を基軸に置いたものが多く、初期俳諧のような言語遊戯のための言語遊戯(それが悪いということではない)はおおむね影をひそめている。ここに元禄俳諧の公約数的なものがあると言ってよいのだけれど、では、俳壇全体が〈詞の俳諧〉から〈誠の俳諧〉に変わったのかと問われれば、言葉に窮することになる。

たとえば、江水が自らの句として『元禄百人一句』に収めた、

次《つぎ》の夜は唯《ただ》ひとりゆくすゞみ哉《かな》

など、一応の句意を得ることは容易ながら、ただそれだけの句なのか、作者は行動報告のようなこの句に何かを込めていないだろうか、と考え出すと、明瞭なことはなかなか言えないことになる。こうした「ただごと」的な句は、芭蕉が貞享元年(一六八四)の、

道のべの木槿《むくげ》は馬にくはれけり　（『野ざらし紀行』）

などに試み始めたもので、何ら仕掛けを施さずとも句は成り立つことを証明した点で、同句のもつ意味は大きい。しかし、その「ただごと」の部分だけがよしとされ、読者の共感や詩情ということがおろそかにされれば、ひとりよがりの句が氾濫することにもなりかねない。つまり、元禄俳諧(とくに元禄期前半の句)に接する際の困難は、句が総じて「ただごと」風になっているため、言葉の通りに受け取ってよいかどうかの判断がつきにくく、また、それをどう評価してよいかの基準も立てにくい、ということにありそうである。

芭蕉の親友でもある素堂の『元禄百人一句』への入集句、

朏《みかづき》にかならず近き星ひとつ

などを見ても、三日月には必ず一つの星が伴うという事実を敢えて句にする必要性はどこにあるのか、それは驚きにも似た作者の発見にあったのだろうかと、その真意を尋ねたい気にもなる。「ただごと」に終始するか、そこに〝詩(風雅)〟があるかの見極めは、きわめて微妙な問題なのである。

もっとも、元禄期後半になると、右のような事態への反動もあってか、『花見車』巻一で「一句も唐人の寝言のやうなり」と記される通り、とくに江戸では難解な句が増えていく。たとえば、同書の「江戸」の項に収められる、

七夕の目《め》細《ぼそ》はしらじ七《しち》度《ど》食《めし》　不角

など、一見しただけでは何を表しているのかが理解できない。作者が踏まえたであろう俚諺や習俗などを知ることで、読者はこの句に近づくことができ、「七」の一致に興じているのだろうと察知することも可能になる。

こうした傾向は、其角・沾徳《せんとく》らの句にも見られるもので、彼らの俳風をさす「洒落《しゃれ》風《ふう》」は不角らの「化鳥風《けちょうふう》」とともに、奇をてらうことの代名詞ともなっていく。やはり同書の

「江戸」の項に見られる沾徳句、

たが猫ぞ棚から落《おと》す鍋の数

にしても、一見したところ、猫が棚の鍋を落としたという出来事の句にしか思えないため、季語がないことに不審を覚えることにもなろう。作者自身が『沾徳随筆《せんとくずいひつ》』(享保三年)で明かすところによれば、これは近江の筑摩祭《つくままつり》を念頭に置いて詠んだものなのだという。現在の滋賀県米原市にある筑摩神社の祭礼では、女が性交渉のある男の数だけ鍋をかぶって神輿に従うという風習がかつてあり(現在は少女が作り物の鍋をかぶるのみ)、偽ると神罰があるとされていた。一句はこれを踏まえつつ、発情期の猫(「猫の恋」「猫の妻」が春の季語)をとらえて、奔放に恋をして鍋をいくつも落とすのはどこの猫だ、と詠んでいたわけであり、作者の自注が必要なほど、手の込んだ句の作り方になっているのであった。

享保期(一七一六〜三五)前後の俳壇では、そうした技巧的な俳風が江戸を中心に流行する一方、支考《しこう》らの俳諧行脚に端を発する美濃派《みのは》・伊勢派《いせは》の平明な俳諧が全国的規模で広がっていく。いわゆる芭蕉没後の俳諧二極化であり、注意して見れば、『花見車』の中にもその予兆を見ることができるわけであった。平明をよしとする側の作としては、たとえば、同書に「伊勢の古市」として見える団友《だんゆう》(涼菟《りょうと》)の句、

人中へぞろりと長き袷《あはせ》哉

などを挙げることができ、「ぞろりと」の俗語調や、日常の何でもないことがらを詠もうとしているところに、この人たちの方向性を認めることができる。

二極化のことは措いて、元禄期前半に話を戻そう。初期俳諧の場合、季語の本意(詩歌の伝統において公認される、各対象の最もそれらしいあり方)を正しく理解しているか、どの手法でどう手際よく一句をまとめているか、の二点で見ていけば、各句の巧拙は比較的簡便に峻別できる。ところが、元禄俳諧では、かつての掛詞・見立・頓知などが古風ということになったため、客観的な評価軸の一つが消えてしまったわけである。〈詞〉に比して、〈誠〉の度合いを云々することがいかに難しいかは、改めて説くまでもなかろう。

しかしながら、別の見方をすると、俳諧もようやく内容面のことが問われる段階になったのだとも言える。和歌・連歌が基本的に雅《みやび》な大和詞だけを用いるのとは異なり、自分なりにとらえた自然や人事の一端を俗《ぞく》(日常)の言語で十七音にまとめ、それでも〝詩(風雅)〟になるかどうかが問われるわけである。

芭蕉には「詩歌《しか》連俳《れんはい》はともに風雅也」(『三冊子』)の言があり、右の問題に自覚的であったことが知られる。俳諧を漢詩・和歌・連歌と同列に置き(それ自体が革新的な考え方であった)、その上で俳諧の独自性を探っていたわけである。では、他はどうであったのか。諸宗匠の俳諧観を伝える資料はほとんどないものの、天和期の場合から類推するに、明確な認識や洞察はなかったと見るのが穏当であろう。

しかし、だから句もつまらないだろうと決めてかかるのは早計で、『元禄百人一句』や『花見車』を見ても、その発想や表現の妙に感心させられることが多い。一体、この二書には元禄の発句カタログといった趣があり、そのアプローチの多彩さに驚かされもする。天和期に芭蕉が行なった大改革がなければ、その後の元禄俳諧がなかったのもたしかながら、だからと言って、元禄俳諧が芭蕉流に塗りつぶされていたわけでもない。

考えてみれば、前句付などに興じる一般の愛好者を含めて俳壇が成り立ち、絶対的に有効な指針などない(それはいつの時代も同様であろう)まま、おのおの句作に向かっていたのだから、多様な作品が生まれるのも当然のこと。本書に収めた二書には、その意味でも元禄俳壇の実態がよく反映されていたことになる。まずは、その多様性を多様性として認め、それを手がかりに、元禄俳諧の沃野へ踏み込んでいくことにしたい。

初句索引

1. この索引は，『花見車』『元禄百人一句』の初句によるものである．数字は，本書における句番号を示す．初句の表記は各底本によりつつ，「ゝ」などは該当する仮名などに置き換えた．
2. 句番号の前に付く作品名は，次の形に略した．
   花＝花見車　百＝元禄百人一句
3. 見出し語の排列は現代仮名遣いによる五十音順とした．初句が同音の場合，次に続く句を示して排列し，初句の表記が複数ある場合は括弧内に示した．

あ 行

か 行

ま 行

俳書一覧

1. この一覧は，『花見車』『元禄百人一句』に関係する俳書（本文中に書名が挙がるものと句の出典）を掲載したものである．
2. 書名は『俳文学大辞典』（角川書店），『元禄時代俳人大観』（八木書店）等に基づいて適宜訂正し，見出し語の排列は現代仮名遣いによる五十音順とした．角書は基本的に省略した．
3. 現存しない俳書は「逸書」と記し，書籍目録類に記載がある場合は，そこから必要な情報のみを摘記した．書籍目録の名称は，次の形に略した．

　阿　　阿誰軒『誹諧書籍目録』（元禄 5 年）
　阿付　井筒屋『誹諧書籍目録』（宝永 4 年）「目録次第不同」
　柳　　『柳亭種彦翁俳書文庫』（天保 3 年）
　故　　三浦若海『故人俳書目録』（天保頃）

あ 行

葵車《あおいぐるま》　轍士編．発句・連句集．元禄 10 年（1697）奥．
青葛葉《あおくずのは》　荷兮編．発句・連句集．元禄 12 年（1699）序．
青葉山《あおばやま》　去留編．発句・連句集．元禄 6 年（1693）序．
青莚《あおむしろ》　除風編．発句・連句集．元禄 13 年（1700）奥．
秋津島《あきつしま》　団水編．発句集．元禄 3 年（1690）跋．
あくた舟《あくたぶね》　芥舟編．連句集．元禄 5 年（1692）刊．
あさくのみ　舎羅編．発句・連句集．元禄 12 年（1699）跋．
あしぞろへ《あしぞろえ》　只丸著．俳論書．元禄 5 年（1692）跋．
あめ子《あめご》　之道（諷竹）編．発句・連句集．元禄 3 年（1690）序．
あやの松《あやのまつ》　逸書．『阿』に「芳水作，元禄四年」．
荒小田《あらおだ》　舎羅編．発句集．元禄 14 年（1701）奥．
あら野《あらの》　荷兮編．発句・連句集．元禄 2 年（1689）序．
曠野後集《あらのこうしゅう》　荷兮編．発句・連句集．元禄 6 年（1693）序．
あらむつかし　林鴻著．俳論書．元禄 6 年（1693）序．題簽は「俳諧永代記返答あらむつかし」．「俳諧永代記返答」は角書．

有馬日書《ありまにっしょ》　逸書．『阿』に「鬼貫作，貞享元年」．『続七車』に抄録．
淡路島《あわじしま》　諷竹編．発句・連句集．元禄 11 年(1698)跋．
安楽音《あんらくのこえ》　自船編．発句・連句集．延宝 9 年(1681)刊．
庵桜《いおざくら》　西吟編．発句・連句集．貞享 3 年(1686)奥．
伊勢新百韻《いせしんひゃくいん》　乙由・反朱編．連句集．元禄 11 年(1698)刊．支考一座の百韻．「伊勢」は角書．
磯清水《いそしみず》　我黒編．紀行・連句集．元禄 5 年(1692)序．
伊丹生誹諧《いたみきはいかい》　青人ら編．発句・連句集．元禄 5 年(1692)奥．
一番鶏《いちばんどり》　了我(貞佐)編．発句・連句集．元禄 14 年(1701)成立．
一夜百韻《いちやひゃくいん》　逸書．『故』に「浮芥」．
一楼賦《いちろうのふ》　風瀑編．発句・連句集．貞享 2 年(1685)序．
一丁鼓《いっちょうつづみ》　逸書．『故』に「定之作，元禄四年」．
いつを昔《いつをむかし》　其角編．発句・連句集．元禄 3 年(1690)刊．
糸屑《いとくず》　轍士編．用語辞書．元禄 7 年(1694)跋．
犬居士《いぬこじ》　鬼貫編．日記・紀行．元禄 3 年(1690)奥．
今源氏《いまげんじ》　逸書．『故』に「休計」．
射水川《いみずがわ》　十丈編．発句・連句集．元禄 14 年(1701)序．
色杉原《いろすぎはら》　友琴編．発句・連句集．元禄 4 年(1691)奥．
石見銀《いわみがね》　巨海編．発句・連句集．元禄 15 年(1702)跋．
韻塞《いんふたぎ》　李由・許六編．発句・連句・俳文集．元禄 10 年(1697)刊．
うきゞ《うきぎ》　才麿編．発句・連句集．元禄 13 年(1700)序．
牛飼《うしかい》　燕石編．発句集．明暦 3 年(1657)序．
卯辰集《うたつしゅう》　北枝編．発句・連句集．元禄 4 年(1691)奥．
宇陀法師《うだのほうし》　李由・許六編．俳論書．元禄 15 年(1702)刊．
袿姿《うちきすがた》　信徳編．発句集．元禄 5 年(1692)刊．
うてなの森《うてなのもり》　逸書．『故』に「常牧」．
卯花山集《うのはなやましゅう》　友琴編．発句・連句集．元禄 7 年(1694)序．
梅桜《うめさくら》　朱拙編．発句・連句集．元禄 10 年(1697)序．
梅の嵯我《うめのさが》　三惟編．発句・連句集．元禄 12 年(1699)跋．
末若葉《うらわかば》　其角編．発句・連句集．元禄 10 年(1697)序．
越前奉書《えちぜんほうしょ》　逸書．『故』に「風子」．
江戸八百韻《えどはっぴゃくいん》　幽山編．連句集．延宝 6 年(1678)奥．

犬子集《えのこしゅう》　重頼編．発句・付句集．寛永 10 年(1633)序．
遠帆集《えんぱんしゅう》　助叟編．発句・連句集．元禄 7 年(1694)奥．
延宝八年歳旦集《えんぽうはちねんさいたんしゅう》　井筒屋編．延宝 8 年(1680)の歳旦帖を合綴．
ゑんみ集《えんみしゅう》　逸書．『阿』に「西吟作」．
追鳥狩《おいとがり》　露堂編．発句・連句集．元禄 14 年(1701)奥．
笈日記《おいにっき》　支考編．日記・紀行・発句集．元禄 8 年(1695)序．
大上戸《おおじょうご》　逸書．『阿』に「似船作，延宝四丙辰三月日，独吟二百韻」．
後ばせ集《おくればせしゅう》　朱拙編．発句・連句集．元禄 11 年(1698)序．
男ぶり《おとこぶり》　天垂編．発句集．元禄 12 年(1699)刊．「誹諧男風流」とも．
乙矢集《おとやしゅう》　東鷲編．発句・連句集．元禄 14 年(1701)奥．
鬼がはら《おにがわら》　逸書．『阿』に「正(ママ)春作，元禄四年」．
鬼の目《おにのめ》　逸書．『阿』に「西吟作，延宝九，三吟」．
朧月夜《おぼろづきよ》　定直編．連句集．元禄 3 年(1690)刊．
親仁異見《おやじいけん》　逸書．『故』に「宗旦，延宝八」．
尾山集《おやましゅう》　逸書．『故』に「轍士」．

か 行

帰花《かえりばな》　支考編．連句集．元禄 14 年(1701)刊．
鏡幕《かがみまく》　逸書．『阿』に「三楽作，元禄四年」．
かくれさぎ　逸書．『故』に「伴自」．
かくれみの　似船編．発句集．延宝 5 年(1677)序．
柏原集《かしわばらしゅう》　江水編．発句・連句集．元禄 4 年(1691)刊．
歌仙大坂俳諧師《かせんおおさかはいかいし》　西鶴編．絵入り発句集．延宝元年(1673)序．
記念題《かたみのだい》　松星・夾始編．発句・連句集．元禄 11 年(1698)跋．
神の苗《かみのなえ》　淡々編．発句・連句集．享保 15 年(1730)刊．
かやうに候ものは青人猿風鬼貫にて候《かようにそうろうものはあおんどえんぷうおにつらにてそうろう》　青人・猿風・鬼貫著．連句集．貞享元年(1684)序．
花洛六百韻《からくろっぴゃくいん》　自悦編．連句集．延宝 8 年(1680)奥．
枯尾華《かれおばな》　其角編．発句・連句集．元禄 7 年(1694)成．
皮籠摺《かわごずり》　涼菟編．発句・連句集．元禄 12 年(1699)奥．
河内羽二重《かわちはぶたえ》　幸賢編．発句・連句集．元禄 5 年(1692)刊．
漢和鮫《かんなさめ》　逸書．『故』に「陽川」．

菊の香《きくのか》　風国編．発句・俳論集．元禄 10 年(1697)奥．
菊の道《きくのみち》　紫白編．発句・連句集．元禄 13 年(1700)刊．
きさらぎ　季範編．発句・連句集．元禄 5 年(1692)序．
北之筥《きたのはこ》　方山編．発句・連句集．元禄 12 年(1699)序．
北の山《きたのやま》　句空編．発句・連句集．元禄 5 年(1692)刊．
紀の山ふかみ《きのやまふかみ》　逸書．『故』に「伴自」．
吉備中山《きびのなかやま》　梅員編．発句・連句集．元禄 5 年(1692)刊．
暁山集《ぎょうざんしゅう》　芳山(方山)著．作法書．元禄 13 年(1700)刊．
京日記《きょうにっき》　言水編．発句・連句集．貞享 4 年(1687)成立．
京の曙《きょうのあけぼの》　逸書．『阿』に「杏酔作」．
京の水《きょうのみず》　助叟編．発句・連句集．元禄 4 年(1691)序．
けふの昔《きょうのむかし》　朱拙編．発句・連句集．元禄 12 年(1699)奥．
きれ〲《きれぎれ》　白雪編．発句・連句集．元禄 14 年(1701)序．
句兄弟《くきょうだい》　其角編．句日記・発句・連句集．元禄 7 年(1694)序．
草刈籠《くさかりかご》　逸書．『阿』に「風子作，元禄五年」．
草の道《くさのみち》　宇鹿・紗柳編．発句・連句集．元禄 13 年(1700)序．
葛の松原《くずのまつばら》　支考著．俳論書．元禄 5 年(1692)奥．
薬喰《くすりぐい》　逸書．『故』に「宗且」．
くやみ草《くやみぐさ》　団水編．発句・連句集．元禄 5 年(1692)成立．
車路《くるまじ》　吐竜編．発句・連句集．元禄 12 年(1699)跋．
毛吹草追加《けふきぐさついか》　重頼編．辞書・発句・連句集．正保 4 年(1647)刊．
元禄拾遺《げんろくしゅうい》　轍士編．発句集．元禄 9 年(1696)序．
元禄四年歳旦集《げんろくよねんさいたんしゅう》　井筒屋編．元禄 4 年(1691)の歳旦帖を合綴．
湖東千句《ことうせんく》　逸書．『故』に「重道」．
合類《ごうるい》　逸書．『故』に「如回，元禄五」．
こがらし　壺中・芦角編．発句・連句集．元禄 8 年(1695)奥．
越の大高《こしのおおだか》　逸書．『故』に「風子」．
特牛《こというし》　団水著．俳論書．元禄 3 年(1690)跋．
五徳《ごとく》　信徳のものは逸書か．同名の書に，宗因・西鶴ら一座の連句集(延宝 6 年(1678)刊)がある．
此大橋《このおおはし》　逸書．『柳』に「正武撰，元禄八年」．
此衆《このしゅう》　逸書．『故』に「鷺水」．

この華《このはな》　常牧編．発句・連句集．元禄 6 年(1693)序．
此日《このひ》　轍士編．連句集．元禄 7 年(1694)奥．
古文祇園会《こぶんぎおんえ》　逸書．『故』に「宗旦」．
小松原《こまつばら》　只丸編．発句・連句集．元禄 4 年(1691)刊．
薦獅子集《こもじししゅう》　巴水編．発句・連句集．元禄 6 年(1693)序．
小弓誹諧集《こゆみはいかいしゅう》　東鷲編．発句・連句集．元禄 12 年(1699)奥．
是天道《これてんどう》　高政編．連句集．延宝 8 年(1680)刊．
崑山集《こんざんしゅう》　良徳(令徳)編．発句集．慶安 4 年(1651)刊．
こんな事《こんなこと》　鷺水編．発句集・俳論書．元禄 4 年(1691)奥．
金毘羅会《こんぴらえ》　寸木編．発句・連句集．元禄 13 年(1700)序．

さ 行

西海集《さいかいしゅう》　逸書．『故』に「橘泉」．
西華集《さいかしゅう》　支考編．発句・連句集．元禄 12 年(1699)奥．
歳旦発句集《さいたんほっくしゅう》　井筒屋編．延宝 2 年(1674)までの歳旦発句を集成して出版．
盃集《さかずきしゅう》　休計編．発句・連句集．元禄 10 年(1697)刊か．
左義長《さぎちょう》　逸書．『故』に「好春」．
桜山臥《さくらやまぶし》　歌十編．連句集．元禄 14 年(1701)刊．
佐郎山《さらやま》　紅雪編・芳水補．発句・連句集．元禄 5 年(1692)序．
猿丸宮集《さるまるみやしゅう》　三十六編．発句・連句集．元禄 6 年(1693)序．
猿蓑《さるみの》　去来・凡兆編．発句・連句集．元禄 4 年(1691)刊．
三上吟《さんじょうぎん》　其角編．発句・連句集．元禄 13 年(1700)成立．
三人蛸《さんにんだこ》　宗旦編．連句集．天和 3 年(1683)奥．
三番船《さんばんぶね》　幸佐編．発句・連句集．元禄 11 年(1698)刊．
三本桜《さんぼんざくら》　逸書．『故』に「信徳」．
椎柴《しいしば》　逸書．『故』に「蘭風」．蘭風編の発句・連句集に『椎柴集』(宝永 5 年(1708)刊か)があり，出版が遅れたと見られる．
椎の葉《しいのは》　才麿著．紀行．元禄 5 年(1692)奥．
四国猿《しこくざる》　律友編．発句・連句集．元禄 4 年(1691)奥．
自在講《じざいこう》　逸書．『故』に「轍士」．
四衆懸隔《ししゅけんかく》　逸書．『阿』に「一晶作，延宝八年，独吟」．

七百五十韻《しちひゃくごじゅういん》　信徳他著．連句集．延宝 9 年(1681)刊．

柴橋《しばはし》　正興編．発句・連句集．元禄 15 年(1702)序．舎羅が後援．

霜月歌仙《しもつきかせん》　逸書．『故』に「壺中」．

十月歌仙《じゅうがつかせん》　逸書．『故』に「陽川」．

焦尾琴《しょうびきん》　其角編．発句・連句集．元禄 15 年(1702)刊．

初心もと柏《しょしんもとかしわ》　言水著．自選発句集．享保 2 年(1717)刊．

白川集《しらかわしゅう》　長水編．発句・連句集．元禄 6 年(1693)序．

極月歌仙《しわすかせん》　逸書．『故』に「壺中」．

新行事板《しんぎょうじいた》　定宗編．人名録・発句集．元禄 4 年(1691)刊．

新山家《しんさんが》　其角著．紀行．貞享 3 年(1686)刊．

新清水《しんきよみず》　逸書．『阿』に「千春作，大坂点者追加京点者」．

新花鳥《しんはなとり》　好春編．発句・連句集．元禄 4 年(1691)刊．

西瓜三つ《すいかみつ》　逸書．『阿』に「鬼貫作，上島氏一博・岡島氏木兵三吟」．宗旦の後援か．

杉の庵《すぎのいお》　逸書．『故』に「芝柏」．

杜撰集《ずさんしゅう》　嵐雪編．発句・連句集．元禄 14 年(1701)奥．ズザンシュウとも．

洲珠之海《すずのうみ》　勤文編．発句・連句集．元禄 13 年(1700)序．

雀の森《すずめのもり》　和及編．発句・連句集．元禄 3 年(1690)跋．

簾《すだれ》　羨鳥編．発句・連句集．元禄 9 年(1696)奥．

砂川《すながわ》　諷竹編．発句・連句集．元禄 11 年(1698)序．

すみだはら《すみだわら》　野坡・孤屋・利牛編．発句・連句集．元禄 7 年(1694)奥．

墨流し《すみながし》　轍士編．発句・連句集．元禄 7 年(1694)奥．

住吉詣《すみよしもうで》　逸書．『故』に「伴自」．

住吉物語《すみよしものがたり》　青流編．発句・連句集．元禄 9 年(1696)刊か．

正章千句《せいしょうせんく》　正章(貞室)著．連句集．慶安元年(1648)刊．

勢多長橋《せたのながはし》　似船編．歳時記．元禄 4 年(1691)奥．

雪月花《せつげつか》　角呂編．発句・連句集．元禄 13 年(1700)序．

せみの小川《せみのおがわ》　晩翠編．連句集．元禄 2 年(1689)序．

千句後集《せんくこうしゅう》　一晶編．連句集．宝永 2 年(1705)奥．

千句前集《せんくぜんしゅう》　一晶編．連句集．元禄 5 年(1692)跋．

千句の跡《せんくのあと》　逸書．『阿付』に「東鵬并一牛，元禄十一」．

前後園《ぜんごのその》　言水編．発句集．元禄 2 年(1689)序．

仙台大矢数《せんだいおおやかず》　三井風著．連句集．延宝 7 年(1679)刊．

餞別五百韻《せんべつごひゃくいん》　立吟編．発句・連句集．元禄 4 年(1691)奥．

雑談集《ぞうたんしゅう》　其角編．発句・連句・俳文集．元禄 5 年(1692)刊．

続別座敷《ぞくべつざしき》　子珊編．発句・連句集．元禄 13 年(1700)奥．

続虚栗《ぞくみなしぐり》　其角編．発句・連句集．貞享 4 年(1687)刊．

続都ぶり《ぞくみやこぶり》　言水編．発句・連句集．元禄 13 年(1700)序．

そなれ松《そなれまつ》　逸書．『阿』に「鞭石巻頭，維舟門人作，貞享三年」．

其便《そのたより》　泥足編．発句・連句集．元禄 7 年(1694)序．

其袋《そのふくろ》　嵐雪編．発句・連句集．元禄 3 年(1690)序．

染川集《そめかわしゅう》　晡扇(晡川)編．発句・連句集．元禄 10 年(1697)序．

そらつぶて　立圃著．発句集．慶安 2 年(1649)跋．

た 行

大元式《だいげんしき》　逸書．柳水の句集で元禄 4 年(1691)刊．

大悟物狂《たいごものぐるい》　鬼貫編．発句・連句集．元禄 3 年(1690)奥．

宝銭《たからぜに》　逸書．『阿』に「鉤寂作，元禄五年」．

旅袋《たびぶくろ》　路健編．発句・連句集．元禄 12 年(1699)序．

丹後鰤《たんごぶり》　只丸編．発句・連句集．元禄 7 年(1694)刊か．

檀林三百韻《だんりんさんびゃくいん》　逸書．『故』に「高政，天和元」．他に松意編『談林三百韻』(延宝 4 年(1676)刊)がある．

談林十百韻《だんりんとっぴゃくいん》　松意編．連句集．延宝 3 年(1675)跋．

知足書留歳旦帖《ちそくかきとめさいたんちょう》　知足による諸家歳旦(慶安 5 年(1652)から天和 3 年(1683)まで)の書留．写本．

茶のさうし《ちゃのそうし》　雪丸・桃先編．発句・連句集．元禄 12 年(1699)奥．桃先は白雪の長男．

蝶すがた《ちょうすがた》　助然編．発句・連句集．元禄 14 年(1701)序．

釿始《ちょうなはじめ》　助叟編．発句・連句集．元禄 5 年(1692)奥．

千代の古道《ちよのふるみち》　晩山編．発句・連句集．元禄 3 年(1690)刊．

千代の睦月《ちよのむつき》　似船編．発句・付句・連句集．元禄 10 年(1697)刊．

塵塚誹諧集《ちりづかはいかいしゅう》　徳元著．発句・付句集．寛永 10 年(1633)跋．版本ではなく自筆稿本．

継尾集《つぎおしゅう》　不玉編．発句・連句集．元禄5年(1692)刊．

月の跡《つきのあと》　逸書．『阿付』に「鈍子，元禄十三年」．

続の原《つづきのはら》　不卜編．句合・発句・連句集．貞享5年(1688)序．

包井《つつみい》　逸書．『阿』に「都水」．『故』に「柳水」．

鶴来酒《つるぎざけ》　友琴編．発句・連句集．元禄5年(1692)序．

貞徳永代記《ていとくえいたいき》　随流著．俳論書．元禄5年(1692)刊．

丁卯集《ていぼうしゅう》　一晶編．発句・連句集．貞享4年(1687)成立．

手ならひ《てならい》　鷺水著．作法書．元禄9年(1696)序．

天満拾遺《てんましゅうい》　逸書．『故』に「東行」．

東華集《とうかしゅう》　支考編．発句・連句集．元禄13年(1700)奥．

桃青門弟独吟二十歌仙《とうせいもんていどくぎんにじっかせん》　桃青(芭蕉)編か．連句集．延宝8年(1680)刊．

道中ぶり《どうちゅうぶり》　逸書．『故』に「狸々」．

胴骨三百韻《どうぼねさんびゃくいん》　西国編．連句集．延宝6年(1678)序．未刊．

当流籠抜《とうりゅうかごぬけ》　宗旦編．連句集．延宝6年(1678)奥．

鳥羽蓮花《とばれんげ》　和海編．発句・連句集．元禄8年(1695)刊．

鳥驚《とりおどし》　芙雀編．発句・連句集．元禄12年(1699)序．

鳥のみち《とりのみち》　玄梅編．発句・連句集．元禄10年(1697)序．

な 行

流川集《ながれがわしゅう》　露川編．発句・連句集．元禄6年(1693)奥．

夏木立《なつこだち》　雲鼓編．笠付・発句集．元禄8年(1695)奥．

七車集《ななくるましゅう》　轍士編．連句集．元禄7年(1694)刊か．

難波置火燵《なにわおきごたつ》　休計編．発句・連句集．元禄6年(1693)跋．

難波ざくら《なにわざくら》　逸書．『阿』に「西吟作，貞享五年，江戸寝覚廿日ノ後集」．

難波拾遺《なにわしゅうい》　逸書．『故』に「伴自，元禄十五」．

難波順礼《なにわじゅんれい》　瓠海(瓠界)編．紀行・発句集．元禄7年(1694)成立．

難波の枝折《なにわのしおり》　立志編．発句・連句集．元禄5年(1692)奥．

難波丸《なにわまる》　逸書．『阿』に「難波丸，大坂賀子作，元禄五年五月」．

菜の花《なのはな》　逸書．『阿』に「西吟作，元禄五年」．

苗代水《なわしろみず》　似船編．前句付集．元禄2年(1689)序．

縄すだれ《なわすだれ》　逸書．『阿』に「昨非(半隠)作，元禄四年」．

西の雲《にしのくも》　ノ松編．発句・連句集．元禄 4 年(1691)跋．
二番鶏《にばんどり》　了我(貞佐)編．発句・連句集．元禄 15 年(1702)序．
二番舟《にばんぶね》　幸佐編．発句・連句集．元禄 7-11 年(1694-98)刊．
日本行脚文集《にほんあんぎゃぶんしゅう》　三千風著．紀行．元禄 3 年(1690)跋．
寝ざめ廿日《ねざめはつか》　西吟編．連句集．貞享 4 年(1687)成立．
根無葛《ねなしかずら》　逸書．『故』に「洞水」．
寝物語《ねものがたり》　湖翁編．発句・連句集．元禄 4 年(1691)奥．
後瀬山《のちせやま》　逸書．『故』に「轍士」．
後しゐの葉《のちのしいのは》　才麿編．紀行．元禄 5 年(1692)奥．
後の旅集《のちのたびしゅう》　如行編．発句・連句集．元禄 8 年(1695)刊．
能登釜《のとがま》　提要編．発句・連句集．元禄 12 年(1699)跋．

は 行

誹諧生駒堂《はいかいいこまどう》　灯外編．発句・連句集．元禄 3 年(1690)跋．
誹諧入船《はいかいいりふね》　幸佐編．発句・連句集．元禄 5, 6 年(1692, 93)刊．
誹諧大湊《はいかいおおみなと》　幸佐編．発句・連句集．元禄 4 年(1691)刊．
誹諧をだまき《はいかいおだまき》　竹亭著．作法書．元禄 4 年(1691)刊．
誹諧家譜《はいかいかふ》　丈石編．系譜．宝暦元年(1751)刊．
俳諧仮橋《はいかいかりはし》　朋水編．発句・連句集．元禄 2 年(1689)跋．
俳諧勧進牒《はいかいかんじんちょう》　路通編．発句・連句集．元禄 4 年(1691)跋．
誹諧京羽二重《はいかいきょうはぶたえ》　林鴻編．人名録・作法書．元禄 4 年(1691)刊．「誹諧」は角書．
誹諧猿黐《はいかいさるとりもち》　隋流著．俳論書．延宝 8 年(1680)刊．
誹諧書籍目録《はいかいしょじゃくもくろく》　阿誰軒編．俳書目録．元禄 5 年(1692)序．
誹諧草庵集《はいかいそうあんしゅう》　句空編．発句・連句集．元禄 13 年(1700)序．
誹諧曽我《はいかいそが》　白雪編．発句・連句集．元禄 12 年(1699)序．
誹諧大成しんしき《はいかいたいせいしんしき》　鷺水編．作法書．元禄 11 年(1698)跋．
俳諧衜足《はいかいちどりあし》　編者未詳．発句・連句集．元禄 7 年(1694)序．
俳諧茶杓竹《はいかいちゃしゃくだけ》　一雪著．俳論書．寛文 3 年(1663)刊．
誹諧中庸姿《はいかいつねのすがた》　高政編．連句集．延宝 7 年(1679)刊．
俳諧蔓付贅《はいかいつるいぼ》　逸書．『阿』に「一晶作」．
誹諧童子教《はいかいどうじきょう》　順水編．発句・連句集．元禄 7 年(1694)奥．「誹諧」

は角書.

誹諧吐綬鶏《はいかいとじゅけい》　秋風編. 絵入り発句集. 元禄3年(1690)成立.

誹諧白眼《はいかいはくがん》　轍士編. 発句・連句集. 元禄5年(1692)奥.

誹諧破邪顕正《はいかいはじゃけんしょう》　隋流著. 俳論書. 延宝7年(1679)跋.

詼諧番匠童《はいかいばんじょうわらわ》　和及著. 作法書・歳時記. 元禄2年(1689)刊.

誹諧ひこばえ《はいかいひこばえ》　和及編. 発句・連句集. 元禄4年(1691)序.

俳諧一橋《はいかいひとつばし》　清風編. 連句集. 貞享3年(1686)序.

俳諧百人一句難波色紙《はいかいひゃくにんいっくなにわしきし》　春林編. 絵入り発句集. 天和2年(1682)刊.

俳諧菩薩《はいかいぼさつ》　轍士編. 連句集. 元禄14年(1701)跋.

誹諧三ツ物揃(延宝六年)《はいかいみつものぞろえ》　井筒屋編. 延宝6年(1678)の歳旦帖を合綴.

誹諧よせがき大成《はいかいよせがきたいせい》　鷺水編. 作法書・歳時記. 元禄8年(1695)刊.

誹諧六歌仙《はいかいろっかせん》　鋤立編. 発句・連句集. 元禄4年(1691)刊.

誹道盤石録《はいどうばんじゃくろく》　逸書. 『故』に「宗旦」.

俳風弓《はいふうゆみ》　壺中編. 発句・連句集. 元禄6年(1693)奥. 「俳風」は角書.

俳林一字幽蘭集《はいりんいちじゆうらんしゅう》　沾徳編. 発句・連句集. 元禄5年(1692)刊.

萩の露《はぎのつゆ》　其角編. 発句・連句集. 元禄6年(1693)刊.

破暁集《はぎょうしゅう》　順水編. 発句・連句集. 元禄3年(1690)刊.

泊船集《はくせんしゅう》　風国編. 芭蕉作品集. 元禄11年(1698)奥.

貘物語《ばくものがたり》　石柱著. 俳論書. 元禄5年(1692)刊. 石柱は晩山門.

橋柱集《はしばしらしゅう》　西吟編. 発句・連句集. 元禄6年(1693)刊か.

破邪顕正返答《はじゃけんしょうへんとう》　惟中著. 俳論書. 延宝8年(1680)刊.

芭蕉庵小文庫《ばしょうあんこぶんこ》　史邦編. 発句・連句集. 元禄9年(1696)刊.

芭蕉一周忌《ばしょういっしゅうき》　嵐雪編. 発句・連句集. 元禄8年(1695)刊.

蓮の葉《はすのは》　逸書. 『阿』に「淵瀬作, 元禄三年」.

蓮実《はすのみ》　賀子編. 発句・連句集. 元禄4年(1691)序.

はだか麦《はだかむぎ》　曽米編. 発句・連句集. 元禄14年(1701)跋.

初蝉《はつせみ》　風国編. 発句・連句集. 元禄9年(1696)奥.

鳩の水《はとのみず》　逸書. 三惟編. 元禄11年(1698)刊か.

放鳥集《はなしどりしゅう》　晩柳編. 発句・連句集. 元禄14年(1701)序.

花摘《はなつみ》　其角編. 発句・連句集. 元禄3年(1690)刊.

花見車《はなみぐるま》　匿名（轍士）著．俳人評判記．元禄 15 年（1702）跋．
花見弁慶《はなみべんけい》　重徳編．連句集．元禄 4 年（1691）刊．
柞原集《ははそはらしゅう》　句空編．発句・連句集．元禄 5 年（1692）奥．
春草の日記《はるくさのにっき》　白支編．発句・連句集．元禄 12 年（1699）跋．
彼岸桜《ひがんざくら》　逸書．豊流編．貞享 2 年（1685）の絵入り発句集．
ひがむの月《ひがんのつき》　路通・梅可編．発句・連句集．元禄 12 年（1699）奥．
ひさご　珍碩（洒堂）編．連句集．元禄 3 年（1690）刊．
ひとつ松《ひとつまつ》　尚白編．発句集．貞享 4 年（1687）奥．
一幅半《ひとのはん》　乙孝編．発句・連句集．元禄 13 年（1700）序．
雛形《ひながた》　信徳編．連句集．元禄 7 年（1694）跋．
鄙の長路《ひなのながじ》　逸書．『故』に「定直」．
火ふき竹《ひふきだけ》　逸書．『阿』に「似船作，延宝七年己未季秋」．
百人一句《ひゃくにんいっく》　江水編．発句集．元禄 4 年（1691）序．「元禄百人一句」と通称．
備後砂《びんごずな》　草也編．発句・連句集．元禄 8 年（1695）序．
便船集《びんせんしゅう》　梅盛編．付合語辞書．寛文 9 年（1669）奥．
ふくと集《ふくとしゅう》　逸書．『故』に「万蝶」．
梟日記《ふくろうにっき》　支考著．紀行．元禄 12 年（1699）刊．
藤波集《ふじなみしゅう》　簪竹編．発句・連句集．元禄 4 年（1691）跋．
藤の実《ふじのみ》　素牛（惟然）編．発句・連句集．元禄 7 年（1694）跋．
二木の梅《ふたきのうめ》　逸書．『故』に「芥舟，元禄四」．
二見箱《ふたみばこ》　逸書．『阿』に「発句翁（三楽），元禄四年」．
筆はじめ《ふではじめ》　逸書．『故』に「園女」．
文蓬莱《ふみよもぎ》　沾徳編．発句・連句集．元禄 14 年（1701）刊か．
麓の旅寐《ふもとのたびね》　文代編．発句・連句集．元禄 7 年（1694）刊．
冬かづら《ふゆかずら》　杉風編．発句・連句集．元禄 13 年（1700）奥．
冬ごもり《ふゆごもり》　常牧編．発句・連句集．元禄 5 年（1692）序．
冬の日《ふゆのひ》　荷兮編．連句集．貞享 2 年（1685）刊．
へちま　逸書．『阿付』に「木節，元禄十二年」．
別座鋪《べつざしき》　子珊編．発句・連句集．元禄 7 年（1694）奥．
篇突《へんつき》　李由・許六編．俳論書・発句・連句集．元禄 11 年（1698）刊．
反古集《ほうぐしゅう》　遊林子（詠嘉）編．発句・連句集・辞書．元禄 9 年（1696）奥．

反古ざらへ《ほござらえ》　梨節編．発句・連句集．元禄 5, 6 年(1692, 93)頃刊か．『故』には「狸々」とある．

臍の緒《ほぞのお》　逸書．『故』に「落水」．

仏の兄《ほとけのあに》　鬼貫編．発句・連句集．元禄 12 年(1699)刊．

ほの〳〵草《ほのぼのぐさ》　逸書．『故』に「西吟」．

盆旦《ぼんたん》　逸書．『故』に「宗旦」．

ま　行

まくらかけ　寄木編．発句・付句・連句集．元禄 14 年(1701)跋．

枕屛風《まくらびょうぶ》　芳山(方山)編．発句・連句集．元禄 9 年(1696)序．

松かさ《まつかさ》　東潮編．発句・連句集．元禄 7 年(1694)刊．

松ばやし《まつばやし》　如泉編．連句集．元禄 13 年(1700)刊．

眉山《まゆやま》　吟夕編．発句・連句集．元禄 5 年(1692)序．

万歳楽《まんざいらく》　常牧編．発句・連句集．元禄 3 年(1690)奥．

水尾杭《みおのくい》　逸書．『阿』に「盤水作，元禄三年」．

みじか夜《みじかよ》　三柳編．発句・連句集．元禄 11 年(1698)序．

味増有《みぞう》　逸書．団水編．元禄元年(1688)刊．「未曽有」とも．

三千風笛探《みちかぜおいさがし》　三千風著・和海編．随筆．元禄 14 年(1701)奥．

みとせ草《みとせぐさ》　助叟編．発句・連句集．元禄 10 年(1697)序．

みなしぐり　其角編．発句・連句集．天和 3 年(1683)刊．「虚栗」とも．

蓑笠《みのかさ》　舎羅編．発句・連句集．元禄 12 年(1699)奥．

宮古のしをり《みやこのしおり》　立志編．発句・連句集．元禄 5 年(1692)序．

都百韻《みやこひゃくいん》　逸書．『故』に「柳水」．

都曲《みやこぶり》　言水編．発句・連句集．元禄 3 年(1690)奥．

無尽経《むじんきょう》　逸書．『阿』に「元禄四年，伊丹住」．

正月事《むつきごと》　逸書．『故』に「休計」．可休の編ともされる．

陸奥鵆《むつちどり》　桃隣編．紀行・発句・連句集．元禄 11 年(1698)刊．

無分別《むふんべつ》　逸書．『阿』に「宗旦作，延宝八年，七吟七百韻，追加親仁異見」．

食誹諧《めしはいかい》　逸書．『仏兄七久留万』に「元禄五，鬼貫・木兵・青人，三吟三百韻」．

喪の名残《ものなごり》　北枝編．発句・連句集．元禄 10 年(1697)刊．

物見車《ものみぐるま》　可休編．点取・発句集．元禄 3 年(1690)序．

桃の実《もものみ》　兀峰編．発句・連句集．元禄 6 年(1693)跋．

や　行

やへむぐら《やえむぐら》　北空編か(友琴編者説もある)．発句・連句集．元禄 8 年(1695)刊か．

寄生《やどりき》　佳聚亭編．発句集．元禄 11 年(1698)成立．

柳の道《やなぎのみち》　逸書．『故』に「浮芥」．

弥の介《やのすけ》　逸書．『故』に「団水，元禄四」．

野梅集《やばいしゅう》　鸞動編・宗旦補．発句・連句集．貞享 4 年(1687)奥．

やはぎ堤《やはぎづつみ》　睡闇編．発句・連句集．元禄 8 年(1695)序．

やぶれはゝき《やぶれははき》　常矩編．発句・付句集．延宝 5 年(1677)奥．

大和狐《やまとぎつね》　逸書．『阿』に「天弓作，元禄四年」．

弥生山《やよいやま》　逸書．『阿』に「西吟作，貞享五，独吟」．

雪の葉《ゆきのは》　一吟編．発句・連句集．元禄 13 年(1700)跋．

四人法師《よにんほうし》　葎宿ら編．連句集．延宝 6 年(1678)成立．

世のため《よのため》　逸書．『阿』に「轍士作，元禄五年，山太郎評判」．

よるひる　文十編．発句・連句集．元禄 4 年(1691)序．

ら・わ行

洛陽集《らくようしゅう》　自悦編．発句集．延宝 8 年(1680)序．

流木集《りゅうぼくしゅう》　逸書．『故』に「浮芥」．

類船集《るいせんしゅう》　梅盛編．付合語辞書．延宝 5 年(1677)序．

我が庵《わがいお》　轍士編．発句・連句集．元禄 4 年(1691)刊．

若葉合《わかばあわせ》　岩翁編．連句集．元禄 9 年(1696)成立．

若水《わかみず》　嵐雪編．連句集．貞享 5 年(1688)成立．

倭漢田鳥集《わかんでんちょうしゅう》　三千風編．発句等集．元禄 14 年(1701)序．

渡し船《わたしぶね》　順水編．発句・連句集．元禄 4 年(1691)刊．

わだち　逸書．『阿』に「轍士作，元禄五年」．

俳人索引

1. この索引は，『花見車』『元禄百人一句』の作者と前書・序・跋や文中にみえる俳人について，略歴を記したものである．本書における句番号は太字，頁は斜体の洋数字で示した．
2. 句番号や頁の前に付く作品名は，次の形に略した．

   花＝花見車　　百＝元禄百人一句
3. 見出し語の排列は現代仮名遣いによる五十音順とした．俳人の読みは通行に従い，不明の場合は基本的に漢音の読みを当てた．
4. 編著は基本的に省略とし，知名度が高くない人の場合のみこれを記した．

あ 行

青人《あおんど》　摂津伊丹の人．上嶋治房．通称，勘四郎．別号，虚瓢・忘居士など．元文5年(1740)没，81歳．重頼門．鬼貫の従兄弟．　花 **170**／百 *201*

阿誰《あすい》　京の人．秦氏．通称，藤柳磨．阿誰軒とも．信徳・言水らと交流．『誹諧書籍目録』を編む．　花 *150*

蟻道《ありみち》　摂津伊丹の人．森本氏．通称，丸屋五郎兵衛．正徳元年(1711)没，48歳．重頼門．　花 **174**／百 *201*

郁翁《いくおう》　越後柏崎の人．長井氏．通称，与治右衛門．別号，伴幽軒．享保18年(1733)没．言水門．　百 *203*

惟然《いぜん》　美濃関の人．広瀬氏．通称，源之丞．別号，素牛・鳥落人・弁慶庵など．正徳元年(1711)没，60余歳．蕉門．イネンとも．　花 **95**

一十竹《いそたけ》　江戸の人．其角門．編著『延命冠者・千々之丞』．イソチクとも．　花 **189**

一焉《いちえん》　若狭小浜の人．言水らの俳書に入集．　百 *202*

一吟《いちぎん》　丹波の人．漢部氏．別号，笑々翁．　花 *169*

一有《いちゆう》　伊勢山田の人で大坂住．斯波氏．別号，渭川・松風軒．宝永2年(1705)没か．蕉門で園女の夫．医師．　百 **96**

一友《いちゆう》　備後福山の人．　百 *203*

惟中《いちゅう》　因幡鳥取の人で岡山・大坂と移り住む．岡西勝(旦)．別号，一時軒・玄旦・北水浪士など．正徳元年(1711)没，73 歳．宗因門．　花 **44**／百 *201*

一林《いちりん》　京の人．好春らと交流．　花 **139**

一礼《いちれい》　大坂の人．柏氏・中村氏．通称，市左衛門．別号，白雨軒・耕月庵．益翁門．　花 **50**／百 *201*

一露《いちろ》　大和郡山の人．南森氏．言水らの俳書に入集．　百 *203*

一顕《いっけん》　越前府中の人．引接寺の僧か．　百 *203*

一至《いっし》　京の人．田中氏．壺中らと交流．　百 *200*

一之《いっし》　安芸広島の人．　百 *203*

一晶《いっしょう》　京の人か．江戸住．芳賀治貞．通称，順益・玄益．別号，崑山翁・冥霊堂．宝永 4 年(1707)没，65 歳．似船・常矩系で秋風・信徳に兄事．　花 **72**／百 **25**

一笑《いっしょう》　加賀金沢の人．小杉味頼．通称，茶屋新七．元禄元年(1688)没，36 歳．季吟門・梅盛門．　百 **43**

一水《いっすい》　加賀金沢の人．亀田氏．言水らの俳書に入集．　百 *203*

一酔《いっすい》　越後新潟の人．別号，老山子．梅盛門．　百 *203*

一雪《いっせつ》　京の人．椋梨氏・成田氏・藤原氏．別号，隠山・柳風軒など．宝永 6 年(1709)ごろ没，79 歳か．貞徳門のち西武門．　花 *173*

一鉄《いってつ》　江戸の人か．三輪氏・岡瀬氏．通称，三郎左衛門．江戸談林の一人で幽山と親交．　花 **184**

一伴《いっぱん》　伊勢桑名の人．如泉らと交流．　百 *202*

一呋《いっぷ》　甲府の人．　百 *203*

一歩《いっぽ》　美濃府中の人．千村氏．梅盛門．　百 *202*

一歩《いっぽ》　信濃松本の人．　百 *203*

一蜂《いっぽう》　伊勢山田の人で江戸住．河曲氏．別号，壺蜜軒・田泉舎・葛仙翁．享保 10 年(1725)没，85 歳．武士か．　花 **84**

為文《いぶん》　京の人．言水門．　花 **136**／百 *200*

為有《いゆう》　京の人．蕉門の俳書などに入集．嵯峨の農夫．　花 **152**

尹具《いんぐ》　京の人．木村氏．方山らと交流．　百 *200*

烏玉《うぎょく》　京の人．言水門．　花 **135**／百 **57**

烏水《うすい》　京の人．言水らと交流．　百 *200*

雲鼓《うんこ》　大和吉野の人で，京住．堀内氏．別号，助給・千百翁・迎光庵・吹簫軒．享保 13 年(1728)没，63 歳か 64 歳．方山門．　花 **33**

雲鈴《うんれい》　陸奥南部の人で各地を行脚．別号，摩詰庵・茶九連寺．享保 2 年(1717)没．支考門．元は武士で僧侶．　花 **117**

雲鹿《うんろく》　備前岡山の人．鹿屋氏．通称，二郎左衛門．別号，折角斎．季吟門でのち蕉門と交流．　百 *202*

詠嘉《えいか》　河内山田の人．別号，遊林子・珍著堂．　花 *169*

枻雪《えいせつ》　越中富山の人．言水らの俳書に入集．　百 *203*

益翁《えきおう》　和泉堺の人で大坂住．山崎(のち高滝)安之．通称，正左衛門．別号，以仙・見独子・梅風軒．令徳門のち宗因門．　花 **45**

越人《えつじん》　北越の人で名古屋住．越智氏．通称，十蔵・重蔵．別号，負山子・槿花翁．享保末年ごろ没，80 歳前後．蕉門．　百 **13**

袁弓《えんきゅう》　近江彦根の人．如泉らと交流．　百 *201*

円佐《えんさ》　京の人．好春・只丸らと交流．　花 **154**

艶士《えんし》　江戸の人．編著『水ひらめ』『分外』．　花 **85**

遠舟《えんしゅう》　大坂の人．和気氏．別号，東柳軒・朧麿．元禄 15 年(1702)以前没．宗因門．　花 **42**

苑扇《えんせん》　京の人．好春らと交流．　百 **39**

淵瀬《えんらい》　京の人．言水らと交流．　花 **128**／百 **92**

横几《おうき》　江戸の人．其角・岩翁らと交流．　花 **197**

桜三《おうさん》　近江柏原の人．吉村氏．別号，花蹄軒．宝永 7 年(1710)没．木因門．　百 *201*

乙州《おとくに》　近江大津の人．河合(川井)氏．通称，次郎助・又七．別号，設楽堂・杮々庵．享保 5 年(1720)没，64 歳．尚白門のち蕉門．智月の弟・養嗣子で荷問屋を継ぐ．　花 **204**／百 *201*

鬼貫《おにつら》　摂津伊丹の人．上嶋宗邇(晩年は平泉秀栄)．通称，与惣兵衛．別号，囉々哩・犬居士・馬楽童・仏兄など．元文 3 年(1738)没，78 歳．重頼門のち宗因門．　花 **159**:*136*／百 **18**

か 行

介我《かいが》　大和の人で江戸住．佐保氏．通称，孫四郎．別号，普船．享保

3 年(1718)没, 67 歳. 其角門.　花 **87**

芥舟《かいしゅう》　近江水口の人で京住. 植村氏. 別号, 信安・棹歌斎. 享保 16 年(1731)没, 62 歳. 信徳・言水らと交流.　花 **208**

怪石《かいせき》　京の人. 轍士らと交流.　花 **140**

可休《かきゅう》　河内の人で京住. 加賀田氏. 別号, 歩雲子・一葦軒.　花 **32**: *173*

荷兮《かけい》　尾張名古屋の人. 山本周知. 通称, 武右衛門・太一. 別号, 加慶・一柳軒・撫贅庵など. 享保元年(1716)没, 69 歳. 医師. 晩年は連歌師. 一雪門のち蕉門.　花 **98**／百 **76**

我黒《がこく》　京の人. 中尾氏. 通称, 四郎左衛門. 別号, 青白翁・舟叟翁・李洞軒. 宝永 7 年(1710)没, 71 歳. 重頼門.　花 **21**／百 **16**

賀子《がし》　大坂の人. 斎藤氏. 別号, 加之・紅葉庵. 西鶴門. 医師.　花 **54**

かしく　江戸の人. 蕉門.　百 *200*

可笑《かしょう》　伏見の人. 好春・言水らの俳書に入集.　百 *201*

可心《かしん》　若狭小浜の人. 河野氏. 言水らの俳書に入集.　百 *202*

荷翠《かすい》　京の人. 和及・竹亭らと交流.　百 *200*

可則《かそく》　伊勢桑名の人. 常牧らの俳書に入集.　百 *202*

何中《かちゅう》　大坂の人. 十河氏. 才麿門. 編著『土の餅』『松の梅』.　花 *102*

鵞風《がふう》　京の人. 我黒・鞭石らと交流.　百 *200*

可卜《かぼく》　近江柏原の人.　百 *201*

岩翁《がんおう》　江戸の人. 多賀谷氏. 通称, 長左衛門. 享保 7 年(1722)没. 其角門.　花 **183**／百 *200*

岸紫《がんし》　大坂の人. 長谷氏. 別号, 一心軒. 来山系の俳人.　花 *102*

観水《かんすい》　京の人. 志水氏. 言水らと交流.　百 **21**

寛茂《かんも》　肥前平戸殿川の人. 言水らの俳書に入集.　百 *203*

亀翁《きおう》　江戸の人. 多賀谷氏. 通称, 万右衛門. 岩翁の子で蕉門の俳書に入集.　百 *200*

其角《きかく》　江戸の人. 榎下(のち宝井)侃憲. 別号, 螺舎・狂而堂・宝晋斎・晋子など. 宝永 4 年(1707)没, 47 歳. 蕉門.　花 **71**: *117, 118*／百 **28**

季吟《きぎん》　近江野洲の人で京・江戸と移り住む. 北村氏. 通称, 久助. 別号, 拾穂軒・湖月亭. 宝永 2 年(1705)没, 82 歳. 貞室門のち貞徳門. 幕府歌学方.　百 **1**

其諺《きげん》 京の人．別号，四時堂・肖菊翁．元文元年(1736)没，71歳．松堅門．円山正阿弥の住職． 百 *200*

義重《ぎじゅう》 伊勢白子の人．長嶋氏．言水らの俳書に入集． 百 *202*

蟻想《ぎそう》 京の人．言水らと交流． 百 *200*

宜仲《ぎちゅう》 近江柏原の人．江水らの俳書に入集． 百 *201*

亀洞《きどう》 尾張名古屋の人．武井氏．芭蕉と一座し，露川と交流． 百 *202*

己百《きはく》 美濃岐阜の人．元禄11年(1698)没，56歳．妙照寺住職の日賢．別号，草々庵・秋芳軒など．芭蕉と交流． 花 **212**

季範《きはん》 大坂の人．別号，双楡軒．来山門．編著『浮草』など． 花 **162**

枳風《きふう》 江戸の人．其角門．蕉門の俳書に入集． 花 **186**／百 *200*

休計《きゅうけい》 摂津箕面の人で大坂にも住．厚東氏．別号，吟松軒・鼠丸堂．宝永元年(1704)没． 花 **181**

玖也《きゅうや》 大坂の人．松山氏．延宝4年(1676)没．休甫門のち宗因門． 花**39**

杏酔《きょうすい》 大坂の人．編著『新湊』など．賀子らと交流． 花 **163**

橋泉《きょうせん》 肥前長崎の人．別号，嬈扇軒か． 花 *170*

旭志《きょくし》 江戸の人．立志(二世)門か．桃隣らと交流． 花 **200**

曲翠《きょくすい》 近江膳所の人．菅沼定常．通称，外記．別号，曲水・馬指堂．享保2年(1717)没，58歳．蕉門．膳所藩の重臣． 花 **207**／百 *201*

虚洞《きょどう》 江戸の人．一晶門か．嵐雪らの俳書に入集． 百 *200*

挙白《きょはく》 陸奥の人で江戸住．草壁氏．元禄9年(1696)没．蕉門． 百 **8**

虚風《きょふう》 大坂の人．鬼貫・文十らと交流． 百 **86**

去来《きょらい》 長崎の出生で京住．通称，喜平次・平次郎．別号，義焉子・落柿舎．宝永元年(1704)没，54歳．蕉門． 花 **130**／百 **44**

許六《きょりく》 近江彦根の人．森川百仲．通称，五介(五助)．別号，五老井・風狂堂・碌々庵など．正徳5年(1715)没，60歳．蕉門．彦根藩士． 花 **209**

去留《きょりゅう》 若狭小浜の人．津田氏．言水・如泉・似船らと交流． 花 *170*／百 **84**

銀鉤《ぎんこう》 江戸の人．嵐雪らの俳書に入集． 百 *200*

近水《きんすい》 丹後切畑の人． 百 *203*

吟睡《ぎんすい》 京の人．服部氏．別号，月窓軒． 百 *200*

近正《きんせい》 伊勢山田の人．涼菟らの俳書に入集． 百 *202*

吟夕《ぎんせき》　阿波の人．富松氏．　花 107
琴蔵《きんぞう》　江戸の人．一晶門か．嵐雪らの俳書に入集．　百 200
琴風《きんぷう》　摂津の人で江戸住．生玉氏・柳川氏．別号，女羅架・白鵠堂．享保 11 年(1726)没，60 歳．不卜門のち其角門．　花 195
勤文《きんぶん》　能登七尾の人．勝木氏．通称，四郎右衛門．別号，余力堂．享保 12 年(1727)没．信徳門．　花 169／百 203
金毛《きんもう》　京の人．芳沢氏．別号，方設・言水堂二世・芦充翁・芳充斎．延享 3 年(1746)没，80 歳．言水門．　花 151
空礫《くうれき》　京の人．言水らの俳書に入集．　百 200
駒角《くかく》　但馬豊岡侯．京極甲斐守高住．別号，云奴・盲月．享保 15 年(1730)没，71 歳．　百 7
句空《くくう》　加賀金沢の人．別号，松堂・柳陰庵．正徳 2 年(1712)没，65,6 歳か．蕉門．　花 169
愚酔《ぐすい》　近江水口の人．別号，幽楼軒．如泉らと交流．　百 201
荆口《けいこう》　美濃大垣の人．宮崎氏．通称，太左衛門．正徳 2 年(1712)没．蕉門．大垣藩士で息の此筋・千川・文鳥も同様．　花 211
渓石《けいせき》　江戸の人．蕉門．　百 200
月扇《げっせん》　摂津伊丹の人．古沢氏・鹿島氏．別号，宗幽．宗旦門．　百 201
玄札《げんさつ》　伊勢山田の人で江戸住．高島玄道．延宝 4 年(1676)ごろ没，83 歳か．　花 64
元順《げんじゅん》　和泉堺の人．南方由．元禄初年ごろ没．医師か．　花 91／百 201
原水《げんすい》　京の人．都水・常牧らと交流．　花 148／百 200
元清《げんせい》　京の人．別号，青水軒．如泉らと交流．　百 200
県草《けんそう》　伊予松山古川の人．言水らの俳書に入集．　百 203
玄梅《げんばい》　大和奈良の人．石岡氏．別号，素觴子．蕉門．　花 169
兼豊《けんぽう》　大和奈良の人で江戸・京と移り住む．門村氏．法橋．　百 200
軒柳《けんりゅう》　京の人．和及門．　百 200
好永《こうえい》　伊勢富田の人．広瀬氏．似船らの俳書に入集．　百 202
幸吟《こうぎん》　伊賀の人．　百 203
幸賢《こうけん》　河内の人．麻野氏．別号，甘義亭．　花 169
幸佐《こうさ》　京の人．高田氏．通称，治兵衛．別号，幽竹堂．　花 19／百 67

紅残《こうざん》　京の人．正勝らと交流．　花 **150**
鉤寂《こうじゃく》　阿波の人．　花 **106**
好春《こうしゅん》　山城伏見の人で京住．中江氏のち児玉氏．別号，向陽堂・汲谷軒．宝永4年(1707)没，59歳．　花 **27**／百 **31**
江水《こうすい》　近江柏原の人．別号，流木堂・華山叟．信徳門．　花 **210**／百 **99**:*178, 204*
耕雪《こうせつ》　美濃大垣の人．木因門．如行らの俳書に入集．　百 *202*
湖翁《こおう》　美濃岐阜の人．己百・低耳らと交流．編著『寝物語』．　花 *169*／百 *202*
瓠界《こかい》　大坂の人．北村宗俊か．別号，瓠海．享保初年ごろ没か．編著『犬丸』『其法師』など．　花 **164**／百 **80**
湖外《こがい》　京の人．別号，一松軒．雲鼓らの俳書に入集．　百 **14**
胡及《こきゅう》　尾張名古屋の人．荷兮らの俳書に入集．　百 *202*
湖月《こげつ》　江戸の人．其角門．　花 **90**:*119*
コ斎《こさい》　江戸の人．小川氏(また浅野氏)．通称，徳右衛門．別号，壺斎・野水．貞享5年(1688)没．蕉門．　百 *200*
湖春《こしゅん》　京の出生で江戸に移住．北村季重(季順)．通称，休太郎．元禄10年(1697)没，50歳．季吟の長子．　百 **98**
壺中《こちゅう》　京の人．別号，踏景廬．享保10年(1725)ごろ没，70余歳．蕉門．　花 **156**
吾仲《ごちゅう》　京の人．渡辺氏(また田河氏)．通称，孫右衛門．別号，柳後園・予章台・馬才人・百阿仏など．享保18年(1733)没，61歳．李由門のち支考門．仏画師．　花 **144**
兀峰《こっぽう》　備前岡山の人．桜井氏．通称，武右衛門．享保7年(1722)没，61歳．蕉門．武士．　花 *170*／百 *202*
古柳《こりゅう》　京の人．『小松原』の序文を書く．　花 *83*
言水《ごんすい》　大和奈良の人で江戸・京と移り住む．池西則好．通称，八郎兵衛．別号，兼志・紫藤軒・洛下童など．享保7年(1722)没，73歳．　花 **23**:*71, 133*／百 **2**

さ 行

彩霞《さいか》　近江日野の人．杉江氏．言水らの俳書に入集．　百 *201*

西鶴《さいかく》　大坂の人．平山藤五．井原氏．別号，鶴永・西鵬・松風軒・松寿軒など．元禄6年(1693)没，52歳．　花 **41**:*97*／百 **3**

西吟《さいぎん》　摂津巌屋の人で大坂・摂津桜塚と移り住む．水田元清．通称，庄左衛門．別号，桜山子．宝永6年(1709)没．西鶴と親交．　花 **120**／百 **55**

西国《さいこく》　豊後の人．中村氏．通称，島屋庄兵衛．別号，松葉軒・卜幽など．元禄8年(1695)没，49歳．西鶴門．　百 *203*

柴雫《さいだ》　伊勢久居の人で江戸住．其角門．　百 *200*

才麿《さいまろ》　大和宇陀の人で江戸・大坂と移り住む．椎本氏．通称，八郎右衛門．別号，西丸・才丸・旧徳・松笠軒・春理斎など．元文3年(1738)没，83歳．西武門のち西鶴門．　花 **48**／百 **58**

西武《さいむ》　京の人．山本西武(にしたけ)．俳号にもこの本名を使い，剃髪以後はサイムと音読して法名・俳号に用いた．通称，綿屋九郎左衛門．別号，無外軒・風外軒・無外斎．天和2年(1682)没，73歳．貞徳門．　花 **6**:*67*

酒人《さかんど》　摂津伊丹の人．田中氏．別号，野泉．　花 **180**

鷺助《さぎすけ》　摂津伊丹の人．木村氏．別号，慈専．宗旦門のち惟中門．編著『伊丹古蔵集』など．　花 **171**／百 **66**

昨非《さくひ》　大坂住(岡山の人か)．乾氏．通称，桑名屋清左衛門．別号，半隠・薬香軒・昨非堂．才麿門(元は立圃門か)．　花 **160**／百 *201*

三惟《さんい》　大坂の人．通称，菊屋安右衛門・金屋善左衛門．別号，三以・菊叟など．延享3年(1746)没．来山門・才麿門．　花 **167**

三翁《さんおう》　江戸の人．其角・嵐雪らの俳書に入集．　百 *200*

傘下《さんか》　尾張名古屋の人．加藤氏．通称，治助．荷兮らの俳書に入集．　百 *202*

三紀《さんき》　摂津伊丹の人．岡島氏．別号，木兵・猿風など．元禄11年(1698)没，58歳．重頼門．　花 **169**／百 *201*

参俊《さんしゅん》　若狭小浜の人．滝氏．似船らの俳書に入集．　百 *202*

三水《さんすい》　和泉の人．　百 *203*

山夕《さんせき》　江戸の人．樋口氏，元禄16年(1703)没．玄札門．『若葉合』の跋を書く．　花 **75**

残石《ざんせき》　京の人．市村氏．梅盛門．　百 *200*

山川《さんせん》　伊賀上野の人で江戸住．寺村氏．通称，弥右衛門．其角門．武

士. 百 *200*
三珍《さんちん》 近江彦根の人. 江水らの俳書に入集. 百 *201*
霰艇《さんてい》 三河岡崎の人. 百 *203*
杉風《さんぷう》 江戸の人. 杉山氏. 通称, 鯉屋市兵衛. 別号, 採茶庵・五雲亭・蓑杖など. 享保 17 年(1732)没, 86 歳. 蕉門. 幕府・諸侯御用の魚商で芭蕉の庇護者. 花 **187**／百 *200*
三楽《さんらく》 大坂の人. 別号, 発句翁. 諷竹らの俳書に入集. 花 *170*
三柳《さんりゅう》 越前敦賀の人. 別号, 花月堂. 花 *170*
覗雲《しうん》 備前八浜の人. 別号, 持傘軒. 晩翠らの俳書に入集. 百 *202*
自悦《じえつ》 京の人. 浜川行中. 別号, 宗宣. 元禄年間没. 季吟門. 花 **16**
只丸《しがん》 京住のち大坂住の僧侶. 法名, 覚印. 別号, 弄松閣・鴨水子. 正徳 2 年(1712)没, 73 歳. 才麿門. 花 **56**／百 **49**
二休《じきゅう》 京の人. 伊勢の俳書に入集. 百 *200*
司桂《しけい》 伊勢桑名の人. 松平兵庫か. 百 *202*
重頼《しげより》 京の人. 松江氏. 通称, 大文字屋治右衛門. 別号, 維舟・江翁. 延宝 8 年(1680)没, 79 歳. 貞徳門. 花 **5**:*27, 73, 135*
私言《しげん》 京の人. 別号, 紅葉軒. 風子・吟睡らと交流. 百 *200*
支考《しこう》 美濃山県の人. 各務氏. 別号, 東華坊・西華坊・野盤子・見竜・獅子庵・蓮二房など. 享保 16 年(1731)没, 67 歳. 蕉門. 花 **116**
子珊《しさん》 江戸の人. 元禄 12 年(1699)没. 蕉門の深川連衆. 花 **198**
児水《じすい》 京の人. 瀬山氏. 別号, 宝樹軒. 編著『常陸帯』. 百 *200*
資清《しせい》 近江八幡の人. 百 *201*
思晴《しせい》 出羽山形の人. 西村氏. 言水らの俳書に入集. 百 *203*
似船《じせん》 京の人. 富尾重隆. 通称, 弥一郎. 別号, 芦月庵・柳葉軒・似空軒(二世). 宝永 2 年(1705)没, 77 歳. 花 **14**／百 **34**
芝柏《しはく》 和泉堺の人で京・大坂と移り住む. 根来氏. 別号, 之白・宗雲・無量坊. 正徳 3 年(1713)没, 70 歳. 花 **58**
芝峰《しほう》 京の人. 筒井氏. 別号, 友鶴山人. 百 *200*
茨木軒《しぼくけん》 美作津山の人. 百 *203*
尺草《しゃくそう》 江戸の人. 其角・轍士らと交流. 花 **190**
洒堂《しゃどう》 近江膳所の人で大坂に移住. 浜田氏のち高宮氏. 通称, 治助. 別号, 珍夕・珍碩. 元文 2 年(1737)没, 70 歳前後. 蕉門. 花 **94**／百 **12**

舎羅《しゃら》　大坂の人．榎並氏．別号，百々子・桃々坊・空草庵など．享保初年ごろ没か．諷竹門．　花 **62**
示右《じゅう》　京の人．小栗栖祐玄．宝永 2 年(1705)没．上御霊社の宮司．　百 *200*
重栄《じゅうえい》　京の人．竹山氏．通称，七兵衛．別号，燕遊軒．　百 **59**
重賢《じゅうけん》　備中西阿知の人．晩翠らの俳書に入集．　百 *202*
秋色《しゅうしき》　江戸の人．小川氏か．別号，菊后亭．享保 10 年(1725)没，57 歳．其角門．　花 **196**
十丈《じゅうじょう》　越中高岡の人．竹内氏．蕉門の俳書に入集．　花 *170*
周竹《しゅうちく》　江戸の人．清水氏．別号，舟竹・寸松斎・碧翁．嵐雪門．医師．　百 *200*
秋澄《しゅうちょう》　和泉伏見の人．別号，映雪軒．好春・申候らと交流．　百 *201*
重道《じゅうどう》　近江草津の人．木村氏．別号，飯袋子．梅盛門．　花 *169*
重徳《じゅうとく》　京の人．寺田氏．通称，与平次(与平治)．別号，蘭秀子・蘭秀斎．元禄 7 年(1694)没か．信徳門．出版書肆．　花 **124**／百 **53**
秋風《しゅうふう》　京の人で江戸に移住．三井俊寅．通称，六右衛門．享保 2 年(1717)没，72 歳．季吟・宗因に親炙．　花 **123**:*74*／百 **90**
周也《しゅうや》　京の人．言水らと交流．　百 *200*
重葉《じゅうよう》　伊賀の人．　百 *203*
舟露《しゅうろ》　京の人．佐藤氏．似船らと交流．　百 **9**
秀和《しゅうわ》　江戸の人．大野氏．別号，集和・炭瓢斎・相水翁．正徳 4 年(1714)没，64 歳．武士．　花 **82**
粛山《しゅくざん》　伊予松山藩士．久松氏．其角門．　百 *200*
朱拙《しゅせつ》　豊後日田の人．坂本氏．別号，四方郎・四野人・守拙．享保 18 年(1733)没，81 歳．蕉門．医師．　花 **113**
酒粕《しゅはく》　摂津伊丹の人．岡田氏．重頼門．　花 **178**
順水《じゅんすい》　紀伊和歌山の人．嶋重幸．通称，孫右衛門．編著『茶弁当』など．　花 *169*／百 *203*
順水《じゅんすい》　佐渡相川の人．奥林氏．言水らの俳書に入集．　百 *203*
春船《しゅんせん》　美濃牧田の人．　百 *202*
春堂《しゅんどう》　摂津伊丹の人．山田百齢．宗旦門．人角の弟．　花 **173**／百 *201*

松雨《しょうう》　京の人．晩山・言水らと交流．　花 **142**
嘯雲《しょううん》　越前敦賀の人．　百 *203*
笑奥《しょうおく》　近江長浜の人．　百 *201*
松踞《しょうきょ》　豊前西小倉の人．言水らの俳書に入集．　百 *203*
嘯琴《しょうきん》　京の人．富尾氏．通称，左兵衛．別号，孤松軒．版下筆工．百 *200*
笑山《しょうざん》　近江彦根の人．尚白らの俳書に入集．　百 *201*
常之《じょうし》　近江竹生島の人．尚白門か．　百 *201*
常之《じょうし》　周防岩国の人．仁田氏．言水らの俳書に入集．　百 *203*
常之《じょうし》　佐渡の人．井上氏．言水らの俳書に入集．　百 *203*
松春《しょうしゅん》　京の人．坂上氏．通称，甚四郎．別号，池流亭．編著『祇園拾遺物語』『俳諧小傘』．　百 *200*
常春《じょうしゅん》　京の人．服部氏．別号，眠柳亭・眠獅堂．正徳 5 年(1715)没，72 歳．　百 **33**
常雪《じょうせつ》　京の人．好春・只丸らと交流．　花 **155**
笑草《しょうそう》　美作津山の人．　百 *203*
丈草《じょうそう》　尾張犬山の人で京・近江膳所などに移住．内藤本常．通称，林右衛門．別号，仏幻庵・懶窩・太忘軒など．元禄 17 年(1704)没，43 歳．蕉門．　花 **206**／百 **32**
小蝶《しょうちょう》　美濃大垣の人．江水らの俳書に入集．　百 *202*
松笛《しょうてき》　京の人．別号，春花堂．編著『帆懸舟』．　百 **41**
松濤《しょうとう》　武蔵八王寺の人．石川氏．其角系で不卜にも親しい．　百 *200*
尚白《しょうはく》　近江大津の人．江左大吉．別号，木翁・芳斎・老贅子．享保 7 年(1722)没，73 歳．貞室門のち蕉門．医師．　花 **93**／百 **61**
常陽《じょうよう》　江戸の人．木戸氏．根津権現社職．　花 **81**
松路《しょうろ》　近江長浜の人．江水らの俳書に入集．　百 *201*
如雲《じょうん》　京の人．小島氏．如泉門．編著『五百韻三歌仙』．　百 *200*
如嬰《じょえい》　三河刈谷の人．横舟らの俳書に入集．　百 *203*
如回《じょかい》　大坂の人．　花 **166**
初及《しょきゅう》　若狭小浜の人．言水らの俳書に入集．　百 *202*
如琴《じょきん》　京の人．津田氏．如泉門．　花 **134**:*74*／百 **45**
如枯《じょこ》　美濃多良の人．　百 *202*

如行《じょこう》　美濃大垣の人．近藤氏．通称，源太夫．宝永5年(1708)没か．蕉門．武士．　花 **101**／百 **87**

如交《じょこう》　備後三次の人．恕交とも．　花 *170*

如翠《じょすい》　京の人．村井氏．信徳門．　百 *200*

如誰《じょすい》　近江柏原の人．江水らの俳書に入集．　百 *201*

如泉《じょせん》　京の人．斎藤氏．通称，甚吉．別号，真珠庵．正徳5年(1715)没，72歳．梅盛門．ニョセンとも．　花 **22**:*98*／百 **10**

助然《じょぜん》　筑前内野の人．荒巻重賢．通称，市郎左衛門・佐平次．別号，日三舎．元文2年(1737)没．編著『山彦』など．　花 *170*

助叟《じょそう》　肥前長崎の人で京住．片山氏．別号，椿木亭．正徳5年(1715)没か．三千風門で言水と親交．　花 **115**／百 **72**

如桃《じょとう》　近江彦根の人．　百 *201*

如帆《じょはん》　京の人．別号，堅一堂．如泉門．　百 *200*

除風《じょふう》　備中倉敷の僧．別号，南瓜庵・生田堂・百花坊．延享3年(1746)没，80歳．支考門．編著『番橙集』『千句塚』など．　花 **112**

如風《じょふう》　但馬生野の人．　百 *203*

鋤立《じょりゅう》　江戸の人．立志(二世)門か．嵐雪・素堂らと交流．編著『誹諧六歌仙』．　花 **194**／百 *200*

芝蘭《しらん》　京の人．団水・湖春らと交流．　花 **129**／百 *200*

人角《じんかく》　摂津伊丹の人．山田氏・佐尾氏．通称，酢屋庄右衛門．別号，虚舟・隠竹斎．享保末ごろ没か．重頼門．　花 **175**／百 *201*

心桂《しんけい》　京の人．　花 **35**

神叔《しんしゅく》　江戸の人．青木氏．其角門．神道家．　花 **86**

信徳《しんとく》　京の人．伊藤氏．通称，助左衛門．別号，梨柿園・竹犬子．元禄11年(1698)没，66歳．梅盛門．　花 **12**:*85*／百 **11**

信房《しんぼう》　京の人．鈴村氏．通称，庄兵衛．編著『茄子喰さし』．　百 *200*

真嶺《しんれい》　京の人．別号，鬼峰．言水らと交流．　百 *200*

水雲《すいうん》　丹州(ないし阿波徳島)の人で京住．青木安朝．別号，三省軒．編著『大長刀』．　百 **81**

水翁《すいおう》　肥後熊本の人．小嶋氏．言水らの俳書に入集．　百 *203*

水狐《すいこ》　肥後熊本の人．言水らの俳書に入集．　百 *203*

随思《ずいし》　丹波綾部の人．　百 *203*

水仙《すいせん》　京の人．通容らと交流．　百 *200*

随友《ずいゆう》　京の人．信徳らと交流．　百 *200*

随友《ずいゆう》　伊予松山古川の人．言水らの俳書に入集．　百 *203*

随流《ずいりゅう》　京の人．中嶋勝直．通称，源左衛門．別号，松月庵・一源子．宝永 5 年(1708)没，80 歳．西武門．　花 **13**／百 **47**

寸庵《すんあん》　近江水口の人．芥舟らと交流．　百 *201*

寸木《すんぼく》　讃岐金毘羅の人．木村氏．通称，平右衛門．別号，壁銭堂・一柳軒など．正徳 5 年(1715)没，69 歳．　花 *170*

正業《せいぎょう》　京の人．田中氏．通称，作助．別号，溌葉軒．正徳 5 年(1715)ごろ没，61 歳か．　百 *200*

正広《せいこう》　大和兵庫の人．別号，万水軒．言水らの俳書に入集．　百 *203*

政勝《せいしょう》　京の人．轍士らと交流．　花 **146**

正信《せいしん》　丹後宮津の人．　百 *203*

正武《せいぶ》　京の人．桂氏．湖春らと交流．　花 **132**

清風《せいふう》　出羽尾花沢の人．鈴木氏．通称，島田屋八右衛門．別号，残月軒．享保 6 年(1721)没，71 歳．編著『おくれ双六』『稲莚』など．　花 *170*／百 **95**

正由《せいゆう》　京の人．宮河正行．通称，宇兵衛．別号，松堅・松亭・一翠子など．享保 11 年(1726)没，96 歳．　百 *200*

青流《せいりゅう》　大坂の人で江戸・箱根と移り住む．稲津氏．通称，伊丹屋五郎右衛門．別号，祇空・敬雨・竹尊者・有無庵など．享保 18 年(1733)没，71 歳．惟中門・才磨門のち其角門．　花 **92**

雪堂《せつどう》　志摩鳥羽の人．別号，蝙洞子・蘆省軒．似船らの俳書に入集．僧か．　百 *203*

仙化《せんか》　江戸の人．別号，青蟾堂．蕉門．編著『蛙合』．　花 **193**／百 *200*

専吟《せんぎん》　江戸の人．其角門．僧侶．　花 **89**

仙渓《せんけい》　京の人．重徳らと交流．　百 *200*

扇計《せんけい》　伏見の人．言水らの俳書に入集．　百 *201*

羨鳥《せんちょう》　伊予の人．坂上氏．通称，半兵衛．享保 15 年(1730)没，78 歳．編著『高根』『花橘』など．　花 *170*

沾徳《せんとく》　江戸の人．門田(のち水間)友兼．通称，治郎左衛門．別号，沾

葉・合歓堂．享保 11 年(1726)没，65 歳．露言門のち露沾門．　花 **73**:*86*

千那《せんな》　近江堅田の人．三上明式．別号，官江・葡萄坊・生々など．享保 8 年(1723)没，73 歳．高政門のち蕉門．本福寺住職．　百 *201*

沾圃《せんぽ》　陸奥岩城平藩の家臣で江戸に移住．宝生左太夫重世．別号，沾蓬・立圃(二世)・幾重斎．蕉門．能役者．　百 *200*

全峰《ぜんぽう》　江戸の人．不卜門か．蕉門の俳書に入集．　百 *200*

仙木《せんぼく》　美濃室原の人．　百 *202*

川柳《せんりゅう》　大坂の人．吉田氏．　花 **52**／百 *201*

宗因《そういん》　肥後八代の人で大坂天満宮連歌所宗匠．西山豊一．通称，次郎作．宗因は連歌の号で，俳号は一幽・西翁・梅翁など．天和 2 年(1682)没，78 歳．　花 **38**:*21, 32, 41, 80, 89, 91, 121*

草々《そうそう》　美濃岐阜の人．落梧らと交流．　百 *202*

宗旦《そうたん》　京の人で摂津伊丹住．池田氏．別号，也雲軒・依棡子・兀翁．元禄 6 年(1693)没，58 歳．重頼門．　花 **121**／百 **26**

草也《そうや》　備後三原の人．安江氏．別号，澄心軒．　花 *170*／百 *203*

素雲《そうん》　京の人．佐治氏．別号，吟鳥．如泉門．茶商人．　花 **133**:*74*

鼠弾《そだん》　尾張名古屋の人．荷兮らの俳書に入集．浄土寺の僧．　百 *202*

素狄《そてき》　江戸の人．能谷氏．素彳とも．嵐雪門．　花 **80**

素堂《そどう》　甲斐山口の人で江戸住．山口信章．通称，市右衛門・勘兵衛．別号，来雪・蓮池翁など．享保元年(1716)没，75 歳．林家で漢学を学び，芭蕉とは友人関係．　花 **182**／百 **94**

園女《そのじょ》　伊勢山田の人で大坂・江戸と移り住む．享保 11 年(1726)没，63 歳．蕉門で一有の妻．ソノメとも．　花 **51**／百 **17**

曽米《そまい》　大坂の人で長崎住．別号，考越．野坡らと交流．　花 *170*

曽良《そら》　信濃上諏訪の人で江戸住．岩波正字．宝永 7 年(1710)没，62 歳．蕉門．神道家・幕府巡検使随員．　花 **188**

素竜《そりゅう》　元阿波藩士で大坂・江戸と移り住む．柏木全故．通称，儀左衛門・藤之丞．素竜斎とも．正徳 6 年(1716)没．書家・歌学者．　百 **60**

た 行

高政《たかまさ》　京の人．菅野谷氏．通称，孫右衛門．別号，俳諧惣本寺・伴天連社．京談林の中心．　花 **15**／百 **27**

濁水《だくすい》　摂津伊丹の人．森本氏．宗旦門か．　花 **176**

琢石《たくせき》　近江の人で京住．菅原氏．別号，流木堂．　百 **50**

淡水《たんすい》　近江膳所の人．尚白・洒堂らの俳書に入集．　百 *201*

団水《だんすい》　大坂住のち京住．北条義延．別号，白眼居士・滑稽堂．宝永 8 年(1711)没，49 歳．西鶴門．　花 **55**:*85*／百 **22**

淡々《たんたん》　大坂の人で江戸・京・大坂と移り住む．松木氏．別号，一傘・渭北・半時庵・因角．宝暦 11 年(1761)没，88 歳か．江戸で不角・其角に師事．　花 **88**

丹野《たんや》　京の人で大津住．本馬主馬．芭蕉らと交流．能役者．　花 **138**

知牛《ちぎゅう》　摂津伊丹の人．鬼貫らに親炙．　花 *136*

竹翁《ちくおう》　京の人．橋部氏．別号，耕斎．宝永 5 年(1708)没，62 歳．好春門．　百 **51**

竹条《ちくじょう》　京の人．　花 **147**

竹亭《ちくてい》　京の人．溝口氏．元禄 5 年(1692)没，35 歳．常矩系で和及らに親炙．　花 **137**／百 *200*

智月《ちげつ》　山城宇佐の人で近江大津の荷問屋河合家に嫁す．享保 3 年(1718)没か，80 歳前後．蕉門．実弟の乙州を養嗣子とする．知月とも．　花 **202**

千春《ちはる》　京の人．大原氏のち望月氏．通称，善九郎・彦四郎．別号，蘇鉄林．重頼・季吟に親炙．　花 **125**／百 *200*

仲品《ちゅうほん》　安芸宮島の人．岡村氏．似船らの俳書に入集．　百 *203*

千之《ちゆき》　京の人．大原氏のち望月氏．通称，三郎介か．別号，露分庵・近源子．重頼門で千春の従兄．センシとも．　百 *200*

長以《ちょうい》　丹波亀山の人．常牧らの俳書に入集．　百 *203*

長水《ちょうすい》　肥後熊本の人．大久保氏．元禄 11 年(1698)没．　花 *170*

釣水《ちょうすい》　大坂の人．遠舟らの俳書に入集．　百 *201*

朝叟《ちょうそう》　江戸の人．嵐雪門．東潮らと交流．編著『その浜ゆふ』．　花 **201**

彫棠《ちょうとう》　伊予松山の人で江戸住．青地氏．別号，周東．正徳 3 年(1713)没．其角門．松山藩医．　百 *200*

調和《ちょうわ》　陸奥岩代の人で江戸住．岸本氏．別号，壺瓢軒・土斎．正徳 5 年(1715)没，78 歳．未得系．　花 **68**／百 **82**

椿子《ちんし》　大坂の人．来山系．編著『はるさめ』．　百 *201*

通容《つうよう》　京の人．林鴻らと交流．　百 *200*

常矩《つねのり》　京の人．田中忠俊．通称，甚兵衛．別号，敝帚子・真斎．天和2年(1682)没，40歳．季吟門から談林へ．　花 **9**:*70*

常牧《つねまき》　京の人．半田和好．通称，庄左衛門．別号，宗雅・蘭化翁・雲峰子．元禄8-10年(1695-97)没，54-56歳．常矩門．ジョウボクとも．花 **17**／百 **40**

つま丸《つままる》　肥前長崎の人．　百 *203*

貞喜《ていき》　摂津伊丹の人．鹿島氏．別号，宗林．正徳4年(1714)没，63歳．重頼門．　百 *201*

貞兼《ていけん》　京の人．藤谷貞好．通称，甚吉．別号，仰雲軒・桂翁．元禄14年(1701)没，87歳．　花 **10**／百 **75**

底元《ていげん》　京の人．神氏．言水・団水・鞭石らと交流．　花 **145**／百 *200*

貞佐《ていさ》　江戸の人．桑岡永房．通称，平三郎．別号，了我・平砂・桑々畔など．享保19年(1734)没，63歳．其角門．　花 **36**

定之《ていし》　京の人．神戸氏．別号，東林軒．元禄13年(1700)没，50歳．花 **18**／百 **35**

貞治《ていじ》　近江八幡の人．江水らの俳書に入集．　百 *201*

貞室《ていしつ》　京の人．安原正章．通称，鎰屋彦左衛門．別号，一嚢軒・腐俳子．寛文13年(1673)没，64歳．貞徳門．　花 **3**

貞恕《ていじょ》　越前敦賀の人で近江大津・京と移り住む．犬井(乾)重次．通称，二(次)郎兵衛．別号，一嚢軒．元禄15年(1702)没，83歳．貞室門．『花見車』は「貞怒」と誤る．　花 **8**／百 *200*

定昌《ていしょう》　丹波亀山の人．　百 *203*

丁常《ていじょう》　京の人．別号，秋香軒．団水・陽川らと交流．　百 *200*

貞真《ていしん》　京の人．和田氏．　百 *200*

定宗《ていそう》　京の人．村上氏．別号，色聚軒．　花 **158**／百 **20**

泥足《でいそく》　江戸の人で長崎・京と移り住む．和田氏．別号，酔翁亭．蕉門．花 **30**

定直《ていちょく》　備前岡山の人．木畑氏．通称，玄佐．編著『卯月まで』など．医師．　花 **109**／百 **74**

貞道《ていどう》　京の人．言水・如泉らと交流．　百 *200*

貞徳《ていとく》 京の人．松永勝熊．別号，長頭丸・逍遊軒．承応2年(1653)没，83歳．貞門俳諧の祖で，和歌や狂歌にも長じ，歌学者としても知られる． 花 **1, 2**:*23, 27, 32, 39, 59*

定武《ていぶ》 京の人．服部氏．定清の息．我黒・常牧らと交流． 百 **56**

定方《ていほう》 京の人．言水らと交流． 花 **149**

貞木《ていぼく》 京の人．出口氏．別号，花香堂．元禄9年(1696)没，71歳． 百 **29**

定明《ていめい》 大坂の人．編著『蕤賓録』．遠舟らの俳書に入集． 花 **161**／百 *201*

提要《ていよう》 能登七尾の人．菊池氏．別号，涼風軒． 花 *169*

貞隆《ていりゅう》 京の人．似船門． 百 *200*

滴水《てきすい》 京の人．村山氏．別号，風流子．方山門． 花 *84*

鉄丸《てつがん》 讃岐丸亀の人．別号，松扉軒．晩翠らの俳書に入集． 百 *203*

鉄硯《てっけん》 京の人．別号，醸水軒．似船・方山らと交流． 百 *200*

轍士《てっし》 大坂の人で京住．室賀氏か．別号，東鮒巷・仏狸斎・風翁．宝永4年(1707)没．西鶴と親交．各地を行脚する． 花 **29**:*118*

鉄声《てっせい》 備後鞆の人． 百 *203*

鉄面《てつめん》 伊丹の人．鹿島氏． 百 *201*

鉄卵《てつらん》 伊丹の人．上嶋氏．別号，三重・鉄幽・金鶏子．元禄2年(1689)没，28歳．重頼門．青人の弟． 百 *201*

天弓《てんきゅう》 大和今井の人．杉生氏．鷺水らと交流． 花 *169*

天垂《てんすい》 大坂の人．別号，十万窩．蕉門．編著『誹諧男風流』『誹諧百歌仙』． 花 **59**

天竜《てんりゅう》 京の人．別号，吐雲閣．団水らと交流． 百 *200*

桐雨《とうう》 江戸の人．嵐雪らの俳書に入集． 百 *200*

灯外《とうがい》 大坂の人．月津氏か．別号，生駒堂．編著『ひぢ笠』『発心集』など． 花 *169*／百 **63**

等躬《とうきゅう》 陸奥須賀川の人．中畑氏・隈井氏．通称，相楽伊左衛門．別号，乍憚・一瓜子・乍単斎・藤躬．正徳5年(1715)没，78歳．未得門のち調和門． 花 **118**

東行《とうこう》 大坂の人．樋口氏．別号，五花堂・幽山．来山門． 花 **60**

洞哉《とうさい》 越前福井の人．神戸氏か．別号，等哉・等栽など． 百 **93**

東鷲《とうしゅう》　尾張名古屋の人．板倉氏．別号，巨霊堂．友次門のち横船門．花 **100**／百 *202*

冬松《とうしょう》　尾張名古屋の人．荷兮らの俳書に入集．　百 *202*

洞水《どうすい》　京の人か．別号，枕流軒．只丸・鷺水らと交流．　花 *150*

東潮《とうちょう》　江戸住(出羽米沢の人か)．和田氏．別号，一甫・堵中子・東潮庵．宝永 3 年(1706)没，49 歳．嵐雪門．　花 **79**

東柳《とうりゅう》　近江多和田の人．江水らの俳書に入集．　百 *201*

桃隣《とうりん》　伊賀上野の人で江戸住．天野氏．通称，藤太夫．別号，太白堂・呉竹軒・桃翁．享保 4 年(1719)没，70 余歳．芭蕉の縁戚．　花 **78**

吐海《とかい》　京の人で，江戸住．　花 *119*

徳元《とくげん》　美濃岐阜の人で江戸住．斎藤元信．通称，斎宮頭．別号，帆亭．正保 4 年(1647)没，89 歳．貞徳と交流．　花 **63**

独幽《どくゆう》　越中の人．別号，寂寞堂．似船らの俳書に入集．　百 *203*

都水《とすい》　京の人．原水・柳水らと交流．　花 **153**／百 **69**

怒風《どふう》　美濃大垣の人で一時は京に住む．高宮吉重．別号，角翼亭．寛保 3 年(1743)没，81 歳．蕉門．　花 **37**

吐竜《とりゅう》　近江大津の人．芭蕉と一座．　花 *169*

鈍子《どんし》　伊予松山の人．淡斎らと交流．　花 *170*

は 行

梅員《ばいいん》　備中の人．別号，轟々坊．編著『岨のふる畑』『猫筑波集』など．　花 **111**

梅可《ばいか》　三河国府の人．白井氏．路通・轍士らと交流．　花 **214**

梅盛《ばいせい》　京の人．高瀬氏．通称，太郎兵衛．別号，佗心子．元禄 15 年(1702)没，84 歳．貞徳門．　花 **7**／百 **77**

馬桜《ばおう》　摂津伊丹の人．小西長室．宗旦門．　花 **177**

白支《はくし》　尾張高畠の人．荷兮らの俳書に入集．　花 *169*

白雪《はくせつ》　三河新城の人．太田長孝．通称，金左衛門．別号，有髪散人・密雲峰・周白雪．享保 20 年(1735)没，75 歳．蕉門．商人・庄屋．　花 **213**

薄椿《はくちん》　京の人．似船門．　百 *200*

白賁《はくふん》　近江日野の人．尚白らの俳書に入集．　百 *201*

芭蕉《ばしょう》　伊賀上野の人で江戸住．松尾宗房．通称，忠右衛門．別号，宗房・桃青・釣月軒・泊船堂・風羅坊など．元禄7年(1694)没，51歳．季吟門．　花 **69**:*21, 24, 33, 42, 81, 109, 121, 122, 125, 126, 134*／百 **100**
巴水《はすい》　加賀金沢の人．藤井氏．乙州らと交流．尚白門か．　花 *169*
破笠《はりつ》　伊勢の人で江戸住．小川宗宇．通称，平助．別号，夢中庵・卯観子・笠翁など．延享4年(1747)没，85歳．露言門のち蕉門．漆芸家．　百 *200*
春澄《はるすみ》　京の人．青木氏．通称，勝五郎・庄右衛門．別号，春隅・貞悟・甫羅楼など．正徳5年(1715)没，63歳．重頼門のち貞恕に親炙．シュンチョウとも．　花 **122**／百 **97**
万海《ばんかい》　大坂の人．武村(竹村)氏．通称，清左衛門．別号，益友・一灯軒・曳尾堂．宝永初年ごろ没か．益翁門．　花 **49**／百 **85**
斑牛《はんぎゅう》　美濃大垣の人．江水らの俳書に入集．　百 *202*
盤谷《ばんこく》　大坂の人で江戸住．志水氏．別号，泉亭．編著『桑枝格』．　花 **83**
晩山《ばんざん》　京の人．爪木氏．別号，永可・唫花堂・二童斎．享保15年(1730)没，69歳．松堅門．　花 **25**／百 **52**
伴自《ばんじ》　大坂の人．長井氏．別号，家久・樹里門・俳仙堂など．享保2年(1717)没．談林系．　花 **53**
盤水《ばんすい》　大坂の人．編著『歌仙誹諧独吟合』『水尾杭』．　花 **61**／百 **73**
晩翠《ばんすい》　備前岡山の人．別号，紅白堂．編著『せみの小川』『紅白堂』など．　花 **110**／百 **30**
晩柳《ばんりゅう》　肥前田代の人．寺崎氏．朱拙・紫白らと交流．　花 *170*
百丸《ひゃくまる》　摂津伊丹の人．森本宗賢．通称，丸屋吉左衛門．別号，白鷗堂・囉斎など．享保12年(1727)没，73歳．重頼門．　花 **172**／百 *201*
百里《ひゃくり》　江戸の人．高野勝春．通称，市兵衛．別号，茅風・雷堂．享保12年(1727)没，62歳．嵐雪門．　花 **191**／百 *200*
氷花《ひょうか》　江戸の人でのち京住．別号，露堂．嵐雪門．　花 **192**／百 *200*
風喬《ふうきょう》　河内八尾の人．轍士らの俳書に入集．　百 *203*
風国《ふうこく》　京の人．伊藤玄恕．元禄14年(1701)没．蕉門．医師．　花 **131**
風山《ふうざん》　京の人．谷島氏．別号，東白軒・天聰堂．方山門．　花 *84*
風子《ふうし》　京の人で越前に移住．別号，竹葉軒．　花 **103**／百 **91**

風子《ふうし》　伊勢桑名の人．　百 *202*
風水《ふうすい》　出雲日御崎の人．島氏のち日置氏．通称，主殿・肥富など．別号，有声・空原舎．宝永 6 年(1709)没．　花 *82*／百 **24**
風仙《ふうせん》　出羽最上の人．不角らの俳書に入集．　百 *203*
諷竹《ふうちく》　大坂の人．槐本氏か．通称，伏見屋久左衛門(久右衛門)．別号，東湖・之道・蟻門亭など．宝永 5 年(1708)没，50 歳か．来山門のち蕉門．　花 **57**／百 *201*
風瀑《ふうばく》　伊勢の人で長く江戸住．松葉氏．通称，七郎大夫．別号，松葉庵・垂虹堂．宝永 4 年(1707)没．御師．　百 *200*
風芦《ふうろ》　播磨姫路の人．　百 *203*
浮芥《ふかい》　京の人か(大坂とも)．幸佐らと交流．　花 *150*
不角《ふかく》　江戸の人．立羽氏．通称，定之助．別号，遠山・千翁・虚無斎・松月堂など．宝暦 3 年(1753)没，92 歳．不卜門．出版書肆を経営．　花 **76**:*118*
不玉《ふぎょく》　出羽酒田の人．伊東玄順．別号，淵庵．元禄 10 年(1697)没，50 歳．三千風門のち蕉門．医師．　花 **114**
賦山《ふざん》　京の人．湖春・只丸らと交流．　花 **143**
芙雀《ふじゃく》　大坂の人．永田氏．通称，堺屋弥太郎．別号，風薫舎．諷竹門．　花 **168**
不障《ふしょう》　近江彦根の人．尚白らの俳書に入集．　百 *201*
浮水《ふすい》　出羽松山の人．言水らの俳書に入集．　百 *203*
浮草《ふそう》　京の人．柳水・林鴻らと交流．　百 *200*
不卜《ふぼく》　江戸の人．岡村氏．通称，重兵衛・市郎右衛門．別号，一柳軒．元禄 4 年(1691)没，60 余歳．未得門．　百 **15**
史邦《ふみくに》　尾張犬山の人で京・江戸と移住．名，保潔．通称，中村春庵・大久保荒右衛門・根津宿直．別号，五雨亭．蕉門．　花 **199**
文丸《ぶんがん》　大坂の人．来山門．編著『芦の角』．　百 *201*
文十《ぶんじゅう》　大坂住(大和宇陀の人か)．高橋氏．通称，ますや三郎右衛門．別号，鳥路斎・穿雲山人など．来山門．　花 **165**／百 *201*
蚊足《ぶんそく》　京の人で江戸・甲斐谷村と移り住む．和田氏．通称，源七郎．別号，丁亥郎・円常．常矩門のち蕉門．　百 *200*
文代《ぶんだい》　伊勢の人．梁氏．支考・洒竹らと交流．　花 *169*

文鱗《ぶんりん》　和泉堺の人で江戸住．鳥井氏．別号，虚無斎．蕉門．　百 *200*

ノ松《べっしょう》　加賀金沢の人．小杉元頼か．享保 21 年(1736)没．一笑の兄．　花 *169*

鞭石《べんせき》　京の人．福田氏．別号，而咲堂・井亀軒・法児．享保 13 年(1728)没，80 歳．似船門．　花 **26**／百 **68**

蝙峒《へんどう》　志摩鳥羽の人．別号，一如軒．似船らの俳書に入集．　百 *203*

方山《ほうざん》　京の人．滝氏．通称，貞右衛門．別号，峰山・芳山・招鳩軒・応々翁など．享保 15 年(1730)没，80 歳．重頼門のち似船門．　花 **28**: *84*／百 **70**

芳水《ほうすい》　讃岐の人．編著『佐郎山』．　花 **108**／百 **54**

朋水《ほうすい》　京の人．別号，無底盧．編著『俳諧仮橋』．　百 *200*

豊流《ほうりゅう》　摂津天王寺村の人で一時は大坂住．岩橋豊春．宗因門．　花 **46**／百 *201*

卜琴《ぼくきん》　越前の人．柴垣氏．別号，松風軒．季吟門．編著『玉江草』『越路草』．　百 *203*

北枝《ほくし》　加賀小松の人で金沢に移住．立花氏・土井氏．通称，研屋源四郎．別号，鳥翠台・寿夭軒．享保 3 年(1718)没．蕉門．　花 *169*／百 *203*

卜尺《ぼくせき》　江戸の人．小沢氏．通称，太郎兵衛．元禄 8 年(1695)没．季吟門のち蕉門．本船町の名主で芭蕉を援助した．　花 **185**

木節《ぼくせつ》　近江大津の人．望月氏．別号，稽翁．正徳初年ごろ没か．編著『布瓜(糸瓜)』など．医師で芭蕉の臨終を看取る．　花 **203**

暮山《ぼざん》　近江柏原の人．江水らの俳書に入集．　百 *201*

晡扇《ほせん》　筑前箱崎の人．別号，晡川・松月庵・十里庵．正徳 3 年(1713)没，80 歳か．編著『枯のづか』など．　花 *170*

保友《ほゆう》　大坂の人．梶山氏．通称，多吉郎・吉左衛門．重頼門で大坂俳壇の長老．　花 **40**

凡兆《ぼんちょう》　加賀金沢の人で京・大坂と移り住む．野沢允昌．通称，長次郎か．別号，加生・阿圭．正徳 4 年(1714)没．蕉門．　百 **19**

ま　行

正秀《まさひで》　近江膳所の人．水田氏．通称，孫右衛門．別号，竹青堂・節青

堂．享保8年(1723)没，67歳．商人で屋号の伊勢(勢州)からの号といい，セイシュウとも読むか．尚白門のち蕉門．　花 **205**／百 *201*

万蝶《まんちょう》　京の人か(大坂とも)．別号，紫塵堂．信徳らと交流．　花 *150*

三十六《みそむ》　加賀の人．今村(宮村)紹由．別号，六々庵．　花 *169*

未達《みたつ》　京の人．西村氏．通称，市郎右衛門．別号，嘯松子・城坤散人・茅屋子．元禄9年(1696)没．出版書肆．　百 *200*

三千風《みちかぜ》　伊勢射和の人で仙台に住んだのち諸国歴遊．大淀友翰．本姓は三井．別号，無不非軒・寓言堂・東往居士など．宝永4年(1707)没，69歳．　花 **102**:*133*／百 *203*

未得《みとく》　江戸の人．石田氏．通称，又左衛門．別号，乾堂・巽庵．寛文9年(1669)没，83歳．　花 **65**

味両《みりょう》　若狭小浜の人．市石氏．言水らの俳書に入集．　百 *202*

民也《みんや》　伏見の人．言水らの俳書に入集．　百 *201*

無倫《むりん》　越後の人で江戸住．志村氏．別号，拾葉軒・雪堂．享保8年(1723)没，63歳．調和と親交．　花 **77**／百 *203*

命政《めいせい》　京の人．梅盛門．　百 *200*

木因《もくいん》　美濃大垣の人．谷可信．通称，九太夫．別号，白桜下・観水軒・杭瀬川翁など．享保10年(1725)没，80歳．季吟門．ボクインとも．　花 **97**／百 **4**:*179*

木雁《もくがん》　美濃樽井の人．江水らの俳書に入集．　百 *202*

木麟《もくりん》　美濃岩手の人．江水らの俳書に入集．　百 *202*

茂門《ももん》　備前岡山の人．竹下氏．定直門．晩翠らと交流．　百 *202*

問随《もんずい》　伏見の人．好春らと交流．多聞院の住職か．　百 **71**

や　行

野径《やけい》　近江膳所の人．別号，縁督堂．蕉門の俳書に入集．　百 *201*

野水《やすい》　尾張名古屋の人．岡田幸胤(行胤)．通称，佐次右衛門．別号，宜斎・転幽．寛保3年(1743)没，86歳．蕉門．呉服商．　百 *202*

弥生《やせい》　播磨姫路の人．来山らと交流．　百 *203*

八橋《やつはし》　江戸の人．其角らの俳書に入集．　百 *200*

遊園《ゆうえん》　京の人．常牧らと交流．　百 **78**

友琴《ゆうきん》　京の人で金沢住．神戸氏．別号，幽吟・幽琴・山茶花など．宝

永 3 年(1706)没，74 歳．季吟門．　花 **104**

幽吟《ゆうぎん》　讃岐丸亀の人．　百 *203*

又玄《ゆうげん》　伊勢の人．島崎氏．通称，味右衛門．蕉門．御師．　百 **38**

勇招《ゆうしょう》　江戸の人．不卜門か．　百 *200*

友静《ゆうせい》　京の人．井狩常与．通称，かぎや二郎兵衛．別号，春夕子．季吟門．　百 **79**

友扇《ゆうせん》　京の人．佐藤氏．別号，杏花亭・桂花翁．享保 15 年(1730)没，70 歳．　百 **64**

由平《ゆうへい》　大坂の人．前川江助(江介)．別号，半幽・自入・舟夕子・破瓢叟．宝永 3 年(1706)以後没．宗因門．　花 **43**:*92*／百 **36**

由卜《ゆうぼく》　京の人．遠藤元重．常矩門．　百 *200*

楊水《ようすい》　江戸の人．揚水とも．蕉門．　百 *200*

陽川《ようせん》　京の人．元禄 5・7 年(1692・94)に歳旦帖を刊行．　花 *150*

葉船《ようせん》　美濃牧田の人．江水らの俳書に入集．　百 *202*

養仙《ようせん》　常陸の人．　百 *203*

横船《よこふね》　尾張名古屋の人．吉田氏．別号，蘭秀・古渡堂．元禄 9 年(1696)没，44 歳．季吟門．　百 **48**

ら・わ 行

来山《らいざん》　大坂の人．小西氏．通称，伊右衛門．別号，満平・十万堂・湛翁・湛々翁など．享保元年(1716)没，63 歳．宗因門．　花 **47**／百 **37**

落梧《らくご》　美濃岐阜の人．安川氏．通称，万屋助右衛門．元禄 4 年(1691)没，40 歳．蕉門．呉服商．　百 **65**

落水《らくすい》　京の人か．似船らと交流．　花 *150*

楽酔《らくすい》　但馬竹田の人．　百 *203*

蘭妃《らんき》　近江膳所の人．曲翠らと交流．　百 *201*

嵐雪《らんせつ》　江戸の人．服部治助．通称，孫之丞・彦兵衛など．別号，嵐亭治助・雪中庵・玄峰堂・吏登斎など．宝永 4 年(1707)没，54 歳．蕉門．花 **70**:*117*／百 **46**

嵐雪妻《らんせつのつま》　江戸の人．遊女から嵐雪に嫁して服部氏．通称，烈女．元禄 16 年(1703)没．　百 *200*

蘭風《らんぷう》　摂津萱野の人．藤井氏．別号，水仙堂．編著『萱野草』など．

花 *169*

里右《りう》 京の人．轍士らと交流． 花 **141**

李雨《りう》 美濃岐阜の人． 百 *202*

李下《りか》 江戸の人．蕉門． 百 *200*

六翁《りくおう》 大坂の人．黒川氏． 百 **88**

利国《りこく》 近江長沢の人．江水の俳書に入集． 百 *201*

律友《りつゆう》 阿波徳島の人．萩野氏．別号，琴枝亭．編著『四国猿』． 花 **105**／百 *203*

李由《りゆう》 近江平田村の人．河野通賢．別号，四梅廬・盂耶観など．宝永2年(1705)没，44歳．蕉門．光明遍照寺の住職． 百 *201*

柳燕《りゅうえん》 京の人．似船門． 百 *200*

立吟《りゅうぎん》 江戸の人で京に移住．森氏．通称，七郎兵衛．別号，糸耕軒・恵鳳軒．立志門．小野川検校． 花 **126**／百 *200*

立志(一世)《りゅうし》 紀伊和歌山の人で江戸住．高井氏．通称，左馬助．別号，望志・松楽軒．天和元年(1681)没．立圃門． 花 **66**／百 **62**

立志(二世)《りゅうし》 江戸の人．一世の息．高井吉章．別号，立詠・和階堂．宝永2年(1705)没，48歳． 花 **74**

柳子《りゅうし》 京の人． 百 *200*

柳水《りゅうすい》 京の人．風水門． 花 **31**／百 *200*

柳水《りゅうすい》 京の人．那須氏．流水と同人か． 百 *200*

流水《りゅうすい》 京の人．那須氏． 百 *200*

流滴《りゅうてき》 京の人．山下氏．随流門． 百 *200*

立圃《りゅうほ》 京の人．野々口親重．通称，雛屋庄右衛門ほか．別号，松翁・松斎・如入斎．寛文9年(1669)没，75歳．貞徳門． 花 **4**:*27*

良佺《りょうせん》 京の人．中村氏．別号，有朋軒．言水らと交流． 百 **23**

涼菟《りょうと》 伊勢山田の人．岩田正致．通称，亦次郎・権七郎．別号，団友・団友斎．享保2年(1717)没，59歳．蕉門．神職． 花 **96**／百 **83**

令富《りょうとみ》 京の人．鶏冠井氏．通称，作兵衛または半七．令徳の息．元禄末ごろ没，60余歳． 花 **11**／百 *200*

涼風《りょうふう》 京の人．菊本氏．我黒らと交流． 百 *200*

狸々《りり》 伊勢松坂の人．俳歴等は不明． 花 **215**

林鴻《りんこう》 近江大津の人で京住．堀江重則．別号，烟月堂・雲風子．似船

門. 花 **24**／百 *200*

林卜《りんぼく》 近江柏原の人. 江水らの俳書に入集. 百 *201*

蠡海《れいかい》 京の人. 信徳門. 百 *200*

芦角《ろかく》 京の人で大坂に移住. 蕉門. 編著『こがらし』(壺中と共編). 花 **157**

芦竿《ろかん》 備中倉敷の人. 晩翠らの俳書に入集. 百 *202*

路健《ろけん》 越中井波の人. 直海氏. 通称, 能美屋宗左衛門. 別号, 清花堂. 浪化の連衆. 花 *170*

露言《ろげん》 江戸の人. 福田氏. 別号, 調也・風琴子. 元禄 4 年(1691)没, 62 歳. 調和門のち露沾門. 花 **67**

鷺水《ろすい》 京の人. 青木氏. 通称, 次右衛門. 別号, 白梅園・梅園散人・歌仙堂・三省軒. 享保 18 年(1733)没, 76 歳. 信徳系か. 花 **34**

露吹《ろすい》 伏見の人. 言水らの俳書に入集. 百 *201*

露碩《ろせき》 摂津伊丹の人か. 西吟・休計・鷺助・蟻道らと交流. 花 **179**

露川《ろせん》 伊賀友生の人で名古屋住. 沢氏. 通称, 市郎右衛門. 別号, 霧山軒・月空居士など. 寛保 3 年(1743)没, 83 歳. 季吟・横船に学んだのち蕉門. 花 **99**／百 **89**

露沾《ろせん》 磐城平藩主(風虎)の次男. 内藤義英(のち政栄). 別号, 傍池亭・遊園堂. 享保 18 年(1733)没, 79 歳. 百 **42**

路通《ろつう》 美濃(あるいは京都・筑紫)の人で諸国を行脚. 八十村(また斎部)伊紀. 通称, 与次衛門. 元文 3 年(1738)没, 90 歳. 蕉門. 花 **119**／百 **5**

露堂《ろどう》 備中倉敷の人. 支考・舎羅らと交流. 花 *170*

芦本《ろほん》 美濃大垣の人. 浦田氏. 通称, 藤兵衛. 別号, 葎門亭・東向斎. 元文元年(1736)没, 73 歳. 木因門のち涼菟門. 百 *202*

和海《わかい》 京の人で長崎に没す. 梅原貞為. 別号, 紅風軒・柿園三世など. 享保 3 年(1718)没, 60 歳. 松堅門. 花 **127**

和及《わぎゅう》 京の人. 三上氏(また高村氏). 別号, 露吹庵・直唱法師. 元禄 5 年(1692)没, 44 歳. 常矩に親炙. 花 **20**／百 **6**

花見車《はなみぐるま》・元禄百人一句《げんろくひゃくにんいっく》

2020年2月14日　第1刷発行

校注者　雲英末雄《きらすえお》　佐藤勝明《さとうかつあき》

発行者　岡本　厚

発行所　株式会社　岩波書店
〒101-8002　東京都千代田区一ツ橋2-5-5
案内　03-5210-4000　営業部　03-5210-4111
文庫編集部　03-5210-4051
https://www.iwanami.co.jp/

印刷・精興社　製本・中永製本

ISBN 978-4-00-302841-4　Printed in Japan

読書子に寄す

——岩波文庫発刊に際して——

岩波茂雄

真理は万人によって求められることを自ら欲し、芸術は万人によって愛されることを自ら望む。かつては民を愚昧ならしめるために学芸が最も狭き堂宇に閉鎖されたことがあった。今や知識と美とを特権階級の独占より奪い返すことはつねに進取的なる民衆の切実なる要求である。岩波文庫はこの要求に応じそれに励まされて生まれた。それは生命ある不朽の書を少数者の書斎と研究室とより解放して街頭にくまなく立たしめ民衆に伍せしめるであろう。近時大量生産予約出版の流行を見る。その広告宣伝の狂態はしばらくおくも、後代にのこすと誇称する全集がその編集に万全の用意をなしたるか。千古の典籍の翻訳企図に敬虔の態度を欠かざりしか。さらに分売を許さず読者を繫縛して数十冊を強うるがごとき、はたしてその揚言する学芸解放のゆえんなりや。吾人は天下の名士の声に和してこれを推挙するに躊躇するものである。このときにあたって、岩波書店は自己の責務のいよいよ重大なるを思い、従来の方針の徹底を期するため、すでに十数年以前より志して来た計画を慎重審議この際断然実行することにした。吾人は範をかのレクラム文庫にとり、古今東西にわたって文芸・哲学・社会科学・自然科学等種類のいかんを問わず、いやしくも万人の必読すべき真に古典的価値ある書をきわめて簡易なる形式において逐次刊行し、あらゆる人間に須要なる生活向上の資料、生活批判の原理を提供せんと欲する。この文庫は予約出版の方法を排したるがゆえに、読者は自己の欲する時に自己の欲する書物を各個に自由に選択することができる。携帯に便にして価格の低きを最主とするがゆえに、外観を顧みざるも内容に至っては厳選最も力を尽くし、従来の岩波出版物の特色をますます発揮せしめようとする。この計画たるや世間の一時の投機的なるものと異なり、永遠の事業として吾人は微力を傾倒し、あらゆる犠牲を忍んで今後永久に継続発展せしめ、もって文庫の使命を遺憾なく果たさしめることを期する。芸術を愛し知識を求むる士の自ら進んでこの挙に参加し、希望と忠言とを寄せられることは吾人の熱望するところである。その性質上経済的には最も困難多きこの事業にあえて当たらんとする吾人の志を諒として、その達成のため世の読書子とのうるわしき共同を期待する。

昭和二年七月